D0762486

La Salamandra

La Salamandra

Pedro Antonio Valdez

ALFAGUARA

Título original: *La Salamandra*
© 2010, Pedro Antonio Valdez
© De esta edición:

2012, Santillana
Juan Sánchez Ramírez No. 9, Ens. Gascue
Santo Domingo, República Dominicana
Teléfono 809-682-1382
Fax 809-689-1022
www.prisaediciones.com/do

ISBN: 978-9945-429-50-3
Registro legal: 58-347
Impreso en República Dominicana

Ilustración de cubierta: Nathalie Ramírez

Primera edición: noviembre 2012

A Carmen: luminosa, bellísima, en el cielo.

"If the doors of perception were cleansed
every thing would appear to man as it is, infinite."
WILLIAM BLAKE

Gente del tren, dos jóvenes se miran, el recital, un poema que fue a parar a la basura

La noche de verano llenaba la ciudad. Una luna ideal para caminos perdidos y fantasmas se agazapaba entre las escasas nubes, manchaba los edificios enladrillados y se desvanecía de la ventanilla del tren para reaparecer más adelante en la arboleda de Central Park o sobre los techos negros de Jerome Avenue. El vagón, como una lata enorme de gentes en conserva, se desplazaba lentamente entre chirridos, sacando relumbrones y chispas al rayar los rieles. El aire acondicionado se agotaba entre tantos pulmones y en su lugar quedaba una masa de óxido que volvía el ambiente más pesado. Aunque apachurrados, cada pasajero se esforzaba en permanecer lo más alejado posible del otro con un gesto que oscilaba discretamente entre la repulsión y la dignidad. Nadie miraba a nadie, o al menos disimulaba no hacerlo, y era curioso notar cómo cada quien se las ingeniaba para encontrar un punto vacío donde fijar los ojos, en medio de aquel lugar donde no sobraba espacio ni para una bocanada de aire.

En un extremo del vagón advertí de reojo a un par de jóvenes que carecían de talento para fingir que se ignoraban. Ella estaba sentada con las manos anudadas al bolso. Su rostro, de ser visto con detenimiento, quizás ameritara describirse como hermoso, aunque había un detalle discordante en su nariz, o en sus orejas, o en la línea del mentón, que comprometía su apariencia y le daba un atractivo cinematográfico. Sus ojos grises, de expresión inquietante, se detenían un instante en los del muchacho y enseguida se desviaban nerviosos.

El muchacho viajaba de pie frente a ella. Su dorso semidesnudo servía de lienzo para un tétrico tatuaje que me permitía evocar no sé qué dibujo de William Blake. Por su cuello resbalaba con inútil acechanza una serpiente domesticada. La camiseta deportiva, el pantalón bajo las caderas y la forma en que repetía un moderno corte de pelo, lo hacían parecer uno más. Pero había en sus pupilas un dulce tono de tristeza que lo libraba de pasar inadvertido. No exageraría quien dijera que miraba a la muchacha con la angustia de un náufrago cansado de espejismos que ve a lo lejos acercarse al barco real. La acercaba con un *close-up* de la vista para olfatearle el pelo, rozarle con su nariz el contorno del rostro, hasta que se topaba con sus pupilas nerviosas; entonces fingía no haberla observado y dirigía sus ojos melancólicos hacia la piel resbalosa del reptil.

Sentí envidia de aquel juego, así como enojo por la forma en que los jóvenes se negaban a practicarlo con todas las consecuencias. Si yo hubiera sido el muchacho, mantendría firme la mirada. Arquearía los labios en una leve sonrisa. Le preguntaría por el tiempo, la distancia de una estación, la hora, cualquier cosa, me besaría la palma de la mano y la cerraría contra el pecho, le escribiría una tarjetita con mi número telefónico y le diría que voy a decirle que la amo para después no arrepentirme de haber callado durante el resto de mi vida. Pero la dicha era para ellos y la derrochaban en un juego de miradas escurridizas. Desde mi asiento me di cuenta de que bastaba la simple palabra de un muchacho, el gesto elemental de una muchacha, para que dos desconocidos empezaran una inolvidable historia de amor.

El chillido de los frenos indicaba que el tren llegaba a la próxima estación. La muchacha se puso repentinamente de pie. Avanzó hasta la puerta. Al muchacho, cuyos ojos ahora flotaban en el inmenso espacio del asiento vacío, le quedaba la oportunidad de tomarla por el brazo y bajar tras ella. La muchacha salió al andén seguida por la apurada muchedumbre. La puerta se cerró. Y el muchacho quedó inmóvil dentro del vagón, mirando con nostalgia a la estúpida serpiente.

El vagón lucía ahora desolado. Un puñado de pasajeros soñolientos, que iban o venían del trabajo, trataban de acomodarse en los asientos de metal. De vez en cuando alguno bostezaba, hojeaba un periódico manoseado desde las horas de la mañana y soltaba el pensamiento hacia un lugar que, por la expresión nostálgica del rostro, parecía perdido. En un asiento del fondo venían dos monjas afroamericanas, o afroamericanas disfrazadas, mustias como todas las monjas aunque traían uñas postizas y prendas de plata. Alcancé a oír el golpe de la puerta cuando el muchacho de la serpiente cambiaba de carro. Consulté el reloj. Entrada la noche los rieles se estiran, por lo que el trayecto se alarga y nuestra estación va a parar más allá de lo habitual.

Para matar el tiempo desdoblé el poema que había leído en la librería. Un simple escrutinio me confirmó que si la historia de la poesía estuviera escrita con textos como ese, sería la cosa más insignificante del mundo. Dejé vagar la mirada hacia los grafiti pintarrajeados en la carrocería. Incomprensibles, repetidos, escritos con premura por temor a la policía, esos garabatos tenían más fuerza poética que mis versos. Al menos poseían la pasión de la adrenalina. Cabeceé. Parece que dormí durante algunos segundos, pues conservaba celajes de un sueño, algo así como un reptil que se deslizaba sobre el papel y luego me observaba inmóvil. Bostecé. Se oyó en el altoparlante la voz del maquinista, indescifrable, escapando desgarrada del mecanismo. El tren se detuvo en medio de la obscuridad, bajo la tierra, y me lo figuré atorado en la boca de una enorme serpiente.

Aquella noche venía de Manhattan. Había participado en un recital de la librería Calíope, que entonces era una especie de pasillo atiborrado de libros en Dyckman Street y no ese impresionante *mall* de tres pisos que ahora ocupa en Downtown. Éramos siete poetas sofocados por el gentío. Asistí por compromiso con el propietario y también para probarme definitivamente a mí mismo que mi vena poética se había secado. No tardé en alcanzar este segundo propósito, pues tan pronto empecé a leer, me asaltó un profundo desaliento que se pudo percibir en la falta de emoción de mi voz. En efecto, al terminar se oyeron tibios aplausos, sin duda de espectadores condescendientes y de otros que durante mi lectura estuvieron dedicados a otros asuntos. Enseguida el maestro de ceremonias anunció una pausa, que ávidamente fue llenada por ruedas de salchichón y copas de vino. Un señor bajito, habituado a aquella tertulia, se detuvo a mi lado. "Un texto interesante", dijo cortés, y pegó la espalda a la pared para perseguir una bandeja.

Terminada la pausa, los poetas y yo fuimos reagrupados frente al mostrador. El maestro de ceremonias, entrampado en su propio flux y con el bigote chorreado de sudor, abrió un turno para las preguntas del público.

Una señora, vestida demasiado juvenil para la edad y exhibiendo una afectación que desencajaba con la edad que quería aparentar, mencionó un libro de Borges, evocó una supuesta amistad con Pedro Mir, glosó una cita de Virginia Woolf que no venía mucho al caso y, luego de una meticulosa disquisición, dijo al fin: "Mi gran pregunta, para todos, es, caballero: ¿el poeta nace o se hace?". De inmediato me aparté del grupo, alcancé la puerta y caminé directo a la estación sin volver la vista atrás.

La voz del maquinista volvió a desgarrarse por la bocina y el tren reinició la marcha con lentitud hasta detenerse en la siguiente estación. Una repentina alergia me puso a merced de los estornudos. Cuando me tapaba la nariz, desde el asiento contiguo una mano frágil me pasó un pañuelo dorado. El gesto no dejó de admirarme, pero, apurado por los estornudos, sólo atiné a tomarlo y llevarlo con urgencia a las fosas nasales. Luego me volteé con el rostro apenado, pero el otro asiento estaba vacío. Como la puerta acababa de cerrarse no pude devolverlo a su dueña. Deduje que se trataba de una mujer, debido a la delicadeza del gesto y a los finos rasgos de la mano que me había alcanzado el pañuelo.

Le di un último vistazo al poema. Vino a mi mente aquella heroína de *El doctor Zhivago,* que no se animaba a escribir novelas por respeto a las hermosas novelas que había leído. En ese instante me sentí extremadamente solo, y rabioso porque tenía enormes deseos de llorar. Estrujé el poema con la idea de que ocupara el menor espacio en el zafacón. En aquel momento no podía saber que ese conjunto de líneas insignificantes ya me habían colocado a la puerta de la historia más extraña de mi vida.

Simón de Cirene, la casera y Bárbaro, cucarachas, en la videotienda, el socio 1307, la Boricua, el librero, noticias de una chica pelirroja

Soy lo que algunos podrían llamar un hombre común. Pero, en realidad, esa no sería la definición adecuada. Un hombre común es la media de la humanidad, participa de ella como imagen y semejanza, y esa función elemental da cierta dirección a su existencia. Digamos que no considero a los demás mis semejantes. Sin embargo, esto no significa que me estime como un hombre de atributos especiales. Si tuviera que definirme ahora, diría que soy un poeta enterrado, un ser fabricado de presente que no posee el aliento de la nostalgia ni la curiosidad del porvenir, un sujeto que sólo existe para que los burócratas del censo justifiquen su salario. Quizás mi mejor definición provenga de opiniones interesadas. Mi primera novia llegó a considerarme un hombre sin corazón. Mis escasos amigos, antes de abandonarme fastidiados, han dictaminado que soy el aburrimiento en carne viva. En mi familia siempre se limitaron a opinar que soy un tipo raro.

Pero no hay que ser una persona de condiciones excepcionales para ocupar el centro de una historia excepcional. Lo digo por mí. Se da por hecho que los personajes son quienes construyen la historia: ahí están

Alejandro Magno, Simón Bolívar, Juana de Arco. Pero esa fórmula no siempre funciona. Extraigamos un simple caso de la que podría ser considerada la mayor escena trágica de Occidente. Simón de Cirene era un hombre cualquiera, un vulgar labrador incapaz de una acción fuera de lo convencional. Un día viene cansado del campo, a lo mejor apurado por llegar a casa para llenarse el estómago, mirar desde el porche la tierra estéril que se dilata hacia la rueda mortecina del sol y, si se da la ocasión, ayuntar con su esposa, para luego dormir y repetir al día siguiente la misma jornada. De pronto se encuentra en medio de una trulla, un soldado romano le apunta con la lanza, le obliga a cargar la pesada cruz de un reo, y, sin darse cuenta, ya está ocupando un lugar excepcional en la historia. ¿Dónde estaba Pedro? ¿Dónde Mateo, el publicano? ¿Dónde Jacobo, hijo de Zebedeo? ¿Dónde estaban aquellos personajes que, por su relevancia, eran llamados a jugar un papel trascendental en la mayor tragedia de la Humanidad? Se desvanecieron, y en su ausencia se levantó monumental Simón de Cirene, un hombre sin condiciones especiales. Porque en ocasiones es la historia quien construye a los personajes.

Digamos que, bien guardadas las distancias, este es mi caso. Ahora bien, cualquiera podría preguntar si vale la pena interesarse en la vida de un sujeto corriente como yo. Se trata de una duda razonable. Yo mismo la tuve mil veces antes de disponerme a escribir, hasta que di con una respuesta iluminadora. ¿Cómo puede un hombre aburrido contar su historia sin fastidiar? La clave es hablar lo menos posible de sí mismo y circunscribirse a contar lo que le pasó. Y eso es lo que pretendo hacer.

Antes de dar paso a esos sucesos, revelaré que cuento con una cualidad natural que me permitirá ocultarme lo más posible en favor de la fluidez de los hechos: no me gusta preguntar. Siempre he preferido hallar respuestas por mí mismo y así llegar abiertamente a mis propias conclusiones. Cuando las respuestas vienen de otro, está uno limitado a una noción ajena, y a menudo acomodada, de la realidad. Leí una vez que el gringo es un ser que desestima cualquier pregunta a la que no ha encontrado solución en menos de ocho segundos. Yo la desestimo en mucho menos. Si intuyo que una persona no está en interés o capacidad de darme una contesta, evito insistir. Sabiendo o no sabiendo, la realidad cambia muy poco. ¿Para qué fatigarnos entonces?

Me despertó el ruido del televisor. La inquilina del apartamento ponía el volumen bajito a esa hora de la mañana, por consideración a su subinquilino. Sin embargo, esa gentileza producía en mí la desagradable sensación de que aquellas voces cuchicheaban. Abrí los párpados. Tomé conciencia del techo, del cuarto, de mi cuerpo tirado sobre tibias manchas de sudor. El abanico revolvía las sábanas con soplidos de aire caliente. En el piso ondeaba el pañuelo dorado. Tenía bordadas, con hilo rojo, las iniciales "MM". De camino al baño, recuperé un conocimiento nuevo con el que viviría el resto de mi vida: ya no era poeta. El mal sabor de boca me convulsionó el estómago. No tenía deseos de bañarme, no me animaba dejar el terreno limpio para que el verano hiciera de las suyas con mi cuerpo.

Retorné al cuarto. Dejé perder la vista tras el rastro de una cucaracha. Cuando esa desapareció por el tomacorriente, fijé la atención en otras que vagaban por los rincones y husmeaban entre mis cosas. Eran insectos enanos, menudos, quién sabe si reducidos por efecto químico. Pensé en las cucarachas. ¿Cómo se consigue vivir así, sin documentos, sin horarios, sin obligación de someterse a los antojos de un empleador despiadado? Quizás la clave es que son asquerosas. El hombre, a diferencia de los demás animales, se desentiende de la inmundicia. Es la única cosa que deja en paz. Mientras el *bon sauvage* andaba sucio por la selva, servía de poco: hubo que bañarlo y ponerlo presentable para sacarle el jugo. Quizás recobraríamos la felicidad perdida del salvaje si persistiéramos en la suciedad de la cucaracha. Incluso garantizaríamos la longevidad, pues son los únicos seres capaces de sobrevivir a la hecatombe nuclear.

Sentí un desagradable cosquilleo en el pie. Una cucaracha curioseaba por el calcañar. Permanecí inmóvil. No tenía insecticida. ¿Pero, qué sentido tiene dilapidar el dinero en aerosoles para enfrentar una criatura que no puede ser exterminada siquiera por la bomba nuclear? La dejé pasearse inquieta por el tobillo y luego rozar los dedos con aquella caricia repelente. Su menudo movimiento reflejaba un ser desocupado, ajeno a las tensiones, dichoso. Sacudí el pie y la destruí de un pisotón.

Escuché unos toques sordos en mi puerta. Me hice el desentendido. Cuando terminé de vestirme, seguían tocando. Me acerqué a la puerta. Una peste de cigarrillo se filtraba por el paño.

—¿Sí? —dije, sin abrir, luego de un rato.

—Bárbaro estuvo calculando que el martes se cumple la renta del cuarto.

Quien hablaba detrás de la puerta era la casera, una mujer flemática y temperamental, incapaz de descargar directamente su malhumor contra aquello que le molestaba. Arrastrar un mueble, desgañitarse con el estribillo de una canción o susurrarme por la puerta algún comentario descortés mientras fumaba como si retara al cáncer, constituían sus recursos de desahogo. Bárbaro era su marido, un vividor con gordura de mastodonte que se pasaba los días en el aposento frente al televisor. Lo había visto pocas veces, siempre de espalda o perfil. Regularmente lo escuchaba vociferando que le subieran el aire, pidiendo que le trajeran de comer y beber o pujando desde el inodoro. Por ser domingo, tenía derecho a reclamarle a la mujer que faltaban dos días para la renta y, además, no hacía falta el aviso porque siempre pagaba puntualmente. Pero ya la mañana era demasiado sofocante para añadirle una discusión enardecida.

—Muchas gracias —respondí con dulce cordialidad, pues en ese momento era la mejor manera de fastidiarla.

Se oyó el chispazo de un fósforo. Unos pasos se alejaron de mi puerta. Luego sonó el chirrido de algo que se arrastraba por el piso. Me retiré en silencio. La mujer empujaba por toda la sala el pesado estante del televisor para mudarlo de sitio.

Subí al tren. Bajé seis estaciones más adelante. En la acera, el alcalde de la ciudad me esperaba con la mano tendida y una sonrisa. Estaba acompañando a los candidatos de su partido en el fragor de la campaña electoral. Tuve curiosidad por saber qué se sentiría negarle el saludo al alcalde. Pero mientras pensaba así, ya tenía mi mano apañada en la suya. Seguí mi camino, hasta cierto punto abochornado por haber reaccionado como la muchedumbre.

Trabajaba en Garvish Video-Store. En esta tienda se alquilaba y vendía vídeos para que la gente del vecindario no muriera de hastío cuando cerraba la puerta de sus apartamentos. Nuestra videoteca se componía de películas recientes, que eran la atracción principal, otras lo suficientemente memorables como para que el público las alquilara al menos una segunda vez, y un inventario de vídeos pornográficos cuyas carátulas reservábamos con escrúpulo en un libro rojo. La condición básica para que una película entrara a nuestra tienda era que su director no poseyera la menor idea de lo que era hacer cine; aunque sucedían deslices, ocasionalmente traducidos en descuento salarial, y a nuestros estantes iba a parar algún filme de Ingmar Bergman o Luis Buñuel que sólo sería alquilado por error y serviría para que el jefe ejemplificara cómo un negocio podía irse a pique.

El jefe era un tacaño. Maestro de la zancadilla y la lisonja. Personaje indigno de una historia decente. Uno de esos sujetos que sólo abren la boca o lanzan la mirada para reafirmar su superioridad burocrática. Se consideraba un genio en mercadeo, aunque apenas sabía de números y letras. De tener un escudo, su lema ideal sería "Que cada cual se rasque con sus uñas". Cuando un comerciante amigo triunfaba, murmuraba que se debió a un chanchullo. Pero si se topaba con el agraciado, lo felicitaba efusivamente. Se consideraba derrotado ante el triunfo ajeno. Le oíamos vanagloriarse de haber llegado a la ciudad con sólo tres dólares, "igual que el genio de la Coca-Cola", hasta levantar esa tienda y otros negocios en Alto Manhattan. Su mayor orgullo en la videotienda fue pegar una hoja, fotocopiada de un libro de mercadotecnia, la cual citaba las razones por las que los clientes se van de un negocio: porque los tratan mal, porque se mudan, porque los empleados no les satisfacen, etcétera. Esbozaba sus estrategias mercantiles (en realidad, marrullería de pulpero rural), y ninguno le interrumpía en espera de que, entre tanta palabrería, revelara la verdadera clave de su fortuna: haber estafado a su primer socio. Pero en un punto de la charla, quedaba taciturno y, al recobrar el habla, se ponía a dar órdenes.

Tras abrir el portón, arrastré la aspiradora por el piso alfombrado. Recogí los excrementos de las ratas. Compuse las carátulas desordenadas por los clientes la noche anterior. Barrí la acera. Limpié el polvo. Coloqué los letreros con las ofertas del día. Ordené las facturas. Todo se hacía siempre de igual manera, en el mismo orden. Incluso había un cuaderno en que se detallaba la rutina diaria, para no dejar nada en manos de la caprichosa invención.

La campanilla sonó al golpe de la puerta. Había entrado el primer cliente. No correspondió al saludo de buenos días. Se trataba del socio 1307, un angoleño que fingía la necesidad de un bastón. Quién sabe cuántos miles de dólares habría sacado al Gobierno con su falsa cojera. Lo detestaba, y él, entre gruñidos, parecía sentirse complacido de ese sentimiento, pues supongo que se comportaba deliberadamente así para que lo odiaran. Estorbaba cuanto podía. Demandaba atención especial, maldecía, se inventaba que el último vídeo estaba en mal estado, nos culpaba de que algún actor murió demasiado rápido en la película, eructaba casi en mi rostro para de inmediato refugiarse en la inmunidad de un *Sorry*. No sólo tenía problemas de actitud conmigo. Los empleados de los demás horarios lo detestaban. Muchos otros clientes, también vecinos suyos, lo consideraban una lacra. Por eso vivía solo en su apartamento. O sea, mi apreciación no era subjetiva ni personal. Cuando guardaba la cortesía ante individuos semejantes, me daban deseos de estrangular al insensato que inventó que el cliente siempre tiene la razón.

Así pasaba el día, con cuentagotas: un cliente se iba, otro venía. Salvo unos cuantos, los socios de esta tienda carecían de buena educación. Pareciera que los hispanos y los afroamericanos se hubieran puesto de acuerdo para confinar en este vecindario la lacra que dañaba su raza. Luego de la comida, salí a la acera para disipar la mente. La calle estaba salpicada por basura de diverso color y procedencia. Los árboles lucían inmóviles, sin asomo de brisa. Enfrente quedaba una casa manchada con esa costra desleída que deja el tiempo; llamaba mi atención su patio enmarañado por la yerba silvestre y un banco a la sombra del porche, adornado con rosas descoloridas, en el que desde hacía años no veía a nadie sentarse. Flotaba en el vapor de la tarde un olor a carne chamuscada. De lejos llegaba un *detritus* de sirenas, un concierto de claxon desacompasado, los alaridos de una pareja disfuncional, la gritería de un ejército de chiquillos y, por la calle vecina, el traqueteo del tren, que pasaba como un espejo del sol sobre los elevados rieles. Pensé con vaguedad que, entre tanta sordidez, resulta ilusa la sobrevivencia de un poeta.

Volví al interior de la tienda. En el verano se reducía la clientela, pues la gente pasaba el mayor tiempo posible fuera de los apartamentos, como si temiera quedar atrapada en el incendio del clima. Se tiraban a la calle con poca ropa para mostrar su piel estriada, el colesterol distribuido en el rosario de la celulitis, la grasa rodeando las caderas a manera de salvavidas. Preferirían morir quemados a campo abierto y no abrasados entre las paredes. Sonó el teléfono. Era el gerente, quería saber si habían venido algunos clientes.

—El verano es el diablo —se quejó. Me pidió reordenar las carátulas, intercambiar los afiches de Schwarzenegger y Lola la Trailera, cepillar la taza del inodoro...

que no me quedara sin hacer algo—. Pues ya que ahí no hay nadie, vos apáguese por un rato el aire acondicionado, poeta.

El jefe siempre tiene la razón... siempre que esté allí para comprobarlo. Podía prescindir de sus ordenanzas, dadas por ejercitar el recelo de la autoridad. Sólo apagué el aire, no fuera a aparecerse de repente en la tienda. Puse el vídeo de una película que recientemente había roto todos los récords de taquilla y estupidez. Solía divertirme adivinando lo que iba a suceder en esos filmes. Presagiaba: "no va a pegarle el tiro en la cabeza, el rehén es un niño", y el malo, conmovido, soltaba ileso al chico. Auguraba: "el perseguidor va a alcanzar a la muchacha, sin importar que esta le lleva medio kilómetro de ventaja", y, ¡zas!, el sicópata le salía por el frente. Vaticinaba: "no va a matarse aunque acaba de saltar de un treintavo piso", y he aquí que el protagonista caía en un mullido contenedor de basura. Apagué el televisor. No tenía sentido malgastar el don adivinatorio ante hechos tan predecibles.

Alcancé el teléfono. Pasé los dedos por el teclado, sin pinchar, muerto de aburrimiento. De forma automática marqué el número de la casera. "¿Aló?". No respondí. "¿Aló?...", exigió varias veces la voz, y mientras repetía, su voz se impregnaba de histeria. Colgué. Sabía lo que iba a pasar: la casera pensaría furiosa que esa llamada era de alguna mujer, pero no diría nada a Bárbaro, encendería un cigarrillo, fijaría la mirada en el mueble más pesado del apartamento.

Enseguida telefoneé a mi tío. Era un hombre lacónico, quien quizás por su condición de ex militar resolvía con escasas palabras. Trabajaba en el restaurante más elevado de la ciudad. Desde hacía un tiempo, instigado al parecer por mi madre, se interesaba en conseguirme empleo allí en cualquier cosa. Aunque no enloquecía con la posibilidad, tampoco dejaba de atraerme. El puesto en el restaurante contenía triple significado: trabajar en Downtown, largarme de este vecindario y mandar al diablo al miserable de mi jefe. "Estamos casi en eso. Cualquier cosa, le aviso", informó, y, antes de colgar, reprochó sin entrar en detalles: "Hace tiempo que usted no llama a su mamá". "Voy a telefonearla hoy mismo", mentí antes de despedirme.

Vagó por mi mente el número telefónico de la Boricua, mis yemas merodearon por el teclado. Me sorprendió su ronquido gatuno. Siempre ha hablado así, como si estuviera a punto de excitarse. Cuando la conocí pensé que se trataba de una afectación; luego descubrí que era su tono natural. Hubiese colgado, pero su ronroneo me estremeció con una especie de impulso eléctrico.

—Tú me has botado, muchacha...

No me respondió de inmediato. Hizo uno de esos breves, casi imperceptibles silencios en los que se calcula velozmente la reacción apropiada. Quizás trataba de reconocer la voz. Fingió un gemido.

—Tú no me amas, bellaco. Olvidaste mi corazón, sin importal *that I need you so much* —se quejó. Cínica. Ella fue quien me sacó los pies del camino, cuando se enganchó con un vendedor de heroína que soltaba el dinero como si le quemara las manos. Por eso no la había visto en los últimos seis meses—. *But* el que ama siempre está supuesto a perdonal. *So*, las puertas de mi corazón siguen abiertas para ti enterito.

Como el vendedor de heroína ahora estaba preso, su corazón reabría sus puertas para mí entero, incluido manos, sexo y, por supuesto, cartera. Debió darme náusea su falta de sinceridad y su predecible ingenio; pero, quizás porque había renunciado a buscar la parte poética de las cosas, sólo me permití entregarme al placer de cierta turgencia. La Boricua era buena para el deseo. O más bien mansa, generosa, desentendida de su cuerpo. Poseía la docilidad de una muñeca inflable. Además su cuerpo era inquietante, de esos que paran hasta la respiración y obligan a preguntar qué hace aquí una mujer tan sensual. De todas las mujeres que hasta entonces me había dado, esta era la más bella, y en nuestros mejores tiempos la tuve como la chica que sólo por error de la fortuna un tipo como yo pudo alcanzar. Cuadramos nuestros sentimientos y acordamos un encuentro para el fin de semana. Cuando colgaba el auricular, volvió a sonar el timbre. Di la cortesía acostumbrada, sin sospechar que esa llamada era mi entrada formal a la historia que marcaría mi destino.

—Buenos días. Le llamamos de la Lotería. Usted acaba de ganar el Loto de setenta y cinco millones de dólares.

Con la falta de entusiasmo que da la sofocación, reaccioné:

—Dígame, magistrado.

Era el propietario de la librería. Sus llamadas siempre iban precedidas de una broma descabellada. Ahora la voz le sonaría sonreída.

—¿Qué sucedió anoche, cristiano? Saliste disparado cuando empezó el turno del público. Pensé que te habían echado agua caliente.

Le dije que me ausenté para esperar la llamada de una tía a la que iban a operar de asma. Fue lo primero que se me ocurrió. Sería más complicado explicar que esa noche colgué los guantes como poeta.

—Ah —concedió. Entonces su tono asumió una sobriedad de confidente—. Mira, aquí había una mujer loquita por hablarte del poema que leíste.

No me entusiasmó la idea. A mi mente vino la vieja que hizo la pregunta sobre el origen de los poetas. No podría sobrevivir media hora sentado frente a ella en un bar, separados por el vapor de dos tazas de té, oyéndole martillar citas literarias.

—Es una joven pelirroja —resaltó, para manipular mi interés—. Gringa. Dice que estuvo anoche en el recital, aunque no la recuerdo. Le fascinó tu poema, pero, como te esfumaste, no tuvo tiempo de hablar contigo. Volvió esta mañana a la librería para ver cómo podía contactarte.

El detalle físico atrajo mi atención. Era pelirroja y, sobre todo, no la vieja odiosa. También despertaba mi curiosidad que le hubiera gustado ese poema.

—¿Y qué le dijiste?

—Le di tu teléfono... Supuse que no te iba a molestar. Si no te ha llamado, lo hará en cualquier momento.

"¿Cómo está el tiempo por allá? ¿Dónde juegan los Yankees? ¿Alguna novedad?", le dije, preguntas vacías que, en una conversación telefónica, equivalen a un silencio. Me las respondió todas con austeridad.

—Es una pelirroja —retomó el librero.

Derrotada mi intención de hacerme el desentendido, pregunté:

—¿Es bonita?

Hizo un silencio real antes de responder.

—No es fea —vaciló.

—Eso no significa que sea bonita —protesté. Aunque nunca tuve admiradoras, siempre supuse lo terrible que sería ser admirado, sentido, soñado día y noche por una lectora fea—. ¿Se ve bien? ¿Está buena?

—Bueno, ahora que lo preguntas... No... no tiene nada feo. Es una mujer atractiva. Todos quedaron hipnotizados...

—Entonces es bonita —intervine.

—Deslumbra. Incluso esta mañana...

—¿Es bonita? —volví a interrumpir su repentina efervescencia.

—¿Bonita? ¡Es pura belleza! ¡Una bestia de mujer! Pero... No sé. Tiene algo que no me explico... No sé. Sí, parece tener algo como...

—¿Algo como qué?

Lo escuché balbucir. Se esforzaba por encontrar la palabra correcta. Finalmente hizo una pausa y determinó con firmeza:

—No sé.

Veraneantes, esperar una mujer, la pelirroja al teléfono, la visión, cosas que hacer sin los brazos, la novia

Estaba a la espera de mi admiradora. Acordamos encontrarnos junto a la arcada de este puente de Central Park. Eran las diez de la mañana. La sombra de los árboles evitaba que el sol se desplomara sobre el pasto y los peñascos, aunque no lograba impedir que un vapor caliente, impulsado por su débil motor debido a la ausencia de brisa, circulara a campo abierto. Un señor sin camisa y nariz de plástico consultaba el periódico. Sobre la comba del puente pasaba un coche de caballos blancos transportando a una novia. Una mujer tocada con un elegante sombrero y un vestido naranja, como un incendio al pastel, miraba ansiosa a su alrededor como si esperara distinguir a alguien. Varias familias se acomodaban en el suelo sobre pequeños manteles, destapaban litros de soda, lanzaban una pelota, escrutaban las ollas de comida. Iban y venían veraneantes en patines. Un turista dispuesto a desabastecer los almacenes de la Kodak desperdiciaba su cámara con las ardillas. Dos adolescentes se picaban con besos sentados en una raíz enorme, con tanta gracia que parecían hacerlo sólo para divertirse. En suma, había gente por todas partes, pero por ningún lado aparecía la mujer que esperaba.

Un hombre pasó vestido de Hamlet y apuró el paso cuando Ofelia, quien corría levantándose el ruedo del vestuario, gritó las once de la mañana. Yo sentía sed. Hubiera dado mi reino por una botella de agua, mas temí moverme de allí, no fuera a ser que mi admiradora llegara y no me encontrara, aunque, para ser exactos, ella llevaba casi una hora de retraso. Ciertamente las mujeres suelen tardarse en llegar a las citas, pero hay un convenio tácito que exige al hombre esperarlas más allá del tiempo debido. Cuando se espera a una mujer, no podemos ceder a la desesperación, pues bastará con verla entrar a nuestro campo visual o escuchar su voz al acercarse, para que el enfado abandone nuestro ánimo y se transforme en una dulce agitación. Además, no nos precipitemos: las mujeres conocen de este efecto y por eso se demoran de esa manera.

El tiempo pasaba. Llegó el tañido de una iglesia cercana. Se trataba del sonido electrónico, nasal, de un badajo invisible contra una campana irreal. Excesos de la modernidad. No logro imaginar el medioevo, tan cargado de espiritualidad, sin su fuerte descarga de campanas zarandeadas por cuerdas: sin ellas se desvanece la historia y el profundo misterio de la humanidad. La mujer del sombrero elegante de vez en cuando me lanzaba una mirada que me hacía sentir extraño. Era atractiva, refinada; pienso que si ella fuera la de mi cita, hace tiempo la tuviera entre mis brazos, sin hacer nada, solo para sentirla transpirar, no la olvidaría ahí en mitad del parque, como el estúpido que la hacía esperar. Las pocas veces que pasó por mí su mirada, lo hizo con recelo. Debía darle cierta aprensión encontrarse sola cerca de un extraño que llevaba casi dos horas sin moverse junto a una arcada.

Empecé a temer que equivoqué el lugar de la cita. Era una incertidumbre terrible, sobre todo porque si me desplazaba hacia otro lugar, podría al fin llegar mi admiradora y no encontrarme. Era uno de esos momentos en que uno lamenta no haber adquirido el vicio del cigarrillo. En la acera había un teléfono público que quemaba por la intensidad del sol; debía estar ardiendo en todas sus partes, ya que era de metal. Si un caminante se hubiera detenido a llamar, ¿qué número marcaría? ¿El de las calderas del infierno? Podría telefonear a mi admiradora, pero caí en cuenta que no le pedí su número.

Después de haber hablado con el librero, recibí la llamada telefónica de la pelirroja. Habló maravillas de mi poema, con tanta fascinación que en principio pensé que se burlaba. Sospeché que se trataba de una broma de mal gusto orquestada por algún poeta envidioso. Justo cuando preparaba mi contraataque, me desarmó con una expresión inesperada: "Tu poema me desató todas las hormonas". Al vuelo percibí que no se trataba de una bufonada, pues esa frase, descarnada y literariamente desaliñada, no parecía provenir de un pseudopoeta erudito, al menos no de un varón. La muchacha hablaba en serio, lo cual demostraba que estaba loca o que tenía un gusto extremadamente hondo. Fuera loca o excéntrica, para mí lo esencial era la noticia de su atractivo físico. Además hablaba extraño. Tenía una voz indescriptible, fluida pero no copiosa, de poderosas pausas, que hacía mantenerme como al acecho. Sus palabras insuflaban cierta sensación de intimidad. Cuando terminamos de hablar me encontraba muy excitado.

De repente me sentí estúpido en el parque. Desde el momento que colgué el auricular estuve abstraído en las palabras de la muchacha, enardecido con la idea de lo que podía suceder entre ambos al encontrarnos por la mañana en el lugar acordado. Sólo ahora reparé en que aparte no tener su teléfono, tampoco conocía su nombre, ni su imagen, ni su dirección, ni nada. ¿Qué clase de insensato se arroja a una cita con un fantasma? Un hombre tiene que estar muy solo para lanzarse con impulso femenino a una cita a ciegas. Yo que siempre consideré absurdos esos encuentros procedentes de una charla cibernética, estaba allí, haciendo el ridículo en pleno Central Park. Las doce meridiano. Decidí cancelar la espera.

—Hola —dijo a mi espalda una voz que me pareció raramente conocida. Volteé el rostro y recibí un golpe de sol en las pupilas—. Soy yo.

Mis ojos se empaparon de una visión. Quedé petrificado. En verdad no es que era ella, sino que no podía no ser ella. Su imagen fulminaba. Su belleza quedaba a un lado, porque esa hermosura fulgurante terminaba por serle un vago encanto. Su contemplación desgarraba todos mis sentidos. No me invadió a la manera de un flechazo, fue más bien un chorro de ácido del diablo. Un ángel horrendo, un demonio inmaculado, el óleo de una santa con un seno descubierto. El cabello enredado de serpientes y recogido en un incendio. Era una mujer para amarla mientras flota en el aire o atropellarla con un caballo alado, susurrarle que un pájaro rojo la cubre con sus alas enormes, tragar su respiración mientras la contemplamos repujarse sobre el firmamento: el cielo incendiado por el sol, oro vasto luminoso, sobre su cabeza una estrella, a sus pies la luna, y desplomársele hacia adentro tras haberle robado el falo a un fauno y la leche a una diosa que exuda perlas derretidas. Una bestia, una máquina erótica, un animal femenino, una mujer para asesinarla de la forma más brutal, traerla de la muerte, hacerle el amor, arrancarle las uñas con los dientes, quemarle los ojos con un cigarrillo a la vez que la obligamos a mirarnos sonreída, despedazarla con una maza mientras se le besa un párpado, ordenar su carne machacada, robar su cadáver de la tumba para violar dulcemente cada fragmento de su cuerpo. Una mujer encantadora. Un acto de magia. Una mujer por la que jamás morir valdría la pena. Una mujer por la que uno oprimiría el botón de la bomba del fin del mundo.

Una sombra de árbol me cubrió el rostro. Fue embarazoso, porque debí permanecer un instante absorto mientras unas pavesas de sol se desvanecían de mis pupilas. Cuando cesó la dilatación, tenía enfrente a una bella muchacha pelirroja.

—Es el sol —me excusé.

—Siempre el sol —sonrió.

Me pareció haberla visto antes. Bastó con observar el sombrero que traía en la mano, su vestido de fuego, un banco vacío, para caer en cuenta de que era la mujer que estuvo esperando en el parque. Ahora, con el pelo descubierto, tenía los años de una muchacha. Las mujeres, diferente a los hombres, dominan el arte de restar y sumar los años. Quedé encantado con sus rasgos físicos. Nos miramos en silencio. Debí aplicarme para no bajar los ojos ni trazar una sonrisa estúpida. Noté que la respiración le agitaba el pecho, aunque, curiosamente, no parecía sonrojada. Tuve la impresión de que en lugar de mirarme, me olía. Al fin consideré que había llegado el momento de decir "¿Y entonces?", frase imprecisa que se estipula en esos casos y casi siempre se pronuncia a coro. Pero ella me sorprendió con un comentario:

—Tu olor es bueno.

No pude responderle nada. Esa mañana no me había bañado. Tampoco llevaba perfume. Por el contrario, estaba empapado de sudor, sobre todo bajo la ropa.

Para romper el hielo, calculé rápidamente una frase de la que me arrepentí de inmediato.

—Eres hermosa e inteligente.

Ella sonrió con indulgencia, lo cual me hizo sentir ingenuo. Lo más terrible es que no se me ocurría ninguna palabra para resarcirme. Mi indecisión me irritaba, pues como hombre me correspondía tomar las riendas de la situación. Quizás debía invitarla a tomar algo. ¿Pero cómo llevarla al sitio adecuado? ¿Qué tomaría una gringa recién escapada de un desfile de modas? Si fuera latina, la invitaría a beber una cerveza por ahí, en un lugar que se pudiera escuchar salsa o música suave, tendríamos elementos comunes que facilitarían las cosas, sin dudas la frase anterior hubiera provocado un efecto favorable (nunca me había fallado), mentiría diciendo que me parece una mujer "como misteriosa". Pero entre esta chica y yo no existían puentes. Me preocupó la idea de que fuera imposible llevármela a la cama. De pronto, ella recorrió los dos pasos que nos distanciaban y se me pegó. No movía los brazos, sino que presionaba hacia mí como si en lugar de abrazarme buscara acomodarse en cada escondrijo de mi cuerpo. Acomodó una mejilla en mi cuello, llevó sus labios a flor de mi oreja y susurró:

—Eres mi novia.

Esta frase me inquietó. Como pronunciara esas palabras en español, pensé que había equivocado el género del sustantivo, aunque su pronunciación fue perfecta y sin acento. Supuse que no escuché bien. De todos modos una frase así, dicha en privado por una mujer, no representa gran amenaza. Abrí los brazos, pero los dejé abiertos para no interferir en su estrategia corporal. Debo reconocer que la excitación por su cercanía se ligaba con un sentimiento de pudor. Después de un momento interminable, se volvió a apartar dos pasos.

—¿Y entonces? —pregunté decidido.

Me miró a los ojos. Juraría que habían cambiado de color, más obscuros, aunque probablemente era consecuencia de la pasión. Me incliné a recoger su sombrero del suelo. Le arrojé una mirada antes de levantarme. La vi radiante, monumental, como recortada y pegada contra el fondo desteñido del cielo. El sol le alumbraba la cabellera y su vestido naranja se prendía en fuego.

—Llévame a un lugar al que yo no sepa ir —propuso ansiosa cuando estuve de pie—, por un camino que yo no conozca. Llévame de una forma que nadie más pueda llegar.

Un paseo por el cementerio, aborto de un beso, salto al tren, dos maleantes en Hunt Point, la entrada al sótano

Ningún lugar resalta la belleza de una mujer como el cementerio. La lozanía de la piel, la ternura del rostro, la frescura de su presencia se acentúan en el entorno pálido de las lápidas, la blancura tétrica de los mausoleos y los rosales mustios desperdigados sobre las losas. Ni la pasarela ni el maquillaje logran crearle un efecto tan favorable. Quizás se deba a que la belleza encuentra en la muerte, y no en la fealdad, su contraste ideal. Esto así porque la fealdad puede transformarse en hermosura: un poco de volumen sacado con el bisturí y un delineado de carmín podrían bastar; pero la muerte jamás se convierte en belleza física, ya que es el estado final donde no es posible transfiguración alguna. ¿Queréis la prueba? Llevad una calavera al quirófano del cirujano plástico. También la muerte aporta la serenidad indispensable, pues, en su naturaleza, la belleza no es para inquietar, sino para permanecer en sí misma serena.

Caminamos sin destino por el empedrado del cementerio. Un asomo de viento vagaba sin ímpetu y se refugiaba calmado en la cabellera de la muchacha. Tenerla del brazo mientras pasábamos de largo por las lápidas, me despertaba un placer reposado. De vez en cuando nos deteníamos a leer algún epitafio y suspirábamos con una melancolía que, al carecer de dolor, se podría calificar de deliciosa. Solemnes, galantes, como una antigua pareja a la que el tiempo le permite señorear sobre la tranquilidad y el desenfreno, paseábamos entre aquellos árboles enormes y podados, cuyas raíces se extendían bajo un pasto bien cortado, despojado de hojarasca, regado para ponerlo a salvo del verano. De vez en cuando descubríamos, siempre a varios metros de distancia y en absoluto silencio, a un albañil que encalaba un cenotafio o a un jardinero que rastrillaba el césped. Todo estaba en su sitio: las tumbas bruñidas, los adoquines bien fregados, la herrería repintada, con un sentido geométrico que nos hacía recordar que a la muerte no se le escapan los detalles. Es increíble notar cómo los muertos reciben una urbanidad que nunca se les otorgó en vida.

La muchacha carecía de repertorio humorístico. Incluso solía quedar seria ante mis chistes: me observaba como si no hubiera entendido. En cambio, resultaba atractivo escucharla, verle hablar. Evocó las grandes tumbas de los faraones egipcios. Era partidaria de la momificación, tema en que parecía versada. Daba deseos de acariciarla mientras hablaba sobre raíces, ungüentos y condiciones del aire necesarios para proteger un cuerpo de la descomposición.

Me encontraba disfrutando los placeres de una paz infinita, cuando, llegados al atrio de la capilla, la pelirroja se pegó con vehemencia a mi cuerpo y me besó. No se trató de un beso pausado. Sus labios buscaban apoderarse de los míos. Casi cedía a sus mordiscos y al movimiento de su lengua, que recorría con agilidad todos los espacios de mi boca, pero la mesura me obligó a apartar el rostro. La escuché sonreír divertida, como hacemos cuando un niño se asusta de ver una sábana agitándose en la obscuridad.

Nos sentamos bajo la sombra de un árbol. Le ofrecí un pañuelo para que se secara las gotas de sudor que perlaban sus labios. Se negó con un gracioso movimiento de cabeza mientras reclinaba la espalda en el césped. Cerró los párpados. Contemplé deleitado su cuerpo tendido. Su pelo rojo se tejía entre las hojas de hierba, finísimas serpientes arrastrándose por diminutos matorrales. El vestido de fuego, de tela levísima, abrasaba las líneas de su cuerpo y permitía distinguir las curvas de su piel. Tuve la impresión de que si el viento le volara el vestido, quedaría completamente desnuda. Su pecho, al inflarse, hacía de sus senos un sobrerrelieve elemental y excitante. El resto de su cuerpo parecía temblar delicadamente, como si toda su piel se empapara de aire. Me acodé a su costado y acerqué mi mejilla a flor de su vientre, para sentir su transpiración. Entonces me asaltó un deseo salvaje de poseerla. Sé que de arrancarle el vestido no se sorprendería: ella tendería sus manos sobre el diafragma y, sin abrir los párpados, me dejaría entrar a sus profundidades húmedas. Me detuvo el motor de una carroza fúnebre que cruzaba el portón. Debí limitarme a contemplarla dormida, pues justo cuando terminó el largo entierro y el cortejo se disponía a abandonar el cementerio, la muchacha abrió los ojos. Luego nos marchamos.

Caminamos por Jamaica bajo la línea herrumbrosa de los rieles. Oímos el ruido de la máquina que se acercaba, por lo que corrimos escaleras arriba hacia la estación como si ese fuera el último tren del mundo. Avancé apurado hacia la boletería, pero la muchacha siguió hasta la entrada y, volteando el rostro, gritó "¡Me vas a perder!". Sin pensar, salté tras ella el trinquete. Entramos al vagón cuando la puerta se cerraba. Estaba cubierto de sudor, con la piel caliente. Temí el choque con el aire acondicionado del tren, pues en ese momento helaba. Pensé que ese

aire frío, más que una cortesía, era un intento de aniqui-
larme. La pelirroja parecía sentirse cómoda con su acalo-
ramiento. En realidad, el sudor y el pelo revuelto daban a
su belleza un ardiente toque salvaje.

Llegamos a Hunt Point. No fue parte de un plan,
sino simple insensatez de enamorados. Sólo cambiamos
de un tren a otro, hasta bajarnos en Longwood Av. Mero-
deamos por calles de edificios despintados y polvorientos
que, dada la disipación de nuestro ánimo, me parecieron
poéticos. Comimos cochifrito de pie ante el mostrador de
un restaurancito chino. Nos divertimos con la adiposidad
de algunos caminantes.

Nuestros pasos nos llevaron a una calle silenciosa.
Las fachadas de los edificios, desaliñadas o que hablaban
de inquilinos desaliñados, componían un paisaje amenazador. Me di cuenta de que habíamos entrado a uno
de esos lugares equivocados donde el tiempo siempre es
equivocado. Un tipo se asomó a una ventana y silbó. Casi
de inmediato dos sujetos nos cortaron el paso frente a un
edificio. Maleantes, a juzgar no tanto por la temeridad de
su rostro como por el velado temor con que nos escu-
driñaban. Uno de ellos congolés, trinitario o de las islas
francesas; el otro a mil leguas cibaeño. Tenían las pupilas
rojas, adormecidas, estrelladas por la pipa del crack.

—Sólo damos una vuelta —les expliqué con fingida calma.

Ignoraron mis palabras. Sus ojos estaban clavados
en la muchacha. Eso me preocupaba. En este vecindario
de negros y latinos, un anglosajón significa desclasado o
policía. La pelirroja no tenía pinta de pobretona, lo cual
la dejaba a merced de suponer que era detective. El cibaeño se nos colocó detrás y enseguida el otro se aproximó
a la muchacha. Le habló sin respeto, pasándose por los

labios la lengua rematada en un arete. Le acarició el rostro. Se me prendió la sangre; pero al primer movimiento, el cibaeño me propinó varios puñetazos en los riñones y terminó de inmovilizarme con la punta de un puñal sobre mi garganta. El otro apuntó con una pistola y registró a la pelirroja por si venía armada. Su mano se movía lujuriosa. Ella permanecía inmóvil. La rodilla que aprisionaba mi cara contra la acera me impedía levantarme. El de la pistola silbó. Desde algún edificio respondieron con otro silbido. Entonces el tipo aferró a mi acompañante por la muñeca y la condujo al vestíbulo. Sentí rabia, preocupación, impotencia, lástima de mí.

No había pasado medio minuto del rapto, cuando se oyó al delincuente gritar y salir despavorido a la acera. Sin detenerse, hizo una señal al cibaeño, quien quedó desconcertado, le vociferó unas palabras en jerga y ambos huyeron disparados. Me paré de un salto. La pelirroja venía saliendo de la boca negra del vestíbulo. Observé hacia el interior. No vi a nadie.

—¡¿Qué pasó?! ¡¿Qué pasó?! —pregunté afuscado. Ella sonrió.

—No sé —respondió serena—. Parece que algo lo asustó.

Terminé por tranquilizarme al escucharla repetir que se encontraba bien. En realidad me impresionó que mostrara más seguridad que yo. Consideré prudente abandonar aquel vecindario de inmediato. Tomamos el tren y media hora después nos desplazábamos en el marasmo de vestidos emperchados de Fordham Road.

Pasó por mi cabeza una idea urgente: necesitábamos un lugar a solas. Cuando pasábamos por mi bloque, se me ocurrió llevarla al sótano de la tienda. Aunque era mi día libre, siempre traía las llaves. El sótano sólo se utilizaba para almacenar cajas vacías y esconder algunas películas pirateadas, por lo que podíamos estar allí sin ningún problema. Vacilé inseguro porque el lugar estaba semiabandonado y no lo aseábamos desde hacía tiempo. Me quedé como un tarado frente a la vidriera de la bodega de la esquina, indeciso, apañando la mano de la mujer más hermosa de la ciudad.

Podría llevarla al Grand Concourse, un hotel media estrella que quedaba cerca; pero temía que el dinero no me alcanzara para pagar un cuarto que, dicho sea de paso, no distaba tantísimo de las condiciones del sótano. Además sería poco elegante meterla de golpe a un hotel, porque conviene que el primer encuentro amoroso surja de manera espontánea, o al menos de manera *supuestamente* espontánea. Si tan siquiera tuviera una excusa para invitarla al sótano, algo para decirle "te voy a enseñar una vieja colección de tal cosa que hay abandonada en el *basement*, pero no te vayas a fijar en el reguero". Mas ¿qué de interesante podía mostrarle allí? ¿Una inmensa colección de polvo, humedad y alimañas? Necesitaba inventar un pretexto.

—¿Adónde vamos ahora? —me preguntó, sin dudas al tanto del sin sentido de estar clavados ante ese ridículo escaparate.

Y he aquí que mandada por los dioses, cayó mi coartada. Vino en forma de chubasco. Dispersados por la repentina lluvia, corrí con la muchacha, entré por el callejón del edificio y fuimos a parar directamente al sótano de la tienda.

En el sótano, fluido en los labios, Orchard Beach, lo infinito, se llamaba Samantha, el romance del conde Arnaldos, la sombra del pescador, Laocoonte

Busqué a tientas el interruptor. El espectáculo de la luz fue pavoroso. El sótano estaba en peor condición de lo que había imaginado. No me había dado cuenta de que era un sitio totalmente abandonado. En verdad, conocía bien su estado, pues bajaba al menos una vez por semana; pero ahora lo visitaba en compañía de una mujer y, los hombres entenderán, mi apreciación era diferente. Había un olor a cosas podridas y papel ajado. Entre los tiestos se distinguía un ruido de alimañas que huían de la luz. El aire estaba corrompido y caliente, sustituido por una humedad infernal. Cuando iba a disponer la retirada, la muchacha cerró la puerta y, bajando los escalones, exclamó deslumbrada:

—¡Qué lugar tan fascinante!

Me sorprendió la reacción. Su actitud tenía dos posibles orígenes: o utilizaba la modestia para no agraviarme por haber errado en la pésima elección del lugar, o el deseo de estar conmigo a solas le hacía obviar los detalles. En todo caso, mi pretensión con ella era la misma, por lo que me limité a comentar:

—Es un lugar exótico.

Desarmé una caja de cartón, la coloqué sobre un viejo sofá. La invité a sentarnos. Me desabroché un par de botones de la camisa, juro que no por insinuación alguna, sino porque la humedad era insoportable. Me acerqué para besarla. Pero antes de ofrecerme sus labios, con los ojos repentinamente tristes, preguntó:

—¿Te salvarías sin mí?

Así de intemporales pueden ser las mujeres. Son capaces de venir con un argumento profundo en medio de una deliciosa simpleza. Elegí no ponerle gravedad al asunto:

—No me salvaría sin ti —afirmé, y retomé al camino hacia su boca.

El rostro se le irradió con la alegría de sus pupilas. En ese instante el bombillo se quemó y las tinieblas volvieron el sótano un lugar aterrador. Me sobrecogió el pánico. No me gusta la obscuridad en pleno día; además, en aquellas condiciones podíamos ser presa de las alimañas.

Debíamos salir. Entonces me sorprendió su mano, que asió tiernamente mi cuello. "Ven", musitó en las sombras, "está bien así". Sentí en la nuca una caricia mientras escuchaba la música de un zíper que se deslizaba. Atrajo suavemente hacia ella mi cabeza, y mis labios se encontraron con la deliciosa noticia de su pecho desnudo. En ese instante mi excitación se confundía con la sorpresa. Un deseo de reír me cosquilleaba por el cuerpo; alegría para brotar por las piernas, manos abiertas en ruidosas carcajadas, risa desternillándose en el torso, gritos de júbilo silbando desde las orejas, lágrimas felices goteando de mi sexo. Sus pezones destilaban un líquido agrio, amargo, dulcísimo a las entrañas, como si fueran una grieta en el mate o en un alambique de licor mágico. Recorría sus ondulaciones con las mejillas, los dedos, la nariz. Pensé quedar desnudo, pero su voz me detuvo. "Todavía no... todavía", la escuché jadear, apenas con fuerzas para desenredar de la lengua las palabras. Se deslizó mi cabeza por el vientre, luego se la dejó caer entre las piernas. "Bébeme... bébeme", me ordenaba, y yo tragaba toda la humedad que segregaba su cuerpo. "Bébeme", me ordenaba, y mi lengua recogía su sudor, sus lágrimas, hurgaba en sus orejas, su nariz, en la concavidad de su boca para empaparse con cualquier fluido que su piel asperjara. Embriagado, diluido en un estado que puede adjetivarse de locura, me volví un anillo para irla abrazando desde los tobillos hasta la frente. Era recorrer una colina pedregosa, escalar un roble, deslizarse cuesta abajo como parte de un alud de rocas. De repente me sobrevino un dislocamiento del corazón o un corte en el aire y me vi absorbido por una espiral, floté por entre túneles de aire a la velocidad del sueño, abrazado, repetido, mil veces multiplicado junto a su cuerpo, hasta que una fulguración llenó el cielo y caí desplomado a los pies de un rostro de luz. Cuando besé su frente, ya no fue necesario desvestirme. Estaba pulverizado sobre su cuerpo desnudo.

Quedé sumergido en un sopor. Llegamos a una puerta calada en la montaña, entre dos robustos árboles que tenían la propiedad de la hiedra y reptaban hacia las nubes. Había que entrar, pero el interior estaba cegado por espadas de vapor que subían del cielo y bajaban del cielo. Y era como abrir un libro de fatalidades. Miré hacia atrás. A mi espalda había otra puerta abierta en mármol gris con una hermosa luz al fondo; pero no se podía traspasar porque estaba guardada por dos ángeles que formaban triángulo con el cuerpo de una muchacha que dormía en el umbral. "Somos una", susurró la muchacha, y volví en mí como si me hubiesen traspasado la garganta con una espada. Me senté a su lado. El aire del sótano parecía encendido. Creí, asustado, que la sangre se me inflamaba.

Después, repentinamente, percibí un viento frío, casi un agua helada, que me recorría la piel. Entonces recobré la temperatura normal.

—Vámonos de aquí —rogué—. Estoy muerto.

La muchacha recogió el vestido. Me condujo una mano hacia su espalda y, a tientas, busqué el zíper. Me guió hasta la puerta. Antes de abrir, inquirió:

—¿Y entonces?

Yo respondí con una sonrisa que sin dudas se perdió en la obscuridad. "¡Uf!", fue lo único que alcancé a decir. Ser hombre es una cosa fuerte. En mi lugar, cualquier mujer hubiera llorado.

La lluvia se había extinguido. La calle estaba repleta de pequeños charcos y manchas húmedas que ascendían evaporadas para calentar el aire. Por todas partes se veía paraguas abandonados, tirados por la acera y destrozados en los contenedores de basura; daban la impresión de que un enorme pájaro de agua había caído desde las nubes y sus alas rotas quedaron dispersas. En esta ciudad los paraguas están ligados al concepto de lo desechable, por lo que se manejan con la misma fugacidad de la lluvia.

Tomamos los autobuses hasta Orchard Beach. La playa estaba desierta. Los veraneantes seguro la abandonaron engañados por el chubasco. Ahora, encerrados en sus apartamentos sofocantes, debían estar furiosos por haber caído tan fácil en los espejismos del verano. La arena, húmeda y tibia, producía un efecto agradable en los pies descalzos. Tiramos piedrecillas al mar. Vociferamos algunas estupideces contra el rumor de las olas. Construimos un castillo que más bien pareció una montaña deforme. Después nos sentamos en un montículo de arena, apoyados en nuestras espaldas y mirando hacia lados opuestos de la playa. La vista se cansaba de trascurrir por la vastedad del vacío, sin encontrar personas ni edificación que la hicieran detenerse. Es maravilloso cómo los seres humanos podemos contemplar lo infinito en toda su extensión. Se sabe que detrás del punto en que nuestra mirada se agota, lo siguiente es una fracción semejante a la recorrida por la vista.

—¿Qué piensas ahora? —me preguntó.

—En el infinito.

—¿Y qué piensas del infinito?

Pensé un instante.

—Que no se borra nunca —respondí.

Sé que era una cursilería filosófica, pero ¿qué esfuerzo se le podía exigir a un hombre que recién besara la excelsitud? Además, siempre he considerado a los filósofos seres carentes de plenitud, pues, por ejemplo, un hombre que tenga una mujer exuberante en cualquier rincón de su casa, no malgastaría su ánimo en los componentes del átomo ni en las razones del hombre racional. La palidez de sus libros es el reflejo de su carencia. Dad a los hombres más mujeres hermosas, mesas con las que se sientan complacidos, gusto real por la vida, y veréis cómo pasan de moda todos los tratados filosóficos.

—El infinito se borra en tus ojos —dijo, mientras me cerraba los párpados con los dedos.

En ese momento de obscuridad volví a darme cuenta de que, tras tantas horas de conversación, no le había preguntado su nombre. Siempre estuve embelesado escuchando su voz o rozando su piel, y cuando afloraba a mi mente la pregunta, algún dulce suceso desviaba mi atención. Supongo que ante el espectáculo de una belleza exuberante, lo último que se nos ocurre es saber su nombre. Aunque, para ser preciso, este desliz se debía principalmente a mi natural animadversión hacia la duda. Mi madre comentaba que fui un niño raro, pues jamás la acosé con una desesperante infinitud de preguntas. Nunca me importó conocer por qué el sol flotaba en el cielo, las estrellas salían de noche o las flores se clavaban a la tierra. Me bastaba saber que esas cosas sucedían así, y punto. Estoy de acuerdo con que se trata de una virtud medio extraña. Recuerdo que a veces la maestra preguntaba por qué en la Tierra no nos sentíamos de cabeza. No ponía caso a su respuesta. Simplemente entendía que, según la evidencia práctica, la Tierra es plana, curva en ocasiones dependiendo de algún precipicio o montaña, y que su cacareada redondez era acomodo de fotos y percepción de navegantes. Pero si odiaba interrogar, más aborrecía sentir el empuje de la curiosidad.

—¡Qué curioso! —exclamé—. Tenemos unas horas de conocernos, breve tiempo que me parece toda una vida, sin embargo no sé tu nombre.

Descansó la nuca sobre mi hombro.

—Ya me tienes a mí. ¿Para qué necesitas un nombre?

Pensé en alguna respuesta imaginativa.

—Para no dejarte ir. Para poder llamarte cuando quiera.

Quedó pensativa.

—¿No dijiste que tenías el don de adivinar? Tendrás que adivinarlo. ¡A ver, demuéstrame tus poderes!

Como en un juego, decidí pronunciar el primer nombre que me llegó a la mente.

—Samantha Ritz...

Volteó el rostro sorprendida. Nos miramos de frente. Sus ojos estaban llenos de asombro. Le temblaban los labios.

—¿De dónde lo sacaste? —preguntó admirada.

—Es tu nombre —confirmé, disimulando la sorpresa que me producía el acierto—. Recuerda que tengo el don de la adivinación.

La expresión de su rostro reflejaba esa ingenuidad que caracteriza a las mujeres cuando se sienten complacidas con un hombre.

—Mi nombre es Samantha Ritz —reconoció perpleja, y era gracioso verla pronunciarlo como si acabara de enterarse—. Saaa-man-tha-rit-zzz...

Un repentino golpe de brisa trajo hasta nosotros una nube de vapor de yodo ligado con partículas de arena. No sudaba, pero percibía un vidrio salado cubriendo mi piel, como si el sudor se hubiera cristalizado. La muchacha sonreía ante el asedio del viento.

—Miraba el mar —le sentí extender el brazo hacia las olas—, miraba el mar y vino a mi mente un poema.

—¿Ah, sí? —exclamé con fingido desinterés, pues seguro se trataba del mío.

—Es el *Romance del conde Arnaldos...* ¿Qué opinas de ese poema?

Hice memoria y, muy vagamente, de los compendios del bachillerato me llegaron los celajes del romance.

—Es un texto muy interesante —balbucí.

—De sus letras no puede decirse mucho, salvo que es un romance con el mismo encanto que los otros... Pero cuenta un misterio inalcanzable... ¿Ves esa galera con velas de seda acercándose a la orilla? —Señaló hacia algún punto.

El mar estaba vacío, picado por las olas. "Sí, una galera muy hermosa", acepté, por seguir el juego—. El conde Arnaldos va por tierra con su halcón en la mano; a un lado tiene un mar furioso de aires violentos. De pronto ve acercarse aquella galera y oye cantar al marinero, como un susurro lejano. Las aguas se vuelven dóciles, el viento se serena. El conde se maravilla y le ruega que le enseñe la canción. El marinero le responde *"Yo no digo esta canción sino a quien conmigo va"*.

—Es uno de los textos mejor logrados del romancero español —evalué.

—El asunto es —comentó pensativa—, ¿por qué el poema termina en ese punto? ¿Por qué el conde Arnaldos no deja todo atrás y sube a la galera para penetrar el misterio?

Rebusqué en el repertorio la frase correspondiente.

—Por recursos de lenguaje —expliqué—. Así se evitaba cualquier ripio.

Ladeó la cabeza.

—¿Qué hubieras hecho tú? ¿Habrías subido a la galera?

—Claro —respondí, pues sólo esa respuesta me pondría a salvo.

Se movió a un lado y quedamos unidos de costado, aún con el frente en direcciones opuestas. Nos acariciamos el pelo, nos abrazamos con el otro brazo la cintura y juntamos los labios sin cerrar los ojos. Su boca me embriagaba. El cielo estaba incendiado, salpicado de nubes doradas. Manchas de plata y oro vibraban sobre el mar. Sentía en sus labios la misma infinitud de ver la playa que no termina. De la arena se filtró una flor, se fue haciendo grande debajo de nosotros, inmensa, nos levantó del suelo y elevó el abrazo de nuestros cuerpos sobre las aguas.

Cuando apartamos los labios, ella se puso de pie y caminó hacia la resaca. La vi danzar libremente mientras susurraba una canción en el filo moribundo de las olas. Sentí una ligera somnolencia. Vagó por mi mente aquel verso de Valéry *"el mar, el mar, siempre empezando"*, mezclado con los susurros de la canción de la muchacha. Luego se acercó en silencio y se reclinó a mi lado. Quedó dormida.

El crepúsculo se había puesto a lo largo de la playa. El cielo era una inmensa cúpula de oro quemado sobre el mar, que ahora estaba en perfecta calma, sin viento, como una verdosa continuación de la arena. En la distancia distinguí la sombra de un caminante. Era un viejo pescador que traía una red colgada al hombro. Se detuvo de espaldas a nosotros, con la mirada perdida en las aguas.

Me puse de pie y caminé hasta su lado. Lo saludé. Musitó una cortesía, pero no se volteó a verme. Su mirada siguió hundida en la resaca. Inmóvil, contemplaba las olas que entraban y salían de la arena, repetidamente, sin cansarse. Al fin volvió el rostro hacia mí. Tenía unos ojillos verdes muy intensos, vivaces, trasplantados de una víbora. Me escrutó con un detallismo que me dejó estático. Retornó la mirada a la resaca y comentó desalentado, como si le hablara al firmamento: "Esas olas... Llevo toda mi vida viéndolas deslizarse por los bordes de la tierra, entrando y saliendo todo el tiempo, y no se deciden de una vez a limpiar la basura del mundo".

Miré hacia donde dormitaba mi acompañante. Estaba sentada y nos observaba fijamente. Mientras me le acercaba, descubrí en sus pupilas una impresión de pavor.

—¿Qué hablabas con ese elemento? —interrogó espantada.

—Nada —musité, y le acaricié el rostro para tranquilizarla—. Es sólo un viejo pescador.

—¡Es una serpiente! —gritó histérica.

Sonreí y vi hacia la resaca, pero el viejo pescador se había marchado. Sin dudas se fue nadando, pues no vi su sombra por ningún lado de la playa. La abracé para calmarla. Su cuerpo temblaba. Me sonreí al pensar en la débil lógica de los celos. ¿Quién puede inquietarse por un miserable pescador? ¿Quién puede figurarse una serpiente a cielo abierto en el mar? De la única que se tiene noticias es de aquella que apareció en la playa para devorar a Laocoonte y a sus hijos.

Travesía en taxi, Macy's, confidencia triple equis, la pérdida, *La Salamandra*, una máquina de hacer versos, ella odia a la gente, camino al cementerio

Para no dejar en el aire ningún detalle significativo sobre mi intimidad con Samantha Ritz, será necesario retrotraernos al instante en que nos escabullimos del Central Park. Después de escucharle casi implorar "Llévame a un lugar al que yo no sepa ir...", la tomé por la muñeca y crucé con ella el puente. Entramos a la Quinta Avenida, frenéticos, divertidos, toreando automóviles, jugando contra el color de los semáforos. Hice frenar un taxi, en cuyo asiento nos deslizamos. El chofer, un hindú que entendía mal el inglés y lo hablaba peor, se negó a poner en marcha el taxímetro mientras no le especificara la dirección donde nos dirigíamos. La palabra *"anywhere"* no le provocaba gracia. Por fin mi acompañante, sorpresivamente, le habló en su lengua y el taxista arrancó el auto.

Constantemente lo azuzaba como un narrador de carreras de caballo, tratando de imponer mi voz sobre un canto lentísimo que salía de su casetera. *"Faster!, faster!"*, le gritaba, pero el hombre, aplastado por el turbante, sólo me lanzaba una ojeada de mil demonios que provocaba la risa de la muchacha. Cuando pasábamos el río por el Queensboro Bridge, vociferé con todos mis pulmones *"Right here!"*. El chofer se volteó atónito; al notar que le pasaba por la ranura un billete de veinte dólares, profirió alguna maldición y liberó los seguros de las puertas. Nos escurrimos entre los arriesgados pasillos del tráfico.

Retornamos hacia Manhattan por el andén. El río se arrastraba fatigado y soñoliento bajo la mole herrumbrosa del puente. El sol castigaba sin piedad, mas no importaba: la muchacha me seguía complacida. Llegamos al edificio de *Macy's*. Allí nos probamos todo tipo de mercancía imaginable, excepto las fragancias, pues ella se negó rotundamente a que siquiera nos acercáramos a la perfumería. Nunca me sentí cómodo en aquellas tiendas, tan impersonales, tan americanas, tan abastecidas deliberadamente para sacarnos el dinero; además, el peor sitio al que un hombre puede acompañar a una mujer es a una tienda. Pero como andaba en plan de conquista y, sobre todo, no se trataba de comprar sino de divertirnos gratuitamente con la mercadería, me desplazaba a mis anchas.

En la joyería se probó varias prendas: perlas, oro, diamantes, rubí, pedrería preciosa. Era la reina de Saba usando sus joyas para dar toques de brillo a su belleza. Me aparté al departamento de correas. Cuando me aburrí de atarme la cintura, retorné a su lado. Me llevé la sorpresa de mi vida al ver que estaba pagando todas las prendas que se había probado. Perdí el habla y, como única alternativa para sobreponerme a la caricatura, exageré mi gesto de asombro. "Decidí llevármelas... ¿Te sorprendí?", exclamó entretenida mientras tomaba el paquete. No respondí. Tampoco fingí molestia por no permitirme pagar la cuenta, pues en ese caso hubiera hecho el ridículo más grande de mi vida.

En este punto perdí el buen humor. Me sentía irresoluto. Si antes fui un anfitrión divertido, ahora era un payaso barato. Confieso que de no haber sido por un curioso gesto de ella, hubiera tirado por la borda mi empresa amorosa. Sucedió que al pasar cerca de un quiosco, me zarandeó por el hombro y, niña caprichosa, imploró: "¡Quiero de eso!", señalando las castañas asadas. Compré dos paquetes. Se apresuró hasta un banco y se sentó a comer. Las devoraba con pasión pueril y puedo asegurarles que en ese momento lo único que le importaba en la vida era comer aquellas castañas. Yo me limité a acariciarle el pelo; luego le ofrecí mi paquete. Tomamos otro taxi hacia *anywhere,* aunque ya empezaba a inquietarme la idea de detenernos en algún sitio. Nos bajamos. Vagamos por un parquecito repleto de oficinistas que usaban la excusa del almuerzo para disfrutar una hora del verano. Nos sentamos al pie de una estatua borrada por el estiércol de las aves, de la que ni el artista debía recordar a quién conmemoraba. Hablábamos de todo y de nada, las palabras nos servían más bien de intencionados rodeos.

—¿Qué es lo más complicado de vender vídeos?

Le respondí: bregar con la gente.

—Cuéntame algo que sea excitante de trabajar allí.

Le contesté en el acto: nada.

—Vamos —insistió—. Debe haber aunque sea algo...

La observé un poco indeciso antes de responder.

—Bueno, sí, hay algo... —me pegué a su costado para estar más cerca de su oído—. Las mujeres rentan películas pornográficas.

—¿Sí? Cuéntame...

—Ordenan con falsa seguridad "*Give me the red one*", que es el libro rojo donde guardamos numeradas las carátulas de las triple equis. Se aíslan en algún rincón de la tienda y luego piden los números de los vídeos que desean alquilar.

—¿Y?

—Cuando se marchan, reviso en el libro las carátulas que eligieron. Viendo las imágenes, conozco sus preferencias eróticas, sus fantasías sexuales.

Se llevó las manos a la boca.

—¡Qué perras! —exclamó sofocada—. ¡Pagaría por hacer un trabajo así!

—Sería la peor inversión de tu vida —le aseguré. Le aparté un mechón de la mejilla. Esta mujer era un ángel—. Me gustaría vivir un día de tu vida.

Me miró perdida desde el fondo de la niebla.

En la esquina había un pequeño tumulto. Uno de los candidatos al cargo de alcalde saludaba a los transeúntes. Los políticos de esta ciudad son muy parcos en campaña. Su labor se limita a dar la mano, filmar un comercial para televisarlo esporádicamente y retratarse cortando un muslo de pavo. El resto del trabajo parece que se hace de manera subterránea.

—¿Qué harías si fueras la alcaldesa?

—Mira, una estación —comentó. Fuimos a tomar el tren—. ¿Si fuera la alcaldesa? Mando a diseñar un aire acondicionado inmenso que refresque toda la ciudad; luego ordeno derribar las paredes de apartamentos, casas y edificios, para que todos se enfríen las veinticuatro horas.

Aplaudí.

—Buena idea, honorable alcaldesa. Pero habría un problema. Con el continuo choque del clima, vendría una epidemia de pulmonía.

Me miró seriamente.

—Se morirían todos —admitió.

Y la vi desternillarse como si se tratara de un gran chiste.

El tren se zarandeaba amodorrado. La carrocería transpiraba los rayos del sol y los dejaba husmear por el interior de los vagones. Una pareja de drogadictos, clandestina, entró al carro, acomodó rápidamente en el piso unos tamborines e interpretó una pieza de escasos veinte segundos, recaudó algunas monedas y desapareció hacia otro vagón. Luego entró un comerciante de incienso; detrás, unas niñas que vendían chocolates para la escuela, enseguida un manganzón con emparedados para una supuesta institución caritativa, y más adelante un chino que ofertaba chucherías mientras repetía incomprensible, sin dudas en cantonés o en algún dialecto oriental, la palabra *uándala*. El tren es el sitio donde realmente se realizan los negocios más bajos de la ciudad. De pronto descubrí que mi acompañante no traía las bolsas de Macy's. Le pedí que revisara su cartera. Nada.

—Parece que se quedaron en algún lado —determinó, tras confirmar que las había perdido.

Escudriñé por el vagón, miré bajo los asientos, observé de reojo las fundas que traían los pasajeros.

—Devolvámonos —le pedí.

—¿Para qué?

—Deben haberse quedado en alguna parte.

Puso su mano en mi hombro, para evitar que me levantara.

—No importa —dijo, sin mostrar preocupación.

—¿Cómo que no importa? ¡Son tuyas!

Me acarició el rostro sin inmutarse.

—¿De verdad? —interrogó —¿Y dónde están?

—No sé... No están aquí.

—Entonces *no son* mías.

No volvió a hablar del asunto. Acababa de perder, como se dice en las telenovelas, una pequeña fortuna; sin embargo lucía la tranquilidad de quien no ha extraviado absolutamente nada. Y puedo asegurarles que tampoco después le vi mostrar inquietud por la pérdida. Así pretenden las poetas feministas crucificarnos cuando decimos que no hay quien entienda a las mujeres. Cortó mi silencio con una proposición que, aunque era el motivo de nuestra reunión, en ese momento me sonó un tanto desconcertante:

—Hablemos de cosas importantes. Cuéntame de tu poema.

De tratarse de una de esas mujeres que, aunque uno sigue frecuentando, hace tiempo se ha hartado de ella, le hubiese contestado groseramente que ese poemastro valía menos que una de las bolsas plásticas donde venían sus joyas. *La Salamandra,* así se llamaba el pequeño poema, fue una composición que me costó mucho esfuerzo escribir, no porque me representara un gran reto estético, sino porque mi creatividad, siempre de vuelo tardo, había llegado a su nivel más bajo. Figuren que para escribirlo exprimí el diccionario en busca de las afamadas *palabras poéticas,* reelaboré con miserable éxito un verso de Mallarmé, otro de Jacinto Benavente, y terminé por someterme mecánicamente al *Arte de la composición* de Edgard Allan Poe. Diversos poetas han imaginado con pavor una máquina de hacer versos, de la que no podría esperarse sino poemas ordinarios, esquemáticos y mediocres. Pues bien, yo poseo la fórmula de su construcción. *La Salamandra* fue la primera prueba, aunque con patrocinio y recursos técnicos podría perfeccionar la máquina y así producir otros poemas más ordinarios, esquemáticos y mediocres.

—No puedo comentar mi propia obra. El texto debe defenderse solo, hablar por sí mismo —me excusé.

Vagamente pensé en las tediosas insensateces que diría mi poema si pudiera hablar—. Yo escribo para la posteridad.

"Es el mejor poema que se haya escrito", sentenció. Su juicio me llenó de satisfacción, no por el análisis, sino porque revelaba que, en virtud de su entusiasmo, tenía las puertas casi abiertas para poseerla. Mientras más la oía, más deseos me entraban de tirármela.

—¿Cómo te enteraste del recital?

—Por instinto —afirmó—. Me desvié hacia una calle, luego a otra, hasta que el olfato me permitió dar contigo... Estuve allí por ti. Odio a los poetas.

—Yo también. Odio su pedantería. Son sujetos de lo más vulgares, con ínfulas de semidioses. La mayoría, digo. Odio sus sueños amanerados.

Se quedó pensativa.

—Yo odio a la gente.

No me sorprendió esta confidencia. Su aire de mujer solitaria, la madurez reflejada en sus gestos y la aristocracia de su figura me habían permitido sospechar que se trataba de una niña malcriada, de esas que cortan los vínculos con sus padres (aunque mantienen el lazo de la tarjeta de crédito), se entregan temporalmente a la causa de los fracasados, se meten una sobredosis de Sartre y terminan vencidas en brazos de un pintor de brocha gorda, todo eso para luego reconciliarse con sus raíces aristocráticas. Le acaricié la mano.

—¿En qué te inspiraste para escribir el poema?

Decidí ser franco, para ahorrar escollos.

—Cuando niño, mi casa vivía llena de salamandras.

—¿Aquí?

—No. En la isla.

En esos casos siempre prefería decir "la isla". Una isla no exige mucha explicación, pues es igual a todas las islas. Además, remite directamente al Caribe, y tiene más prestigio, mayor poder de síntesis, declararse caribeño. Si dices que eres de República Dominicana, te fastidiarán preguntando dónde diablos queda eso, y te obligarán a improvisar un mapa imaginario lleno de vagas referencias.

—Ese poema eres tú —dijo, con sus ojos en los míos.

Sonreí, veladamente, por lo cursi que me había sonado esa expresión. De todos modos aproveché su efecto para abrazarla. "Me muero por ti", le susurré. "Vas a morir para mí", musitó en mi oído. Creo que fue en ese momento cuando cambiamos de tren y fuimos a parar al cementerio.

Una definición de lo increíble, Downtown tras los cristales, Windows of the World, la muñeca, "El día que me moleste contigo", Yo, un extraño en la tienda

Esta es una historia increíble. La he tenido que asumir así para poderla abordar sin vacilaciones. Pero lo increíble no necesariamente equivale a lo fantástico. Por el contrario, muchas veces las cosas increíbles son las más creíbles. Un hombre va caminando por una carretera del Sur, de esas interminables que son una cinta para medir lo infinito. De pronto ve a una rubia despampanante en un Ferrari rojo. La chica detiene la máquina y lo invita a subir, pero antes de arrancar se le insinúa y ambos hacen el amor en medio del desierto. Cualquiera podría pensar: "¡Increíble!". Sin embargo, no tiene nada de extraño que un hombre camine por la carretera, que una rubia conduzca un Ferrari y se detenga a subirlo, y menos aún que —¡vamos!, se trata de un hombre y una mujer—, hagan el amor. Es una situación tan natural que, de hecho, algunas películas pornográficas inician de esa forma. Aun así, el mismo hombre pensaría después: "¡Increíble!". Y cuando se lo fuera a contar a sus amigos, él sería el primero en admitir: "¡Me ha sucedido algo increíble!".

Quizás en este caso lo increíble indique lo inusual. Pero lo inusual, aunque no sucede siempre, sí se da, por lo que es perfectamente creíble. Incluso, lo inusual, diferente a lo fantástico, bien puede no serlo. O sea, es relativo. Si la reina Sofía te invitara a tomar el té, para ti sería algo magnífico, una noticia inusual; en cambio, para su marido el rey Juan Carlos, recibir tal invitación quizás constituiría una cosa corriente y rutinaria. O sea que tomar el té con una reina será un hecho inusual sólo depende.

Aun queda otra posibilidad: que lo increíble sea aquello cuya explicación difícilmente convenza a los demás e incluso a uno mismo. En tal caso sería lo carente de explicación. Pero lo inexplicable no existe a plenitud. Se trata sólo de una ignorancia del observador ante un hecho determinado, pues lo inexplicable siempre, aunque no para todos los interesados, tiene su explicación.

Después de tales consideraciones, y en virtud de la calificación que he dado a esta historia, resulta imprescindible definir ese concepto de lo increíble. Increíble será cualquier suceso que sacuda *increíblemente* nuestras expectativas, sin importar cuán convencional, fantástico o incluso *ilógico* pueda parecerle a los demás. Porque la irrupción (no podría considerarlo de otra manera) de Samantha Ritz en mi vida quebró todos los parámetros de lo predecible. Que surgiera atraída por el peor poema, que marcaba el fin de mi fracasada carrera poética, hacía el hecho más increíble.

Esa misma semana nos volvimos a citar un par de veces. Como no me habían dado vacaciones en los últimos tres años, podía tomar días libres sin dificultad. La magnanimidad del gerente, sin dudas originada en el hecho de que el verano disminuye la clientela, me hizo disponer de ocio. El ocio, lo saben muy bien los escritores de telenovelas, es imprescindible para que el romance se expanda. Por eso los protagonistas de las más grandes novelas de amor son esencialmente unos vagos.

En la primera de esas citas la llevé al Metropolitan. Los museos son la parte muerta de la cultura, aquello que se debió dejar ir hace tiempo. Se supone que el pasado siempre ha de quedar atrás, a infinitas millas del presente, por lo que pretender conservar un caldero, una mesa, un tejido, constituye una vanidad extemporánea. Nótese que una gran cantidad de piezas museográficas, a su debido momento fueron echadas al olvido. ¿Qué hace pensar al museógrafo que un objeto considerado inútil en su tiempo, pongamos un colador o unas enaguas, siglos después puede tener valía? Existen diversas ideas para defender este afán sistemático por el recuerdo; mas todas se supeditan a una simple premisa: el hombre aprendió a hacer dinero con lo viejo. Nótese que los antiguos no tenían ese afán por exhibir el pasado. Si se conservaba una armadura o un crucifijo, no era en virtud de su valor histórico ni monetario, sino para mantener el lazo con un ser valioso; tal utilidad de la pieza, pues, la proyectaba a la infinita dimensión del fetiche.

Hago tales observaciones para indicar que no invité allí a la muchacha por ociosidad turística, sino porque tenían en exhibición varias momias y objetos funerarios egipcios. El efecto fue superior al esperado. Se desplazaba de un sarcófago a otro con agitación infantil. Duraba horas muertas escrutando un brazo o un dibujo. Manejaba un impresionante cúmulo de datos sobre el significado de cada cosa. No entiendo cómo al ver un cuerpo momificado se dice que está en perfecta conservación. La piel reseca, horrenda, irreconocible, siempre me lleva a pensar en lo contrario. Una prueba de que aquella apreciación es falsa la tenemos aquí: dígale al guía que así mismo luce él de bien conservado, y lo fulminará con la mirada. Vencido por el aburrimiento, me escurrí hacia las salas donde exponían los cuadros de William Blake.

La pintura, así también la buena literatura, sí conservan su valor a través del tiempo. Estas artes precisamente buscan la posibilidad de extrapolar al hombre y las cosas de su inmediatez y proyectarlos en la intemporalidad. Cuando Rembrandt pinta a la mujer de la pluma, en realidad exclama "no me importa tu tiempo, que al fin se esfumará con tu rostro radiante, envuelto en tu capa dorada: me interesa el retrato, que existirá al margen de ti y permanecerá mientras no se borre el óleo ni se pudra la tela". A diferencia del fabricante y el artesano, que establecen desde el principio la duración de la cosa, el artista y el poeta jamás ponen límite temporal a sus creaciones, salvo el inexistente.

Cuando retorné al salón funerario, Samantha estaba embelesada ante unos jeroglíficos.

—El día que muera, quiero ser momificada —dijo abstraída—. Debe ser asqueroso entregar el cuerpo a los gusanos.

Figuré su bello rostro descascarado, su pelo de fuego como carbonizada estopa, su piel cuarteada y sin brillo.

—Es mejor que te incineren.

—No serviría de nada.

Samantha tenía la capacidad de causar asombro, algo que los amantes sólo suelen tener muy al principio, cuando el mero hecho del descubrimiento causa encanto, y que pronto pierden para transformarse en seres predecibles y anodinos. Una tarde paseábamos por Downtown, nadábamos entre la muchedumbre. Nos deteníamos a contemplar vidrieras. Cruzábamos pequeñas plazas donde los veraneantes se mojaban los pies sentados en los pretiles. En las esquinas levantaba los ojos hacia la azotea de algún edificio; entonces las nubes los empujaban contra mí. No sé si la gente que nace en esta ciudad sabe evadir este truco del cielo, pero yo no podría mirar rascacielos arriba sin marearme. En una ocasión en que el Empire State se me venía encima, oí la voz de Samantha que se alejaba:

—¡Espérame ahí! ¡No te muevas! ¡Vengo volando!

Al bajar la mirada, no estaba. Se había perdido en el mar de la multitud. Unos minutos después volví a escucharla:

—¡Aquí! ¡Aquí, en la avenida!

Vi su rostro saliendo de la ventanilla de una limosina negra. Ella misma abrió la puerta y me indicó que entrara. Tan perplejo que daba vergüenza, me escurrí en el asiento. Me besó emocionada. Yo estaba en el aire. Supongo que así se sienten los infelices que un buen día, gracias al envío de cientos de cupones, ganan una cita con su cantante favorito, limosina incluida. Samantha apoyó el rostro al cristal de la ventana y empezó a cantar pausadamente. *When you're alone and life is making you lonely, You can always go* —*Downtown,* casi susurraba, y sus palabras se transfiguraban en lluvia de cristales cayendo en la cabina del auto. *When you've got worries, all the noise and the hurry, Seems to help, I know* —*Downtown.* Al ritmo de la canción, los rostros de los transeúntes se humanizaban, dejaban de ser extraños, cada gesto, incluso el de la indiferencia, obedecía a un sentimiento apreciable. Las calles de la ciudad adquirían dimensión poética, eran ríos rumorosos donde los vehículos flotaban como ramas frescas o flores traídas por el viento, ríos infatigables que dividían las hileras de edificios arborescentes. *Just listen to the music of the traffic in the city, Linger on the sidewalk where the neon signs are pretty How can you lose?* Llámesele subjetividad de enamorado, pero la voz de Samantha fluía más inocente y traslúcida que la de Petula Clark. La limosina se detuvo.

Cuando subí a la acera y levanté los ojos al cielo, dos edificios casi se me desplomaron encima.

—Esas pegan por partida doble: ¡izquierda, derecha! —bromeó Samantha—. Son las Twin Towers. Vamos, ya es tiempo de que veas "rascalielos abajo".

Tomamos los ascensores de la Torre Norte, que daban la sensación de estar detenidos en el vacío, hasta que al fin llegamos a la cima. La seguí a lo largo de un pasillo. Entramos al restaurante Windows of the World, donde resultó que había reservado una mesa junto a la ventana norte. La vista era sobrecogedora. La tarde parecía un cristal empañado por una fina capa de esmog.

—¿Aquí vas a trabajar?

—No es seguro —respondí, embebido con la imagen de la ventana.

—Puedes preguntar por tu tío, si deseas.

La miré de reojo.

—No labora en este horario —afirmé.

Mentira: desconocía sus horarios. Pero intuí que tendría más encanto preguntar si el señor Thrump había venido a almorzar o si la señora Minelli me había dejado algún recado, no averiguar el paradero de un viejo ayudante de cocina. Encumbrado en el tope del mundo, acomodado en aquella silla roja frente a la mesa arreglada con un fino mantel rosado, comprendí plenamente el significado de la palabra chic.

La ciudad empequeñecía para quedar encuadrada en el ventanal. Toda entera, con sus edificios y automóviles, cabría en dos manos juntas. Mucho más arriba estaba el cielo, desteñido, salpicado por algunas nubes grises y aeronaves que se desleían hacia el horizonte.

—¿Cómo se verá esto desde el cielo? —quise saber, divertido.

—Así como se ve el cielo desde la tierra —aseguró la mujer—. Pero tenemos una vista más ventajosa, porque nos encontramos en medio de ambas partes. Por eso aquí el tiempo no existe... Si consultaras tu reloj, sería en vano: las manecillas se han borrado.

Consulté mi reloj. Las manecillas estaban ahí. Marcaban las 5:20 p. m. "¡No!", apuró en vano. "No debiste hacerlo... No debiste", se lamentó. "No importa", dije, para reponer el hechizo, "tenías razón. Mira, las manecillas se borraron". Observó la esfera. Volvió a sonreír.

Pensé vagamente qué opinarían los muchachos del barrio si volviera a verlos y les contara lo que vislumbraba desde aquí. Dirían que es algo increíble, aunque de esta ciudad la gente está dispuesta a creer cualquier cosa. Samantha se acercó a darme un beso, más bien a rozar mis labios con los suyos. Enseguida se refugió con dulce abandono en su silla y me dejó complacido en el paisaje.

—Este edificio es increíble —balbuceé.

—Pensar que la gente de esta ciudad no lo quería.

—¿Sí?

—Lo salvó un gorila —reveló con tono pueril—. Cuando vieron a King Kong golpeándose el pecho en la azotea, empezaron a sentirse orgullosos de tenerlo aquí. Ahora todos aman este edificio. Si un día desapareciera, la ciudad quedaría desolada, como cuando cortan el inmenso árbol que da sombra a un patio.

Un camarero árabe se encargaba de servirnos. Samantha primero pidió un vino, que si la memoria no me fallaba era uno de los más caros. Después ordenó varios platillos de nombres tan raros como su apariencia. Eso sí: no probamos nada. Cuando con mucha elegancia nos fueron servidas las copas de vino, ella se apresuró a advertirme:

—No vamos a probar nada.

—¿Por qué? —cuestioné sin comprender.

Se acercó a mi oído:

—Nada de esto es real —susurró con entusiasmo infantil—. ¿No ves qué pequeña se ve la ciudad? ¡Es una foto! La bebida es agua coloreada. La comida es de plástico... Debemos hacerles el juego.

Y fieles a este lujoso entretenimiento, vi pasar intactos por la mesa el vino, aperitivos, entradas, platos fuertes, postres. El camarero, cada vez que le correspondía retirar la vajilla, preguntaba con una sonrisa que mal cubría su sorpresa: *"Ton't like it?"*, y ella respondía que estuvo delicioso. Después nos moríamos tratando de contener la risa.

Nos retiramos antes que la tarde terminara de caer. En verdad, no tenía gracia el espectáculo genérico de un millón de lucecitas. Eso estaría bueno para los salvajes del Amazonas, no para una pareja cosmopolita. Cuando bajamos a la calle, se aferró a mi brazo. "Ahora convídame a unas castañas", imploró, "estoy muerta de hambre".

La compañía de Samantha volvía encantadoras las tardes de verano. Ese cielo dorado por el fuego, que para mí fue el preludio de otra noche sofocante, ahora se tornaba en decorado exótico para nuestros encuentros. La hierba quemada por la brisa caliente ya era un discreto sonajero para escuchar sus pies cuando caminábamos por el parque. No erraban los antiguos al afirmar que el verano, aun con su incendio a cuestas, es la más benigna de las temporadas.

Los clientes empezaron a caerme menos pesados, pues mientras los atendía, mi mente se posaba afable en el rostro de Samantha. Por ejemplo, una mañana el socio 1307 entró cabizbajo a la tienda. Lucía triste, apagado, sin ánimos de importunar. No venía a alquilar películas. Con voz lastimada me pidió hacerle el favor de pegar un cartelito en la vidriera. Se le había extraviado un periquito llamado Polly, que era su única compañía. La hoja incluía una foto del periquito, un número telefónico y la promesa de recompensar con cincuenta dólares a quien lo encontrara. Le ayudé a colocarlo en la misma puerta. "*Thanx, sir*", balbuceó al pegarlo, y se marchó abatido.

Por la presencia de Samantha, la ciudad se volvía blanda, bondadosa, prescindible. En una ocasión, no me avergüenza contarlo, se enjugaron mis ojos ante los ancianos mancos que desfilaron el 4 de julio; otras veces saludaba a los pasajeros que subían al tren. En cada cita me acostumbraba más al talante caprichoso de la muchacha. En general la consideraba una caja de Pandora; pero por ratos se me tornaba tan extraña, que entonces la figuraba como el contenido de la caja. Créanme: si las mujeres son raras, ella era más mujer que todas. Ilustraré con un pequeño episodio.

Una tarde holgazaneábamos por Chinatown. Mientras Samantha, quien también dominaba el cantonés, conversaba con una vendedora de rústicas piececillas de jade, crucé la callejuela atraído por una muñeca. Era una figura de trapo, barata, de rostro gracioso y pelo rojo. La compré. Cuando se la di, quedó embelesada. "¿No te gusta?", le pregunté. Una sonrisa le tembló en los labios. En cada esquina observaba la muñeca, acercaba los labios a la funda y le decía alguna tontería infantil. Almorzamos castañas asadas en plena acera. Entramos a una tienda de antigüedades, en cuyo escaparate exhibían sables, espadas y cuchillos avejentados más por el polvo que por los años. Se antojó de un cuchillo horrible. Disimulando el dolor de mi alma (¡costaba 200 dólares!), impuse mi voluntad y lo pagué. Luego nos detuvimos próximo a la escalinata de City Hall. Fui a un quiosco por un par de sodas. Cuando le ofrecí una lata, dijo que prefería café, y se dirigió por sí misma al quiosco. Mientras la esperaba, no sé por qué, la funda llamó mi atención. Al revisar su contenido quedé con la boca abierta. La muñeca estaba decapitada.

Esa tarde nos despedimos en total silencio.

Me telefoneó dos días después. Cuando intenté pedir una explicación por su actitud con la muñeca, opinó escuetamente que podía coserle la cabeza y quedármela. Le pregunté, con mezquindad de amante, si su actitud hubiera sido la misma de haberle regalado una cara muñeca Barbie. "No", se antojó, "habría hecho decapitar al dueño de la tienda". Una semana después me mandó un *email*. Inicialmente quise seguirme haciendo el ofendido, pero recapacité a tiempo. ¿Desde cuándo me importaban a mí las muñecas? Le envié un poema romántico de Empédocles Vidal, aunque no puse el crédito, y le anexé una notita en color pastel: "¿Estás molesta conmigo?". Respondió de inmediato, en muy buen tono, que la tarde siguiente me pasaría a recoger. "El día que me moleste contigo", anotó al final, antes de insertar una carita sonriente, "te destruiré".

Pasé la mañana en la tienda. Uno que otro cliente me sorprendió con el mentón apoyado en la mano, abstraído y, según ellos, con cara de idiota. El primero en advertirlo fue Yo, un muchacho que se la pasaba día y noche clavado junto al teléfono de la esquina. Era una estatua que no se movía de allí si llovía, si nevaba, si el sol se derretía en pringues, ni siquiera si la hojarasca otoñal se le acumulaba en los pies. Bueno, en realidad se movía un rato a la bodega o a la tienda cuando necesitaba una sopa de vaso o notaba un movimiento irregular de la policía.

Yo era en extremo decente. Vivía solo, pues su abuelo, quien lo había criado, estaba en un asilo. Siempre hablaba con respeto de su abuelo, de cómo entregó las últimas décadas de su vida a trabajar dignamente de conserje en un edificio de Washington Heights. Vestía ropa cara, aunque le quedaba ancha como si fuera la de un hermano mayor. Los momentos que permanecía en la tienda se aferraba a los controles del videojuego y se zarandeaba como si resistiera una corriente eléctrica o las ráfagas de un huracán. El nombre de Yo estaba inscrito número uno en todos los juegos electrónicos. "Ta' cool la jeba", dijo al verme distraído en el mostrador. Le conté que se trataba de una gringa increíble. Entonces dijo que tuvo dos novias gringas, pero las abandonó porque cuando hacían trío se acababan la cocaína. "*She likes the threesome. That's to drive her crazy,* primo", aseguró, y fue a echarle una moneda al videojuego. La idea me pareció curiosa.

En un momento que salía al callejón para esconder unos vídeos en el sótano, vi una avecilla verde amodorrada sobre el contenedor de basura. Se parecía a Polly. Trató de volar, pero cayó en una caja de cartón. Se veía débil y abatida. La encerré en esa misma caja y abrí varios huecos para que pudiera respirar. Cuando regresé a la tienda, comparé el periquito con el del cartel. Eran idénticos. Levanté el teléfono para llamar al 1307. Ni siquiera le aceptaría los cincuenta dólares de recompensa. Sin embargo, mientras marcaba el número, se me ocurrió la simpática idea de mostrárselo a Samantha. Entré en la caja unas semillas de girasol y una vasito de agua. Quien espera lo mucho espera lo poco. El dueño tendría que aguardar al día siguiente para encontrarse con el periquito.

Cerca del mediodía, la campanilla golpeó fuerte contra el dintel. Entró un hombre anglosajón ataviado con traje, sombrero y lentes negros, pálido como esos bichos que se escabullen cuando levantamos una piedra. Por un momento pensé que se trataba de un detective, pero la silla de ruedas en que venía me disuadió. Iba acompañado de un perro negro. No me moví del mostrador. El extraño se quedó inmóvil con los ojos hacia una pared, dándome su perfil. Su respiración se oía pesada, mezclada con la del perro. A cada rato, en un tic nervioso, volteaba el rostro hacia mí y enseguida volvía a la posición anterior, a la manera de un lagarto. Me sentía intrigado con su presencia, no hice ningún movimiento. Luego de algunos minutos se retiró. Cuando alcancé la puerta de la calle, había desaparecido.

Samantha baja de un Mercedes, *Hit the road, Jack*, el maletín, argumento de mujeres, una calle abandonada, *Sing, sing, sing*, Maccabeus Morgan, hechos sin sentido

Samantha pasó a recogerme a las tres de la tarde, aunque la esperaba en la esquina desde las dos. Bajó de un Mercedes negro, último modelo. Traía un vestido rojo que no le llegaba a cubrir los hombros y se terminaba antes de las rodillas. Venía descalza. "No hay nada bajo el vestido", reveló y, tras un guiño, me lanzó un maletín. Entramos por Grand Concourse. Por el radio se deslizaba *Hit the road, Jack* y pensé que Ray Charles grabó esa canción exclusivamente para una chica que condujera un Mercedes del año, llevara un hermoso vestido rojo, se llamara Samantha y amara a alguien como yo.

El vestido se encogió ligeramente y pude deleitarme con sus muslos de torres de marfil, bruñidos sobre un arca de oro por la estrella de la mañana. Su piel reflejaba un puñado de aldeanas desnudas junto a un pastor de ovejas. A flor de tierra un dios diminuto, encima una diosa con el brazo extendido, al fondo el paisaje incinerado en un daguerrotipo. Y por encima de todos yo, demonio con antorchas, venido a reducir a cenizas el mundo de sus piernas. Iba a rozarle un muslo, pero preferí simular que lo acariciaba. Aun así mi mano vibró con la tibieza de su piel.

—¿Qué traes en esa caja? —dijo curiosa.

La abrí.

—¡Mira!

El periquito saltó. Brincó sobre el tablero y los asientos. Samantha detuvo el motor. Logró atraparlo en la palanca de cambios. "Se llama Polly", informé, "se lo devolveré mañana a su dueño". "Hola, Polly", crujió la muchacha, y el pajarito aleteó nervioso entre sus manos. Insistió en que se lo dejara por un tiempo. No pude resistirme a sus ruegos infantiles. Satisfecha, lo encerró en la caja y lo puso en el asiento trasero.

Fijé mi atención en el maletín. Tenía deseos de husmear en su interior. Le tomé el peso.

—¿Puedo abrirlo? —pregunté, y me tiró un beso. Liberé la cerradura— A lo mejor aquí hay...

¡Un montón de dólares! Perdí el aire. El maletín estaba repleto de fajos de billetes. Nuevos, de cien. Junto al dinero, envuelta con cuidado en una bolsa de plástico, había también una hoja de lechuga. Vagamente me pregunté si estábamos atrapados dentro de la caja de un televisor. Pensé recriminarla por andar con esa cantidad de dinero, pero intuí que quizás sería más decoroso no mostrar mi estupor. Por eso no me animé a hacer ninguna pregunta. Llegamos a Brooklyn. Detuvo el auto en una calle solitaria, bajo una arcada en cuyo lomo se afincaban los rieles del tren. La sombra aumentaba la sensación de aislamiento en aquel tramo.

—Tenemos que esperar —informó, mientras bajaba la música—. ¿Te sucede algo?

Claro que me sucedía algo. Pero ni por todo el dinero del mundo me motivaría a decirle que nunca vi tanto dinero. Y menos aún que me preocupaba la situación en que nos encontrábamos en ese instante, abandonados en medio de ninguna parte, a la espera de un fantasma por el que no me atrevía a preguntar. Para despistar sobre mi desazón, retomé algunas inquietudes que había introducido en mi discusión por la muñeca.

—Nada... Lo mismo... Tú conoces todo sobre mí. Mi trabajo, el lugar donde vivo, sabes que soy un poeta rodando por la vida... En cambio, yo no sé nada de ti, salvo que eres la mujer más maravillosa del mundo. No sé cómo buscarte. No sé ni dónde vives.

Suspiró fastidiada.

—Estoy contigo. ¿Qué más quieres? ¿Para qué necesitas ir a mi casa? ¿Planeas acostarte con mi madre? ¿Besar cada ladrillo? ¿Hacer un fetiche con nuestros cubiertos?

—¡No! —interrumpí. Hice un silencio pesado—. Siento que te avergüenzas de mí.

En el acto me arrepentí de esa frase, por su carga de patetismo femenino. Consideré reelaborarla; sin embargo, rápidamente cambié de opinión, porque era cosa de amor y guerra. Además, si les funciona a las mujeres, ¿por qué no podía servirme a mí? Conmovida, llevó mi cabeza a su pecho y, mientras me acariciaba el pelo, repetía "mi bichito, mi bichito"... Sí, en los momentos de intimidad me llamaba "bichito" y yo dejaba que me rascara la mollerita con un dedo. ¿Qué querían? Estaba enamorado.

—Espera aquí. Voy a hacer una llamada —dijo al consultar su reloj, y salió del auto. "Llama del celular", le recomendé—. No, no puede ser de ahí.

Desapareció al doblar por una esquina. A solas, me sobrecogió el terror. Fue un exceso de presunción, quizás una cobardía, dejarla ir sola. De pronto, la sombra del puente se llenó con la luz de un carro de policía. Un agente dio unos golpecitos en mi puerta. Dudé si debía abrir. Estaba solo en un lujoso Mercedes que no era mío y con un maletín repleto de dólares. Finalmente bajé el vidrio.

Su cabeza llenó el hueco. Tenía un rostro seco y adusto, repujado en el hueso, y sus ojos de sapo sobresalían de las cuencas. Cuando iba a hablar, miró hacia un extremo y se apartó de la puerta. Samantha se acercaba. "*Are you all right, ma'am?*", interrogó. Ella asintió con la cabeza. Entonces el oficial retornó a su carro. Al pasar por nuestro lado, volvió a detenerse. "*Sure?*", receló, a la vez que me escrutaba desconfiado, supurando prejuicio por las pupilas. Samantha asintió de nuevo. El policía desapareció.

—¿Lo conocías? —quise saber.

—No —dijo con desagrado—. Es un sapo asqueroso.

Subió el volumen del radio. De repente, un convertible frenó a toda velocidad junto a nuestro auto, se zarandeó haciendo rechinar los neumáticos contra el asfalto y se detuvo horizontalmente obstruyendo la calle. Salté espantado en mi asiento. Samantha, que no parecía impresionada, salió y se apoyó de la puerta para observarlos por encima del techo. En el convertible venían tres hombres. Dos, de aspecto vulgar, se sentaban delante. El chofer llamaba la atención por la mirada profundamente triste, el cuerpo descomunal y un sombrerito que parecía habérsele encogido en la cabeza; el pasajero de al lado tenía el cuello largo, rematado en una cabeza pequeña y mofletuda, ojos frisados, diminutos, y traía la boca abierta, azorado como si se le acabara de atorar una aceituna. El asiento trasero lo ocupaba un sujeto vestido de flux, sombrero y gafas, todo color verde limón. Se me pareció al extraño que estuvo esa mañana en la tienda acompañado de un perro negro. En el radio de su auto se oía *Sing, sing, sing,* de Louis Prima, con el volumen tan alto que parecía destrozar las bocinas. El chofer se llevó un fósforo a los dientes, mientras el otro tocaba con los dedos una batería imaginaria. El hombre verde limón hizo una señal y Samantha se le acercó. Se gritaron algunas palabras, aunque, por el ruido de la música, no pude escucharlas ni comprobar si discutían. En una, ella abrió bruscamente mi puerta e hizo un gesto para que la acompañara donde el sujeto.

—¡Aquí está! ¡Mírala ahora! —le enrostró.

El hombre verde limón estiró el cuello e inclinó hacia mí la cabeza. No quedaba duda: era el tipo de la mañana. Se quitó las gafas y me escrutó. Podría jurar que esos ojillos verdes, de una llama cetrina, arrancados a una víbora, eran los del pescador que encontré en la playa. Es más, su rostro, aunque salvado de la impiedad solar, era el mismo. Me tendió su mano y, medio hipnotizado, se la apañé con la mía. Me sobrecogió su piel fría como de un reptil.

—Maccabeus Morgan —se presentó, con una voz lenta que se escuchó claramente por debajo de la música.

Samantha tomó el maletín y se lo pasó bruscamente. El hombre lo abrió. Puso a un lado cuidadosamente la hoja de lechuga. Tras contabilizar y revisar los fajos, miró indulgente a la muchacha. Enseguida extrajo un pañuelo dorado de la chaqueta y se lo entregó al chofer. Este se sacó el cerillo de los dientes, lo envolvió en el pañuelo y lo pasó al de al lado, quien extendió la mano a lo largo del asiento y se lo dio a Samantha. Maccabeus Morgan ordenó la retirada. El chofer encendió el motor, rechinó los neumáticos contra el asfalto y el auto salió disparado en vía contraria.

Entramos al Mercedes. Samantha dejó escapar el aire de los pulmones y apoyó la frente en el volante. Me miró con una expresión de determinación y súplica.

—No me preguntes nada, por favor. Todo se trata exactamente de lo que piensas: un sinsentido.

Samantha llora, Brooklyn bajo la lluvia, más allá de la 125 Street, en la madriguera, romance de la sangre, "Ahora voy dentro de ti"

El Mercedes se desplazaba lentamente por callejuelas que daban a terrenos baldíos y factorías abandonadas. El cielo se volvió terroso. Las mejillas de Samantha se inundaban de llanto. Nunca la había visto llorar. La tristeza daba reposo a sus facciones; en este estado su cutis, ausente de líneas de severidad o risa, lucía más terso y su expresión de belleza se realzaba. Imaginé la tibieza de sus lágrimas, vapor de mar transfigurado en lluvia salada. Sentí deseos de lamer sus mejillas, pero no quise interrumpir ese llanto que sublimaba su belleza. De esa manera llora la Virgen cuando llora.

—Tu llanto es hermoso —dije embebido.

Entonces, sobre su tristeza relampagueó una leve sonrisa. En la calle empezó a llover. Unas gotitas se dispersaron por el cristal y, en tropel, sobrevino un intenso chubasco, como si la concavidad del cielo estuviese llena de agua y de pronto un dios lo volteara sobre la tierra. La gente corría a refugiarse en vestíbulos y zaguanes. Los niños se desnudaban el torso y levantaban los brazos hacia las nubes. Hombres corrían cargando parrillas, a la vez que las mujeres entraban a las tiendas a comprar paraguas. La lluvia volvía más obscuro el día. Se trataba de una sombra química, desleída, la calle vista con gafas negras.

Samantha giraba por autopistas y avenidas; a veces volvíamos a dar con una fachada que habíamos dejado kilómetros atrás, como si condujera en círculo vicioso o hacia ninguna parte. Siempre me gustó subir a un automóvil y rodar por el solo hecho de quemar gasolina. Quizás sea la prueba más a mano que tenemos sobre la eternidad del movimiento. El pañuelo dorado descansaba en el tablero. Lo tomé y, delicadamente, froté el rostro de la muchacha. Era curioso, pero sus lágrimas estaban frías. Cuando sequé sus mejillas, me miró con una sonrisa resplandeciente. Llámenle coincidencia o delirios de amante, pero en ese instante me di cuenta de que había parado de llover y un sol radiante espejeaba en las aceras mojadas. Samantha subió el volumen del radio y tomó la ruta hacia Manhattan. Dejó el Mercedes en un parqueo de West 4, uno de esos andamios de acero que funcionan como un puzle y que dan mareo de tan sólo imaginar la forma en que allí los autos se ordenan. Después tomamos el tren.

—¿Y entonces? —pregunté.

—Nada. Iremos a mi guarida.

Tomamos el tren. Entenderán que iba ansioso, como quien es conducido a un lugar inesperado y fantástico. Tuve dudas de si andaba bien vestido o era la ocasión apropiada. Pero ser hombre es un valor universal, así que dejé de preocuparme. Le pregunté si estaba segura de lo que hacía. No respondió. Fue una pregunta accesoria. Cuando ella determinaba algo, lo convertía en su acción inmediata. Por eso siempre tuve la curiosa impresión de que su palabra era material.

El tren dejó atrás Downtown. Después que pasamos la 125 *Street* me sentí intrigado, pues a partir de esa estación el glamour urbano se desvanece y la ciudad se llena de cajones de ladrillo, bolsas de basura, policías racistas, mucha bulla, merengue, casetes de rap invadiendo desde los autos, adolescentes *haciendo nada* en las esquinas, olor a cilantro y especias orientales, parques abandonados y un reguero de gente que más bien pareciera espejos de mi talla. ¿Dónde diablos viviría esta gringa? Nos bajamos en la estación de Washington Heights.

Sirenas a lo lejos. Disparos o fuegos de artificio detonados en un bloque. El coro ronco de los aires acondicionados. Una bachata amarga sonando en un vestíbulo. Asomada a la ventana del tercer piso, una anciana habla hacia la acera, anoche soñó todo prendido en candela Santo Domingo. Una muchacha viene del colegio, se ve tan triste. Un caldero de sancocho bulle abandonado en un solar. Un conserje que barre sofocado, canturrea con fastidio: *Siempre que la primavera le da su turno al verano, la costumbre del hispano es salir a vacilar,* y exige señalándonos "¿Quién hijueputa inventó esa salsa? Que venga aquí a cantármela si es tan hombre... ¡Talvez se cocina en la acera, malparido!". Un grupo de mecánicos grita voz en cuello que la damajuana da más duro con Brugal y vino tinto. El tiempo detenido a lo lejos en un presente insoportable. Cierro los ojos, huelo, y no me sobran dudas de que aquí cabe entero Santo Domingo... Pero en la isla, salvo por la fuerza, los gringos no caben. ¿Qué rayos hace Samantha metida en este vecindario?

—Aquí está mi madriguera —dijo al fin.

Entramos a un edificio de fachada fúnebre. En el umbral, un muchacho se apoyaba a una bicicleta soñoliento. El interior estaba en silencio. La escalera llena de basura estaba atiborrada de grafiti que, bajo la luz crepuscular que entraba por una ventana, semejaba horribles arabescos. Tuve la sensación de que nos espiaban. Tomamos un pasillo obscuro. Por la pared, un grupo de lagartos pasó persiguiendo una sabandija.

Llegamos al quinto piso. Samantha se detuvo ante una puerta y escarbó la bocallave. Pensé que se trataba de una broma. A lo mejor se había puesto de acuerdo con alguien para que le prestara aquel apartamento y de esa manera despistarme. Pero cuando encendió la luz, se desvanecieron mis dudas. En la pared del fondo había un retrato gigante de Samantha. Se veía sobre la hierba, pensativa, con el viento congelado y revuelto en su pelo. Además, no sé cómo explicarlo, aquel sitio se le parecía. La sala estaba repleta de muebles y adornos combinados sin personalidad, como amueblada por un hombre; pero talvez esa liberalidad en el ajuar hacía pensar en la muchacha. Llamó mi atención una gran cantidad de animales disecados que había por todas partes. Gatos, hurones, ardillas, conejos, ratones, con la pelambre polvorienta y canicas brillando en la cuenca de los ojos. Era un espectáculo fantasmagórico. Por lo visto, la pasión de la muchacha por las criaturas disecadas no se quedaba en el plano teórico.

—Siéntate ahí —me indicó un sofá junto a un interruptor. Puso sobre un estante la caja con el periquito—. No puedes pasar de esta habitación.

Se sentó en un mueble frente a mí.

—Aquí vives.

—Toda la vida —confirmó, sin ninguna clase de connotación.

—¿Y vives sola?

—No —me escrutó en silencio—. Con mi madre.

—¿Cómo se llama?

Negó con la cabeza:

—No tiene nombre... Nunca para ti. Se la pasa encerrada en su cuarto sin salir de la cama.

—Adoro tu franqueza. De veras. Las mujeres en la Grecia antigua...

Me interrumpió con un siseo.

—¿Escuchaste?

—¿Qué?

Se palmeó los muslos fastidiada.

—¡Voy, madre! —dijo, mirando hacia el fondo obscuro del pasillo.

Se excusó encogiendo los hombros y se perdió en las sombras del pasillo. Cuando abrió la puerta, alcancé a vislumbrar el cuerpo de una anciana reclinado en almohadones. Aquella imagen desvaneció la posibilidad de que ese apartamento fuera el refugio momentáneo de una niña malcriada que intentaba demostrar algo a sus padres. Retornó unos minutos después y volvió a ocupar su asiento frente a mí. Traía el cuchillo que le compré en la tienda de Chinatown. Esta vez me clavó intensamente sus pupilas, sin pestañear, al punto de hacerme sentir como un animal vigilado.

—Apaga la lámpara.

—¿Para? —pregunté, mientras ubicaba con la mano el interruptor.

—Te ves mejor sin la luz.

El cuarto se borró en la tiniebla. Más bien se inundó de lodo pantanoso. El aire se volvió corrupto y denso. Escuchaba la respiración fatigosa de Samantha. Sus ojos brillaban en la obscuridad como los de una bestia salvaje. Luego los vi acercarse, dos brasas flotando en las tinieblas. Bajé los párpados para huir de esa mirada que me ardía en las pupilas. Sentí su mano recorrer mis piernas y algo empezó a reptar por mi cuerpo, acariciando, dejando arrastrar por mi piel las uñas o una superficie rugosa. Su lengua entró en mi boca y se deslizó como un cristal de sábila por toda la concavidad. Las sombras de mis párpados cerrados se llenaron de fuego. Y me vi desnudo sentado en las llamas, mi aureola de flamas, rayos sombríos disparados por nubes grises contra mi humanidad. Lamí su cuerpo, lo bebí a ojos cerrados, con todas las consecuencias; así se bebe el veneno. Llevó a mis labios un brazo, y de allí manaba un líquido sin luz, agrura de vino oxidado, que daba sed, que daba sed, que daba sed. La razón me tomó por asalto, me golpeó con una masa traída de las canteras del sol. Aparté mis labios y encendí la lámpara. El brazo, con las venas rotas, se zafó de mi mano y vi el celaje de un lagarto gigante que desapareció entre los muebles. "¡La luz!", exclamó Samantha aterrada, y sus dedos volaron hacia el interruptor.

De nuevo en la obscuridad, se acurrucó a mi lado. De pronto sentí un leve pinchazo bajo el muslo. Le acaricié el pelo a la muchacha, la piel tersa. Mi mano se distrajo en las suaves líneas de su cuerpo. Levantó la cabeza y sentí el relieve de su rostro en mis dedos. "Ahora voy dentro de ti", susurró. Una revelación accesoria. Ya yo lo había sentido.

Insomnio, chateando con lobos, *Zama*, jornada de limpieza, desmayos, por todos lados Samantha, William Blake, el profeta Lapancha y las vírgenes idiotas, incidente del hombre embarazado

El problema del insomnio no es la imposibilidad de dormir. Al fin de cuentas tenemos vasta experiencia en permanecer despiertos. Tampoco ese calidoscopio de imágenes que nos asaltan sin mediación de la voluntad. El mal del insomnio es la luz intensa que cubre al pensamiento; un destello de blancura insoportable, sin interruptor, que no somos capaces de colorear ni llenar con objetos estables. Se trata de una leche luminosa o una nieve levísima que nos tapiza el mundo tras la cortina de los párpados, de manera que todo, como en las películas, se vuelve una mansión abandonada cuyo mobiliario yace cubierto por sábanas blancas y polvo desteñido y níveas telarañas. Su resplandor provoca que nuestras neuronas la confundan con la luz del raciocinio y reboten fatigadas en busca de alguna idea. Sin embargo, esa luz no proviene de la razón, sino de la demencia, y por ese motivo nos dificulta tanto hilar pensamientos coherentes.

Me levanté de madrugada, tras colgar los guantes en mi intento de dar caza al sueño. La evocación de Samantha, ocioso es decirlo, me esperaba al pie de la cama. Encendí la computadora. No tenía correos electrónicos para leer. Vagué por diversos sitios de chateo. Por curiosidad, me conecté a uno usando apodo de mujer. En menos de un minuto ya tenía un ventanaje de mensajes privados en que se me invitaba a toda clase de enganches sexuales. Contestaba que era virgen, que era novicia, que era ninfómana, etcétera, que mi esposo roncaba junto a la computadora. Lobos en celo, me cortejaban fieramente con lascivia pueril y declaraciones torpes, como si en verdad se encontraran sentados ante una prostituta y no frente a una pantalla de hielo seco. Finalmente le tecleé a un estúpido, que parecía muy embebido en su ridículo romance: "¡Pariguayo asqueroso: yo soy un h-o-m-b-r-e!", y apagué abruptamente la computadora.

Me puse a hojear libros para quitarme el mal sabor de la conversación. Llegó a mis manos *Zama*, una novela de Antonio Di Benedetto de la que guardaba pésimos recuerdos, pues la había comprado años atrás por el snob de citar a un escritor poco conocido. Pero no me produjo placer (aunque, para ser honesto, me funcionó el efecto de dejar bocas abiertas al mencionar a ese "eslabón perdido" de la novelística latinoamericana), no la entendí, ni siquiera la llegué a terminar, ya que su argumento me pareció vetusto y aéreo.

Abrí la primera página: "Salí de la ciudad, ribera abajo, al encuentro solitario del barco que aguardaba, sin saber cuándo vendría". Lo volví a cerrar. Sin embargo, esta vez no tiré el libro, sino que mi ánimo quedó anclado en ese barco que no llegaba, mientras mi mirada viajaba en la corriente imaginaria de un río que ondeaba silencioso en una sola dirección y hacia ninguna parte. Releí el párrafo sin hastiarme. Me pregunté si ciertamente una novela con un primer párrafo tan emotivo, podía tornarse insípida. En menos de dos horas terminé el primer capítulo y coloqué el libro sobre el escritorio. Todos los pasajes me condujeron hacia Samantha, ya sea porque la reflejara en un personaje o la figurara víctima de una impiedad; por eso la lectura me producía un nudo en el corazón. No me detuve por cansancio, sino porque me preocupaba la voracidad con que leía una historia cuyas páginas iban depositándose como delicados paños sobre mi alma. Además, a cada rato mi mente retornaba al primer párrafo.

Me senté en la cama con la mente en blanco. Se oía el estertor sostenido de mi aire acondicionado y el del cuarto de la casera y el de los apartamentos del edificio y de los edificios contiguos, y los de toda la ciudad. De repente la ventana se saturó con la claridad matutina, un resplandor desleído que hacía juego con la luz del insomnio. Los días del verano son insoportablemente largos; a las seis de la mañana ya está soleado y a las ocho de la noche el atardecer se resiste a bajar.

Consulté mi contestador. Nada. Ningún mensaje de Samantha. Sólo una de esas llamadas de mi madre. Como siempre, se le notaba el esfuerzo por no mostrarse dramática ni ansiosa. Que si estoy bien. La semana pasada falleció un vecino que ni recuerdo. Que el país está mal pero uno se aguanta. Hace once meses y tres días que no llamas. Voy a colgar, la telefónica está abusando con los minutos de larga distancia. Luego un silencio escabroso. "Que la Vigen de la Aitagracia te me cuide, mi'jo". Siempre el mismo mensaje, sin ninguna novedad. Por eso desde hace tiempo no le devolvía la llamada.

Eché un vistazo al cuarto. El zafacón estaba rebosado, restos de comida, cucarachas merodeando, papeles y periódicos viejos apiñados en los rincones, paredes descoloridas, ropa y zapatos tirados por doquier. Parecía un gigantesco contenedor de basura. Un tipo solía decir que las mujeres producen más basura que los hombres, pero que los hombres acumulan más basura que las mujeres. Apagué el aire y me puse manos a la obra. La jornada más bien me sirvió para trazar un plan de acción. Había que comprar pintura de interiores, utensilios de limpieza, papel de pared, insecticida, ambientadores, una alfombra para el piso, bolsas para la basura, una cortina para la ventana, jabones, perchas, sábanas nuevas, flores, un espejo. Eso para empezar. Tomé nota.

Salí al baño. Al cerrar la puerta, tuve una sensación extraña. Me sentía incómodo. Quizás eran las manchas del inodoro, o el fondo de la bañera, lleno de mugre, o el piso sucio, o talvez la deformidad del papel higiénico. Volví a mi cuarto sin hacer nada. Después de merodear intranquilo, fui a la cocina y luego me encerré en el baño pertrechado de detergentes, paños, escoba y cepillo. Trapeé el piso y la bañera, desempolvé la ventana, cepillé la cortina, organicé el lavabo y finalmente bruñí el inodoro. Cuando todo estuvo limpio, guardé los utensilios, me senté satisfecho en el retrete y después me di un baño de agua tibia.

La casera prendió el televisor. Terminé de vestirme. Mientras dejaba el cuarto sucedió un hecho simpático. Había cerrado mi puerta al mismo tiempo que la casera se encerraba en el baño; en lo que ponía el candado, ella salió al pasillo azorada. Su rostro calcaba el asombro que sin dudas le produjo encontrar aseado el cuarto de baño. "Buenos días", saludé al pasar. Su perplejidad era tan grande que ni siquiera devolvió un refunfuño. Desde la salida le vi hacer un gesto para referirse a la limpieza, pero debió correr hacia el aposento, pues Bárbaro requería que le trajeran una bacinilla.

El día en la tienda transcurrió sin ninguna novedad. En realidad, hubo algo, pero sólo cuando llegué. Encima del mostrador había una rata muerta. Temblé de náusea al ver sus ojillos opacos, tristísimos, sin dudas agobiados por los paisajes del otro mundo. Mientras me armaba de valor para recogerla, pensé que los seres inmundos mueren con mayor facilidad que las criaturas útiles. Se esfuman sin pena ni gloria, quizás porque se lo merecen. La cosa inmunda tiene esa tendencia a la fuga; como no sirve para nada, continuamente se está preguntando ¿qué estoy haciendo aquí?, y se escabulle. Agarré la rata con un pedazo de periódico y la tiré a la calle. Su olor a carne fresca me asqueaba. Compré en la bodega un ambientador de rosas, aunque la fragancia, talvez por el toque impersonal de lo sintético, sólo servía para camuflar la peste.

La nostalgia por Samantha se me acumuló en el pecho y no recibí ningún telefonazo de ella para aliviarme. Solicité permiso para salir más temprano y me fui de compras. Durante el trayecto, me sobrecogió un hervor en todo el cuerpo. Sudaba, tenía náuseas. Era una sensación compleja, pues no sentía la piel caliente, como cuando estamos afiebrados. Por momentos la ciudad se volvía un escotoma, un dibujo plasmado en el vapor de la tarde. Entré a un *mall* para comprar las cosas que necesitaba. Con frecuencia se me iba la fuerza y debía apoyarme a un estante por temor a caer.

Aunque sólo fui por unas cuantas cosas, ya llevaba dos canastas rebosadas de mercancía. En el departamento de hogar, me quedé mirando el paisaje urbano que se ordenaba tras un inmenso cristal. Todo se transfiguró en un luminoso muro de oro. En el paramento, dibujada por una mano invisible y veloz, apareció una colina sembrada con árboles dorados cuyas copas apuntaban hacia un cielo amarillo con nubes de oropel. Parejas de amantes paseaban por la tierra y por el aire, bajo una llama que doraba el paisaje. Éramos Samantha y yo desvestidos, besándonos en el aire, ayuntando al borde de una nube, atestados de amor contra un árbol de oro. Sentí que mi cuerpo se desvanecía para volar hacia el cuadro. En ese punto recuperé la noción de humanidad. Pero ya era demasiado tarde: cuando intenté asirme a un estante, mi mano resbaló por la mercancía, el cuadro fue devorado por un resplandor y caí desvanecido en el piso.

Volví en mí escuchando una voz engomada que repetía sin afectación "ser, ser, ser". Vi el rostro empañado de un empleado de la tienda, y, encima, curiosos observando sin atreverse a decir o hacer algo que pudiera comprometerles. Ante la inspección del empleado, me levanté, di unos pasos y me detuve en la caja, lo cual le pareció una indicación de que me encontraba en perfecto estado. Llegando a la puerta, la ciudad volvió a borrarse. De la tierra ascendía un fuego verde que pintaba de rojo el cielo. En el aire flotaba Samantha, que era una conmigo, vestida con un manto verde, y traía de la mano un niño escuálido con las piernas apoyadas al vacío. Cuando retornaba a la realidad de la tienda, no encontré estantes ni columnas a qué aferrarme. Desperté con un paramédico y dos policías por encima. Aunque estaba aturdido por el mareo y el alcoholado, me pareció que uno de los agentes era el mismo que se me acercó la vez que me encontraba en el Mercedes. Con la vista menos empañada, traté de identificarlo, pero ya se había marchado.

Dentro del malestar, susurré hacia mi interior, con honda nostalgia "Samantha, Samantha, ¿dónde andarás en este momento?". Los paramédicos me sentaron en la ambulancia. Tras llenar a costa de mis respuestas un formulario más económico que médico, dijeron que mi desmayo se debió a la temperatura del verano. Me conminaron a hacerme un chequeo.

Desde un teléfono público llamé a la tienda:

—¿No me ha llamado *alguien* por allá?

Nadie. Tuve deseos de tomar el tren hasta la casa de Samantha, mi única opción de contactarla directamente; mas no quise aventurarme a otro mareo. Me encerré en mi cuarto y, tras fracasar en la búsqueda del sueño, me entretuve sacando de las fundas las cosas que había comprado. En cada pensamiento, ante el hecho más insignificante, se intercalaba el recuerdo de la muchacha. Es insoportable la promiscuidad evocativa de la persona amada. Tanta frecuencia da a pensar que provoca una avería en la atención o la memoria. Samantha mientras se dobla una sábana, Samantha clavando un clavo, Samantha en una pastilla de menta, Samantha cuando se piensa el fuego, Samantha en media pulgada de pasta dental, Samantha en la sirena que pasa, Samantha cotejando la factura de compra, Samantha al evocar un verso de Neruda, Samantha con la mente en blanco tras haber pensado en Samantha. Seguramente por eso no venía, por tenerla todo el tiempo presa en mi mente.

No pude conciliar el sueño en toda la noche. En la mañana fui al hospital. Me llenaron un formulario para enviarme donde una trabajadora social, quien me llenó otro formulario para enviarme donde la enfermera, quien me llenó otro formulario antes de enviarme donde el médico. Luego esperé en una salita. Tuve deseos de ir al baño, pero preferí contenerme.

Había pasado una noche alucinante. Fracasé en mi intento por leer otro capítulo de la novela, pues cuando ojeaba alguna oración, de inmediato el pensamiento se me escapaba a las imágenes de las páginas leídas esa mañana y me sobrecogía una nostalgia terrible por el protagonista. El resto de la noche lo pasé viendo celajes de William Blake. Mis pupilas, de papel fotográfico, se impregnaban de una exposición de este artista que había visitado varias veces en el Metropolitan.

Creo que eran visiones, o no sé cómo se puede contemplar un cuadro de Blake sin encontrarse ante una visión. Incluso, si siguiéramos al pie del pincel las imágenes de sus poemas, obtendríamos los dibujos más asombrosos... aunque no me parece que tal ejecución tuviera buen término, pues Blake traducía a la pluma precisamente aquellos misterios imposibles de reunir con la mirada. Si observamos sus ilustraciones de historias sagradas, veremos que constituyen un mundo paralelo y autónomo, tan complejo como la realidad espiritual que les da origen. No es extraño que este oficio de ilustrador de gestas sagradas haya desembocado en *El libro de Urizen,* una visión íntima del misterio de la divinidad y los hombres.

Me llamaron al consultorio. El doctor procedió a llenar un formulario mientras ojeaba uno de los formularios anteriores y, quizás para hablar en voz alta, preguntaba si ciertamente sentía el malestar que estaba allí escrito. Luego archivó la hoja, llenó otro breve formulario y me lo entregó para que pasara donde el encargado de laboratorio a tomarme una muestra de sangre. Este último no me sometió a la inhumanidad de otro formulario, pero me pinchó con tal impiedad que hubiera preferido someterme a un inhumano papeleo.

Me mandó a la sala de espera. Sentía los ojos de piedra, me los figuraba como esas esferas partidas por la mitad que llenan las cuencas de las estatuas. Intercalados con Samantha, vinieron recuerdos de sueños, del presente, de la infancia. El profeta Lapancha, quien apenas recibía relámpagos de la razón, duró tres meses sin poder dormir, por lo que se refugió en la montaña; allí sólo comía casabe y chocolate de agua mientras oraba con su fe diabólica en busca de una señal; una noche vio un candelazo de oro quemando el cielo. "¡Gracias, Señor!", exclamó, y cayó dormido por tres días con sus noches. En mitad del granero se reunieron las vírgenes idiotas. Hermosas, de rubia cabellera, mejillas rosadas, dotadas de esa hermosura que a veces usa la idiotez para resaltar la perplejidad de sus hijos. Todas se presentaban con mi nombre y yo no sabía quién era. Y he aquí que de una nube negra surgió el profeta Lapancha, con su piel y facciones obscuras talladas en el humo, y sopló por una trompeta "¡No sois ninguna! ¡Son las vírgenes idiotas!".

La enfermera me llamó por mi nombre para que recogiera los resultados. Esa idiota no tenía el pelo rubio, ni las mejillas rosadas, ni ningún vestigio de belleza. Era una mujer madura, con ese porte de sargento que suelen lucir ciertas maestras de escuela. Parecía un odioso tubérculo, la negación de esas hermosas enfermeras que trabajan en los hospitales de las películas pornográficas. La bata, manchada y vieja, le quedaba tan horrible como los botines azules, y para nada le favorecía ese peluca cuya perfección la ponía en evidencia. Después de varios días insomne, cuando milagrosamente había escalado las nubes del sueño, vino esa idiota y me derribó a la vigilia.

Irritado, pasé a la oficina del doctor. No lo encontré en su sillón; vi otro médico sentado en el escritorio. Como el sujeto no aparecía, me preguntó el nombre y buscó entre los análisis de sangre. Dio con mi reporte. Entonces me escrutó curioso. Pidió que le repitiera mi nombre. Volvió a consultar la hoja de análisis. Finalmente suspiró, pronunció mi apellido (me chocó que lo hiciera anteceder del tratamiento "miss"), y me extendió el reporte. Lo vi sin entender, como si estuviera escrito en chino. Encogí los hombros.

—Todo está bien —interpretó con firmeza—. Usted está embarazada, miss.

Me reí fastidiado. Le dije que era imposible. Se trataba de un error.

—Si desea alguna clase de asistencia o no quiere tenerlo, le podemos ayudar —aconsejó—. Pero los resultados son claros.

—¡Soy un hombre!

Me observó como si no entendiera lo que eso significaba.

—¿Toda su vida? —preguntó, empleando el tacto a fondo— ¿Físicamente?

—Toda la vida.

Me pidió una identificación y la cotejó con el reporte. Perplejo, mandó a buscar al doctor que me había atendido primero. Éste, tras estudiar el reporte, llamó al que me tomó la muestra de sangre, luego a dos laboratoristas. Todos afirmaron que el proceso se realizó de forma precisa. Hablaban entre sí como si yo fuera lo último que importara en el asunto. Decidieron tomar otra muestra, por lo que me sometí nuevamente a un pinchazo inhumano. Una hora después, el primer doctor, con evidente apuro, me informó de que la muestra se había echado a perder. Volví donde el sádico para que me sacara la sangre. Esta vez se le notaba a mil leguas el fastidio, por lo que clavó la aguja con mayor saña, incluso varias veces.

Luego de una tediosa espera, me hicieron pasar al consultorio. El doctor tenía el reporte en la mano. Se le notaba aliviado.

—Buenas noticias —expresó chistoso—. No está usted embarazado.

No me causó gracia la estupidez, tampoco su azaroso buen humor. Me recetó un protector solar y pastillas para dormir. Antes de marcharme, comentó que estaba en el deber de decirme que el error en los análisis fue culpa del laboratorio, por lo que, si me consideraba afectado moralmente, tenía derecho a una disculpa del hospital e inclusive a demandar en los tribunales. Sin embargo, no estaba en ánimos de sentarme a escucharle, ni de perder el tiempo refiriéndome a los depravados del laboratorio. Sólo quería salir de aquel maldito lugar y echarme a dormir.

Cita con la Boricua, Samantha al teléfono, el robo de la llave, idea de una visita inesperada, efluvios corporales, "Como hacer el amor con una mujer", un trío

El apartamento de la Boricua olía a sazón viejo. La sala, pretenciosa pero sin lujo, atiborrada de piezas adquiridas sin sentido de la continuidad, tenía aspecto de almacén de compraventa. Por las paredes se desperdigaban dos o tres cuadros de mal gusto, adquiridos en tiendas de 99 centavos; lucían insignificantes, sobre todo porque eran reproducciones de obras insignificantes. Antes de la Boricua liarse con el vendedor de heroína, el lugar no se veía tan chabacano; como entonces tenía escaso mobiliario, la vista se distendía en la blancura de paredes, pisos y techo, al punto de que a veces no estaba seguro de si un plano realmente se veía un paramento o un ángulo. Me encontraba solo en el apartamento, mi anfitriona llevaba a su hijo donde la abuela "para no tenel interrupción, papi".

Fui allí por culpa de Samantha. Cuando salía del hospital, encontré a la Boricua en el vestíbulo. Se mostró, aunque probablemente no lo estaba, ofendida. Sólo en aquel momento recordé que no había asistido a la cita concertada por teléfono.

—Te esperé la noche entera —gimoteó—. Me *shifeaste*. Ya no te importo.

No soportaba el papelito.

—Se me presentó un compromiso.

—*Look*, todo te importa más que yo —lamentó, con los ojos rojos. Se le notaba el esfuerzo para fingir el llanto—. Si no me quieres a mí, háblalo de una vez, mi amol, *but don't break my heart*.

Se abrazó fuerte a mi cuerpo, con esa ternura que solía usar de señuelo para despertar los instintos carnales. Quizás por la irritación que traía desde el consultorio, me desagradó el gesto. Le prometí visitarla durante la semana, aunque sólo lo dije para quitármela de encima.

Cuando llegué a mi cuarto, recibí al fin una llamada de Samantha. Su voz sonaba descansada. Me quejé de su abandono.

—No te he abandonado en ninguna parte —dijo, reprimiendo la risa—. Siempre te traigo conmigo.

No me convencían sus argumentaciones poéticas.

—Llevo un siglo sin verte —reclamé—. Si te importara, estarías aquí.

De mi auricular salió la sirena de un barco.

—Cuando el rey se desplaza hacia lejanas tierras, su reino, aunque no vaya en su alforja, sigue siendo su reino.

Deseché esta alegoría, pues mi necesidad no era poética, sino material. Me urgía estar a su lado, besarle la piel, contarle cosas. Incluso, hablarle era lo que menos ansiaba. Mientras la escuchaba, a sus palabras se superpuso un gruñido, más bien una voz que susurraba o sonreía. A partir de ese instante la risa le impedía hablar, como si le hicieran cosquillas.

—¿Quién está contigo?

—Nadie.

Lanzó una carcajada diluida. Estaba claro que había tapado el micrófono con la mano. Perdí la paciencia.

—¡Cuando termines de gozar con la bestia de al lado, estaré aquí!

Las carcajadas se desvanecieron.

—La única criatura que está aquí a mi lado eres tú —dijo con un tono muy dulce—. Se me han presentado algunos compromisos. Pero cuando termine dentro de poco, ya no estarás aquí a mi lado, sino que yo estaré allí contigo —hizo una pausa—. Para nuestra próxima cita, sorpréndeme de nuevo.

Escuché el intenso ruido de un avión o de un tren que pasaba.

—Parece que no te importo —comenté.

Me reprendió con indulgencia.

—Ni siquiera me dejas un número donde llamar si te necesito —dije.

—Sólo tengo celulares, y se me extravían cada hora. Además, no converso por ellos, solamente escucho. ¿Qué sentido tiene que te dé un número?

No respondí. La garganta se me anudó. Tenía deseos de contarle mi visita al médico. Samantha colgó. Me sentí más solo, como un cosmonauta que se acaba de quedar sin baterías para comunicarse con la Tierra. Un rato más adelante el teléfono volvió a timbrar. Lo levanté en silencio. Del otro lado no hablaban. Distinguí una respiración pesada. Luego susurraron: "Miau, miau". Y no dijeron más nada. Era la voz de Samantha. Permanecí callado.

—He estado muy enfermo —logré balbucir finalmente.

Pero del otro lado no me escuchaba nadie. Habían colgado antes de que pronunciara la primera sílaba. Me puse a llorar, y las lágrimas, como si salieran por las fosas nasales y los ojos, me ahogaban. Entonces, de manera abrupta, telefoneé a la Boricua y le dije que la visitaría esa misma noche.

Hubo un ligero traqueteo en la puerta del apartamento. La Boricua entró y pasó la llave sin darme la espalda, devorándome con la mirada. Se secó el rostro sudoroso con una servilleta. Luego de intercambiar unas cuantas palabras, hizo un silencio pesaroso. Adiviné lo que sucedía. Yo debía preguntar qué le pasaba, para oírle responder algo como:

—Estoy aborrecía. Mañana tengo que pagal la electricidad y el teléfono.

Le extendí un billete de cien dólares y la pesadumbre se le borró por arte de magia. Esa era su estrategia ilustrada para cobrar los servicios eróticos. Siempre había que darle dinero para mantenerla conforme, maldita puta, como si se tratara de una esposa. Me sirvió un vaso de cerveza y se retiró al baño.

El rostro de Samantha se formó en la espuma. Me la bebí. Me sentía hasta cierto punto avergonzado por la forma en que manejé nuestra última conversación telefónica. Incluso hice acusaciones basadas en la monstruosidad de los celos. Quizás su risa incontenible se debía a la felicidad de conversar conmigo. Los amantes son los seres capaces de producir las miserias más aberrantes. Por cada hombre que roba a su socio, nueve engañan a su esposa, y por cada hombre que apuñala a su hermano, nueve asesinan a su pareja. Desee poderme apoyar en ese momento en el regazo de Samantha para pedirle perdón. Inclusive me arrepentí de la atrocidad que estuve a punto de cometer antes de llegar al apartamento de la Boricua.

Sucedió que la tarde que estuve donde Samantha, aproveché un descuido para sustraer la llave del apartamento. No fue una acción preconcebida. Simplemente, mientras le acariciaba el pelo a obscuras, noté que estaba sentado sobre una pequeña pieza de metal. El tacto me informó de que era una llave. Me la guardé. En realidad no tenía intenciones de quedármela; pero llegó la hora de retirarme y me fui sin devolverla. Así que en la noche, cuando tomaba el tren para visitar a la Boricua, me asaltó la idea de seguir hasta Washington Heights y penetrar al apartamento. De no encontrármela, hablaría con su madre. Husmearía en el armario de Samantha, revisaría sus cajones, luego me sentaría a esperar en la sala, pendiente de su rostro al abrir la puerta o de la perplejidad de cualquier persona que la acompañara. Pero como me sentía con fuerzas apenas para un despecho, cambié mi opinión y seguí mi destino de la noche.

La Boricua reapareció en la sala. Lucía espléndida. El corte de pelo era apropiado para su tipo de cabello, pues no le comprometía las líneas del rostro. Los senos, firmes aunque pequeños, tenían el volumen preciso, de forma que una mujer debía estar loca para abultárselos con silicona. Sus caderas guardaban la apariencia original y sus piernas se veían macizas y humectadas. Parece que visitaba el gimnasio. La ropa interior transparentada por el camisón, se notaba de buena calidad. Lo único que desentonaba era el perfume y talvez el rojo intenso del pintalabios, aunque sin dudas tales detalles se debían a las características del momento. Resultó agradable descubrir que se mantenía en buen estado. En la ciudad sucede que conoces a una muchacha de cuerpo atractivo, entonces le pasan un invierno, varias sesiones en restaurantes de comida rápida, acaso un embarazo, un par de veranos, y en cuestión de año y medio su figura se ha desvanecido en grasa. La Boricua lucía exquisita. Samantha... Bueno, intuí que si yo quería estar presente en el momento, sería aconsejable archivar por un rato el recuerdo de Samantha.

La Boricua se sentó en mis piernas y se me entregó en un beso. Le acaricié el brazo, suave como la superficie de un espejo. Gimió estremecida, diciendo que ese roce la enloquecía. Exageraba. Siempre tuve la sospecha de que aprendió a hacer el amor viendo películas. "Vamos a la cama", propuso sin afectación. La contuve por los hombros. Me puse a olerla, a recorrer su piel con la punta de la nariz, olfateaba profundamente cada ángulo de su cuerpo. Se tendió en el piso. Yo trataba de encontrar su olor por debajo del perfume. A veces lo hallaba en un fragmento del muslo o en el paño del abdomen, pero se esfumaba de nuevo en la suavidad de los bellos. Probaba a lamer un poco, diluía con saliva el falso aroma, y así lograba extraer su fragancia individual. La mujer ya no gemía, ni pedía, ni gritaba complacerse en nada, sino que permanecía en silencio, sepultándose a cada rato en su cuerpo, con su respiración convertida en un rumor intermitente. En ocasiones urgía mordisquear, succionar, alterar un área con las uñas para abrir los poros al paso de los efluvios. El recurso que me daba efectos más perdurables era recoger sus fluidos, derramarlos con los dedos o la mejilla en un plano de la piel y enseguida retirar la capa con mi lengua: invariablemente obtenía su íntimo olor, que incineraba mis sentidos.

La mujer se levantó de improviso, escapada de la tumba. "Vamos a la cama", respondí. Pero no pareció haberme escuchado. Subió sobre mi pelvis o no recuerdo si entró una pierna por debajo de mi espalda. Se deslizó hacia mí, humedecida de ternura. Un olor intenso, emanado de sus profundidades, se esparcía por la sala y se restregaba en mi piel. La sentí estremecerse varias veces, pero la última gimió fuerte, sin encanto, como una bestia desde un sitio oculto del bosque. Me enterró las uñas en la espalda y si no hubiese sentido que aquel desparpajo no era parte de un teatro, de seguro la habría apartado con una bofetada. Me arrastré a un lado. Luego subí al mueble. *"Oh, my God!"* le oí vociferar entre suspiros, antes de entretenerse en los estertores de una risa.

Luego se retiró al baño sin hacer comentarios. No dejó de extrañarme, aunque en realidad me daba lo mismo. Siempre que le había hecho el amor, al terminar alababa mi atletismo sexual. Claro, estas declaraciones terminaban cuando se ponía pesarosa y recordaba en voz alta que debía conseguir dinero para pagar la renta. Ese último cuento nunca me lo tragaba, por no ofender mi inteligencia, pues sabía que vivía a costa de la beneficencia social. La ciudad le pagaba apartamento, facturas, servicios médicos, comida, por la simple virtud de ser madre soltera. Regresó a la sala, encendió un abanico y se sentó en un extremo del mueble.

—¿Quieres un trago de Night Train? —preguntó, tocándose la nariz.

Estaba quieta, pero la notaba intranquila. Conversaba con monólogos. Sonreía si se encontraba con mis ojos y entonces se levantaba para componer un paño o servirme de la botella.

—Tu cuerpo se mantiene en perfecto estado —le dije para quebrar el hielo.

Me tomó la mano sin entusiasmo y tiró el rostro hacia la ventana. Luego se sirvió un vaso de licor. Me contó medio capítulo de una telenovela; esbozó el desfile del 4 de julio; resaltó los progresos de su hijo en la escuela; en suma, habló de aquellos temas que usamos cuando sabemos que debemos hablar pero en realidad no decimos lo que debemos. Yo hacía comentarios y preguntas, para fingir que no me intrigaba su actitud. Temía que estuviera preparando el terreno para hacer otra solicitud de dinero. En una me miró como desde lejos.

—¿Qué pasa?

Acercó la mirada sin moverse.

—Te sentí diferente —dijo.

—¿Pero te gustó?

Afirmó balanceando la cabeza.

—Pero no fue igual —consideró. Rebuscaba las palabras precisas. Al fin se decidió a explicar—. Como hacel el amor con una mujer.

Debí llevarme la mano a la boca para no derramar el buche de licor.

—Quieres decir que te cogí como un maricón.

Negó con una suave sonrisa y otro movimiento del cuello:

—Los patos no chichan de esa manera.

No me animaba profundizar en estas apreciaciones. Bastaba con saber que la satisfice, y punto. Sin embargo, había en la conversación un aspecto que llamaba mi atención. Aproveché para aventurar:

—Eso quiere decir que has acariciado mujeres.

Me miró escéptica.

—Me gustan cantidad los hombres.

La teatralidad de su defensa indicaba que mi presunción era cierta. Expresé que el amor entre dos mujeres no me parecía nada del otro mundo. Mentira: en el fondo, la curiosidad por esas relaciones me fulminaba. La Boricua no reconoció sus experiencias, pero habló de unas amigas que algunas noches, secretamente, amanecían en su apartamento; se recordó de una prima que cierta vez, mientras dormían juntas, al parecer la tocó; y de una trabajadora social que le hizo claras insinuaciones una tarde lluviosa, mujer atractivísima, pero no. Ella no. Mientras la escuchaba, pensaba en Samantha.

—Quiero que hagamos un trío —desbrocé sin rodeos.

Se carcajeó nerviosa.

—¿Y con quién? —preguntó descreída.

Le hablé de Samantha. Quiso saber si era mi amante o mi novia. Podría decirse que en principio dio muestras de celos, pero su exceso de kilometraje erótico le impidió perderse en puerilidades. Le llamó la atención saber que era gringa. Además, no pudo esconder su agrado cuando le describí sus facciones. Incluso mencioné el Mercedes.

—*Anyway, a threesome* ya es otra cosa —aceptó—. ¿La gringa es lesbiana?

Dudé sobre la respuesta más conveniente. Resultaba obvia su preferencia por la carne de hombre. Sin embargo, recordé que en ciertas ocasiones, quizás por lapsus o por defecto de su español, se había referido a mí como si yo fuera una mujer.

—No es pájara —terminé por afirmar—. Nada de mujeres. Y sólo se acuesta conmigo.

—Yo tampoco soy pata —adelantó con orgullo—. *Anyway*... Si no es lesbiana y está de acuerdo, la podemos pasal bien... La traes aquí, compartimos un rato, *so* no vaya a sel que dipué no nos gustemos. Y como quien no quiere la cosa, dejamos sucedel lo que suceda. *That's it. Of course, I'm glad to be the star guest of yours.*

Quedamos de acuerdo. Yo pondría el día. Le "regalé" cincuenta pesos, por si lo otro no le alcanzaba para cubrir las facturas. Quizás debí hacerle nuevamente el amor, pero nos divertimos bastante platicando y tomando Night Train. Cuando puse el primer pie en el vagón del

tren, sentí como si pisara una nube luego de haber cami-
nado por el aire. En la conversación de la tarde, Samantha
había pedido que la sorprendiera en nuestra próxima cita.
"Tan hermosa", musité, "¿estaría dormida a esta hora de
la madrugada?". Suspiré al evocar su próxima llamada.
Temblaba de emoción por verla y que siguiera mis pasos.
Estaba seguro de que iba a sorprenderla.

Paisaje del Bronx, Samantha surge del tráfico, el pobre Polly, de espaldas en la hierba, el caballo y el ladrido, los grandes poetas, camión de muñecas, el parque de los vagones abandonados

Esperaba a Samantha sobre el puente. Desde el andén se vislumbraba un costado del Bronx. Fachadas color púrpura, de ladrillos quemados por el horno y en los años siguientes por el sol, se sucedían en hilera. Eran grandes cajones de ladrillo, diseñados con modestia de tienda de campaña aunque fueran a permanecer allí por décadas. Rectangulares, uniformes, sin haber cedido al mínimo derroche de la imaginación, se ordenaban en serie, y podía jurarse que se trataba de un truco visual, de una edificación única que, debido a un efecto óptico, reflejaba infinitamente su imagen a todo lo largo de la avenida. Carecían de líneas que sugirieran movimiento, salvo la hilera de vehículos que le pasaba por el frente y el tren que, desplazándose como por un cordel de ropa, cruzaba a la altura de las azoteas.

Grand Concourse estaba abarrotada de automóviles, pero ninguno me traía a Samantha. La ciudad se agrupaba bajo la cúpula de un desteñido cielo azul, casi pastel, salpicado de nubes brillantes, pintado para una película de dibujos animados. Motores, rechinar de neumáticos, bocinas, sirenas. Igual que el bosque está repleto de trinares, gruñidos y roces de ramas con el viento, así la ciudad posee un pentagrama interpretado por vehículos que forman una línea interminable, ronca, extendida en el tiempo; si esta línea se desvaneciera, la ciudad desaparecería sin remedio; tal sucedería con el bosque si se esfumara el roce de las ramas y el trinar de las aves.

Escuché la voz de Samantha en algún lugar de la avenida. Un camión viejo, pintarrajeado con aerosol, dificultaba escrutar las ventanillas de los autos. Noté que la voz salía de la cabina del camión. Metí la cabeza. Allí estaba Samantha, sonriéndome desde el asiento del conductor. Me apuró para que me sentara en la tapicería, que estaba rota y traspasada por espirales de alambre. Pasó un cambio y condujo por la avenida. No salía de mi desconcierto. Llegados a un semáforo, soltó el volante y se refugió con un abrazo en mi pecho. El claxon de los choferes de atrás rompió el hechizo de nuestro beso.

—¿Cómo andas, criatura? —dijo, dándome una palmada en un muslo.

En ese instante tuve una punzada en el corazón. Del retrovisor colgaba una figurilla de pluma verde. La tomé en la mano. ¡Era Polly! Tenía el pico cerrado y dos cuentas de cristal en la cuenca de los ojos.

—¿Por qué hiciste eso? —cuestioné conmovido.

—Así se ve más bonito. Lo disequé hace unos días. Además, una vez dijiste que su dueño era un tipo despreciable —dijo con frescura. Acercó la boca al retrovisor y crujió—. ¡Dile "hola", Polly!

Aunque la escena no parecía de lo más divertida, tuve que sonreír con los gestos de Samantha. Se notaba que le divertía conducir aquel armatoste. Giró repentinamente por una callecita casi obturada por los edificios y detuvo el motor frente a un parque. Nos tiramos de espaldas en la hierba quemada por el sol, bajo la sombra de un árbol gigante. Apoyé la nuca en su vientre. En la altura pasaba un avión plateado como una bala, perforando las nubes y rechazando los rayos solares. A su derecha pasó otro, y otros detrás, y más por delante.

—¿Cuántos aviones pasan al día por el cielo de esta ciudad? —pregunté.

—Sería como contar las estrellas —respondió Samantha—, suponiendo que podamos ver a la luz del día todas las estrellas.

Puse mi rostro a flor del suyo. Los bañistas que brincaban en la piscina pública se esfumaron del campo visual, sus gritos se oían como una borra lejana.

Se produjo un grave caos. Los mecanismos de los relojes se atascaban o aceleraban locamente. Los fabricantes de manecillas y pantallas de cristal líquido se declararon en quiebra, mientras los relojeros se fueron a huelga para exigir su jubilación y vacaciones en Saturno. Un satélite militar se desconfiguró y destruyó con rayos láser el último reloj de sol que quedaba. Cuando a algún caminante le pedían la hora, se rascaba la cabeza y suspiraba entristecido. El tiempo dejó de existir en medio de grandes alarmas, pero Samantha y yo estábamos allí tirados en la hierba, rozándonos los labios sin necesidad de que la ciudad siguiera sus horarios de rutina.

—Vamos.

Nos levantamos y caminamos sin rumbo. Previo al encuentro, había jurado que teníamos asuntos serios de que hablar. Pero ya sobre el terreno, bastaron unas ligeras caricias, algunas palabras ingrávidas de disculpa, el esbozo de una sonrisa, para emparejar las diferencias y dedicarnos a una conversación placentera. Nos sentamos en un banco. El atardecer empezó a cubrir el parque. Tras la espalda de la muchacha flotaba un sol brillante y dorado como una moneda de oro. La miré largo rato en silencio.

—¿Qué miras? —reclamó, y sacó la lengua.

—No entiendo... Todos estos días en que estuviste lejos de mí, pasaba el tiempo pensando en ti. Ahora estás conmigo, a la distancia de mi respiración, y sin embargo aún no dejo de pensarte.

Los ojos se le aguaron.

—¿Ves? Es como si en verdad no estuviera aquí. Mejor dicho, cuando no estamos juntos, es como si lo estuviéramos.

Me incliné para besarle el rostro, pero la esfera del sol me flotó en los ojos y me obligó a inclinar el cuello. Le besé un hombro. Ella me rascó la cabeza.

—Imagina que de pronto todos los seres y las cosas desaparecen. En medio del universo solamente has quedado tú y un caballo. Si una noche, de manera inesperada, escucharas un ladrido, ¿qué pensarías?

—Que el caballo ladró —respondió.

Me sentí maravillado:

—¡Eres increíble!

—¿Ah sí?

—Esa pregunta se basa en un poema de Cortázar. Todas las personas a las que se la he hecho, siempre contestan que pensarían que sólo imaginaron el ladrido, o que había un perro escondido por ahí, o que es imposible, o que sería un fantasma, y cosas así. Tú eres la única que ha dado la respuesta poética: el caballo ladró.

—Bueno, las otras también son respuestas lógicas.

—Cierto. Pero ese es el problema: sólo son respuestas lógicas. Todos buscan la parte lógica; pero a ninguno se le ocurre imaginar la posibilidad poética que, dicho sea de paso, resulta más obvia: el caballo ladró.

El mundo está lleno de poetas; sin embargo, salvo unos cuantos, a la humanidad le aterra la poesía.

Quedé embebido en mis propias palabras.

—Quizás por eso los grandes poetas son tan pocos —opinó Samantha—. Y muchos de ellos han vivido aferrados valientemente a la poesía.

No continué opinando en esta dirección. La idea vagaría en mi mente por mucho tiempo. Al fin, sin proponérmelo, había encontrado la respuesta de por qué no me consideraba poeta. Y no sólo yo. ¿Cuántos de esos engreídos que se exhiben en tertulias y lecturas públicas tendrían el valor de sacrificarse por lo que escriben? No digamos dar la vida: digamos un brazo, una casa, un miserable empleo. ¡Les falta la menor idea de la poesía! Sin embargo, hay algo que intuyen perfectamente: ser poeta es algo grande. Lo mismo entiende el salvaje sobre sus dioses, aunque, al igual que el seudopoeta, desconoce el camino para llegar a ser como ellos. De manera que cuando vemos a ese engreído hacer con falsa discreción hasta lo imposible para que lo llamen poeta, estamos ante un tonto que sueña con falsificar la gloria; algo semejante al fantoche que se he echado dos mil dólares en los bolsillos para hacer creer que posee todos los millones del mundo.

Me desconcertó que Samantha apenas hubiera leído unos cuantos libros, de los que podía hablar ampliamente aunque sin recordar sus autores. Era obvio que no conocía muchos poetas. Tampoco recordaba más de una docena de poemas, aunque, eso sí, se los sabía todos y los recitaba con una emoción contagiosa. Sin embargo, parecía haber penetrado en todos los aspectos de esas lecturas.

—En La Vega vivió un señor que manejaba el camión de la basura —comenté vagamente, para despejar la sobriedad de ánimo—. Todas las muñecas que encontraba en los zafacones, las ponía a un lado y al final de la faena las amarraba en el parachoques. El camión se podía identificar en la distancia, pues era como ver aproximarse un montón de muñecas viejas.

Samantha rió divertida.

—Un día mató a un tipo en plena calle. Lo condenaron a treinta años. A veces en la cárcel, todavía viejecito, se le escuchaba decir con orgullo que, antes de ser detenido, había logrado reponer en el parachoques la muñeca que el tipo le había arrancado.

Permanecimos mucho rato callados. Rayaban las ocho. El sol había perdido gravedad y se volvía una mancha de luz inofensiva, la yema flotante de un huevo luminoso, de manera que ahora se le podía observar de frente sin temor a que incendiara las pupilas. Subimos al camión. Samantha vestía un traje de mecánico que la hacía verse muy graciosa. La imaginé con las mejillas sucias de grasa y estrujándose las manos en un trapo engrasado. Me eché a reír. Encendió el motor.

—¿De dónde sacaste este camión?

No respondió o no escuchó la pregunta.

—Ahora quiero que unos lagartos te conozcan —informó seria, y echó a andar el camión.

Seguí divirtiéndome con su facha de mecánico.

—Todas las personas para ti son lagartos, sapos, serpientes... ¿Qué animal soy yo?

Me miró con ternura y extendió una mano hasta mi cabeza.

—Un bichito —declaró cariñosa.

Sus dedos se enredaron en mi pelo. Antes de regresar la mano al volante, encendió el radio. Se puso a silbar.

—¿Y tú qué eres?

Volteó el rostro descreída:

—Adivínalo.

Imaginé sus facciones superpuestas en los animales más disímiles. Sus labios bajo los ojillos de una serpiente. Su nariz en la cara chata de un búho. Sus extremidades enroscadas al cuerpo de una hiena. Sus senos injertados en la loba que amamantó a Rómulo y Remo. Su piel abrigando un conejo. Su cabello rojo en la testa de una yegua. Sus mejillas brillantes importunando los ojos de un cocodrilo. Sus pies colocados al revés en los tobillos de una ciguapa imaginaria. Sus uñas como escamas de un pez de las profundidades. Sus manos saliendo de las fauces de una quimera.

—¡Una salamandra! —definí finalmente.

—La salamandra de tu poema —precisó sonreída.

El camión recorrió las orillas del Harlem y luego las del East River. Un olor a peces y algas podridas por el agua inundaba la cabina. Sobre la corriente flotaban barcos solitarios, con un farol encendido para no desvanecerse del todo en la niebla. La radioemisora, ¿o era un casete?, repetía *Hit the road, Jack* a lo largo del trayecto. Poco a poco la noche se llenó de negrura. Un cielo obscuro, que se negaba a ser azul debido a la costra sombría de las nubes, se extendía sin luz más allá de la otra orilla del río. No tenía luna. Ni estrellas. Ni luceros. Sólo lo iluminaban algunos aviones que cruzaban con sus reflectores intermitentes, uno que otro helicóptero, un satélite anclado en el aire, o sea luces menores. En esta obscuridad, Samantha cambió la ruta y, tras conducir por callejones desiertos, cruzó un portón derribado. Apagó el motor y dejó los faroles encendidos en medio de un parque de vagones abandonados. Se trataba de un lugar solitario, con un par de bombillas que hacía tiempo alguno olvidó apagar.

—Hemos llegado.

Esperando la aurora, ocasión perdida, una bolsa en el aire, la rosa del alba, retrato de la casera, una encomienda

—Hemos llegado.

Nos sentamos sobre los restos oxidados de una locomotora. Luego pasó un tiempo malsano, lleno de situaciones indignas. Al final permanecimos un largo rato allí sin hacer nada. Faltaría una hora para que las luces del amanecer destiñeran la noche del cielo. Las bombillas se zarandeaban soñolientas con la brisa tibia. Una bolsa plástica oscilaba amodorrada sin recibir empuje para elevarse. El silencio rumoraba encerrado en medio de aquel cementerio de trenes.

—Ya vámonos —volví a pedir, irritado, hastiado de herrumbre, aburrido de seguir allí como al acecho y sin hacer nada.

—Todavía no llega la aurora —reclamó la muchacha.

Haciendo una fugaz retrospectiva, mi plan para esa noche no había sido estar en aquel lugar siniestro. Por el contrario, hubiera querido aparecerme con Samantha donde la Boricua. Presentarlas sin ninguna advertencia, sentarnos a tomar Night Train y charlar de frivolidades. Desde hacía días planeaba el encuentro de los tres. Si la química funcionaba, la Boricua daría el primer paso. En el instante que juzgara oportuno, yo bajaría a la bodega por otra botella. Se supone que al regresar iba a encontrar "la sorpresa" de ambas acariciándose. Yo, inmediatamente curado de cualquier prejuicio, me integraría al dúo. De paso, me esforzaba por olvidar que mi actitud coincidiría con la estudiada desfachatez de un personaje pornográfico.

—No sé por qué diablos vinimos a parar aquí —reproché.

Tenía motivos de sobra para sentirme estúpido. Y de Samantha adivinar mis propósitos secretos, se hubiera reído de mí; o, peor aún, me hubiese acariciado el rostro apenada, cosa más terrible. Se pegó a mí sin levantarse y con las manos prensadas entre los muslos.

—En el parque dijiste que tenías una sorpresa para mí —comentó curiosa—. ¿Qué era?

En la sangre se diluyó una mezcla de rabia y bochorno. Apreté las mandíbulas para no irritarme. Sentí que en cualquier momento podía convertirme en un ser extremadamente cruel.

—¿La sorpresa? Dejarme traer aquí —me burlé—. Y durar todo este tiempo como dos estúpidos, entretenidos en mirar trenes que hace tiempo a nadie le importan.

Se sintió aludida. Me satisfizo el efecto de esas palabras. De un saltito se puso de pie. Vagó callada alrededor de la locomotora en que estaba sentado. Después, detrás de mí, se puso a cantar, mejor dicho a susurrar *Hit the road, Jack*. Su voz era suave, de niña. En principio pensé que lo hacía de burla. Pronto, al seguir sus frases que parecían mecerse suavemente en la brisa, noté que cantaba para sí misma, por entretenerse.

Se detuvo bajo un farol e inclinó la cabeza hasta acercarla a la bolsa que oscilaba con pereza. Tras observarla detenidamente, apoyó una mejilla en la tierra y se puso a soplarla. La bolsa se agitaba contra su voluntad, pero no se desprendía del suelo. Samantha siguió soplando sin perder la paciencia, hasta que logró levantarla. Entonces deslizó la cabeza por debajo y la siguió aventando mientras su espalda se arrastraba en el polvo. La bolsa se infló levemente, se apoyó en una corriente de aire y flotó para enseguida desaparecer detrás de un viejo galpón. La muchacha se puso de pie, emocionada, y aplaudió con delirio pueril. Entonces me fue inevitable musitar esa expresión que en ocasiones susurra todo enamorado: "Esta maldita mujer tiene que estar loca".

Se pasó el tiempo en bobadas semejantes. Después se esfumó por la rendija de un galpón o entre las máquinas enmohecidas. El malhumor se me acumuló como capa de orín a lo largo de las cejas. Tenía horribles deseos de ir a dormir, aunque el insomnio aguardaba impaciente por mí entre las sábanas. Sin embargo, debía esperar a que Samantha entendiera la gravedad de permanecer en aquel parque abandonado, a merced de cualquier vagabundo.

Traté de administrarme por la fuerza el sueño. Bajaba los párpados, luego los reabría con la frente fruncida y los volvía a cerrar sin lograr conformamiento. En el cuarto obscuro de los ojos cerrados, seguía mirando vagones y locomotoras herrumbrosas, como si estuvieran grabados en mi mente o mis pupilas fueran un vídeo proyectado en la parte exterior de los párpados. Entonces mis oídos se llenaban con el tema *Sing, sing, sing,* amenazador, acelerado, golpeando con embates de percusión y trompetas infernales y trombones de músicos asesinados violentamente y clarinetes salpicados de sangre y saxofones resoplados con fuego y de improviso un piano cuyas teclas fueron esculpidas de los huesos de algún santo varón tentado y derrotado por única vez en el instante anterior a su muerte. Las endemoniadas ráfagas de aquella composición continuamente me obligaban a entornar los ojos.

No podría precisar cuánto duré aplicado en este ejercicio. Pero de pronto noté que el espectro ambarino de las bombillas se desvanecía y quedaba convertido en una simple aureola. El cielo, sin ninguna estrella, se llenó de luz, y era como si las nubes se incendiaran con una flama de aluminio.

"Si el momento de irse es la aurora", pensé mientras me levantaba, "llegó la hora de marcharnos y confirmar que he sobrevivido a esta noche sin sentido". Me interné entre cacharros sucios de orín y hierros herrumbrosos en busca de Samantha. La encontré saliendo sigilosa de un vagón. Se llevó el índice a los labios. Levanté los brazos y le susurré que había llegado la aurora. "Todavía no, tonto", musitó rozándome la oreja, "esta es el alba". Me tomó callada por un brazo y me introdujo al vagón. Estaba en penumbras, pero en el fondo, por un agujero del techo, se filtraba un haz de luz. La acompañé hasta allí.

"Mírala", bisbiseó, a la vez que señalaba la porción de piso iluminado, "es la rosa del alba".

Observé el suelo con detenimiento. Distinguí que en aquel punto la luz era densa, flotante, casi un humo blanco que se ordenaba en forma de flor de plata transparente. Daba la impresión de que si la soplaba o interponía mi mano en el haz, la rosa se desharía. Quizás por eso quedé sin aire mientras la contemplaba. Sus pétalos traslúcidos ondulaban suavemente, apoyados al cáliz sostenido por un tallo fosforescente que se aferraba con levedad al piso herrumbroso. De sus sépalos fulgurantes se elevaba un vapor que olía a sangre fresca, a madera húmeda, a pétalos disecados por siglos en un libro. Samantha estaba frente a mí, ambos separados por la rosa.

"Sólo crece una cada día, por muy corto tiempo", le alcancé a oír, "y siempre en un lugar distinto del mundo... Jamás volverá a nacer otra en el mismo sitio".

Contemplé a Samantha al través de la luz.

"Me puedes besar si quieres", musitó alargando hacia mí el cuello, sin apartar los ojos de la rosa, "pero no puedes pisarla ni hacerle sombra".

Me aseguré de que si entraba la cabeza en el haz, la sombra no cayera sobre los pétalos.

"La primera luz del cielo no sale de las estrellas", susurró mientras rozábamos los labios, "viene de la rosa del alba".

Apartó el rostro para volver los ojos al piso. La rosa resplandeció un instante más. Luego el cáliz y la corola se tornaron levemente rosados y se desvaneció. Samantha miró hacia arriba por el túnel de la luz.

—La aurora —exclamó con un suspiro—. Vámonos.

Salimos del vagón. Fuera reinaba una luz rosácea. La esfera de oro del sol apareció en el fondo de la ciudad, en ascenso tras las nubes. Samantha conducía en silencio. Cuando llegamos a Grand Concourse, un resplandor plateado saturaba la ciudad. Le besé los labios antes de bajar.

—No vayas a llevarte esa mano a la boca —advirtió con severidad maternal—. Lávatela bien al llegar, con mucho detergente.

Se refería a la mano con que había tocado unos cajuiles en almíbar. Pensé reprocharle por aquella noche interminable en un tipo de sitio innominado y sin existencia real que en inglés se nombra sencillamente *nowhere*. Pero sólo sonreí. Todo había valido la pena por la rosa.

Tan pronto llegué al apartamento, entré al baño. Mientras me restregaba la mano con detergente, consideré que otra sustancia, y no simples cajuiles almibarados, debía ir en aquel frasco cuyo contenido toqué en el cementerio de trenes. De lo contrario, ¿por qué tanto afán en que debía lavármela? Hubiera deseado llevarme los dedos a la boca para probar, pero la advertencia de Samantha me sugestionaba. Así de simple es el alma humana. Recuerdo que en la escuela nunca me atreví a soplar los sacapuntas, pues se decía que la cuchilla se embotaría; pasada mi niñez, entendí que aquel era un mito pueril, pero jamás me he animado a comprobarlo.

Después me fui a dormir. Desperté pasado el mediodía. Las pastillas, que en vez de sueño me insuflaban sopor, no daban para más. Era lunes, mi habitual día libre. Por mi mente vagaban escombros de alguna pesadilla. En sueños, había visto el cementerio de trenes grabado en cobre polvoriento, sofocado por la brisa entre las notas endiabladas de *Sing, sing, sing*. Yo me encontraba desnudo sobre el mar con mis pies de fuego, una mano sosteniendo las nubes, detrás un astro perdido en las sombras, y en torno a mis piernas un humo negro que daba forma a la escoria del mundo. Y mi rostro era la vergüenza y el miedo. Parece que Louis Prima, enano negro con dientes de oro, se acercaba para espantarme, porque en varias ocasiones desperté sobresaltado.

Sobreponiéndome a la miseria de tales evocaciones, desempolvé el escritorio de la computadora, barrí el piso, cambié el cubrecama. Después tomé ropa limpia y salí hacia el baño. Cuando abría la puerta, la casera comentó desde la sala:

—No lo va a tener que limpiar. Esta mañana lo dejé nítido.

En verdad el baño lucía limpio y ordenado. Incluso el fondo de la bañera resplandecía y estaba cubierto por una alfombra nueva. No me desagradó el aroma de lavanda. En suma, el baño siempre olerá bien o mal, de forma maniquea, y ya que carece de olor natural será preferible que su olor sea de perfume. La higiene me dio deseos de cantar. Me contuve, pues todo cuanto se hace en el baño es íntimo, tan privado que sería mejor que nadie supiera que estamos allí dentro. Quien canta en la ducha, sin darse cuenta, vocifera: estoy desnudo, me restriego la costra, tengo el pelo encanecido de champú.

Sequé la bañera y luego me vestí. Cuando entraba la llave para abrir la cerradura de mi cuarto, una nube de humo se me filtró por la espalda. La casera chupaba nerviosa un cigarrillo. La saludé cortés. Un día de la semana pasada, en que Bárbaro había salido a jugar dominó con unos amigos, la mujer amarró los perros del mal ánimo y conversamos toda la tarde. En realidad no duramos todo ese tiempo dialogando, sino que ella estuvo atenta a prestarme los instrumentos que necesitaba para instalar las cosas que compré en la tienda. En esa ocasión me narró parte de su vida (que al parecer era de rosas antes de emigrar a esta ciudad), de las pocas amigas que tenía, de las telenovelas, y al menos cada veinte o treinta palabras decía "porque Bárbaro", manteniendo al hombre presente. Eso sí, muy prudente, en ningún momento cruzó mi puerta.

Hablaba sobre su esposo con una mezcla de veneración y coraje. Sus evasivas me permitieron confirmar que vivía de la beneficencia, y también que Bárbaro no le cumplía como hombre. Según había adivinado, sus ofensas, la humareda incesante y el acarreo de muebles no correspondían a ella en sí, sino a una mujer insatisfecha de la vida. Sentí un poco de lástima por su suerte. Incluso, vista sin inquina, no tenía la madurez que de reojo le atribuí. No era joven, pero talvez aún no sufría las sofocaciones de la menopausia. La ilusión de vejez se debía a la austeridad de maquillaje y a la modestia de ropero, características en mujeres que se han circunscrito a la mirada de un solo hombre que, al fin de cuentas, nunca las mira. Pobre casera. Bárbaro, de quien sólo tenía una idea antipática, empezó a despertarme repulsión.

—Se ve muy bonito el cuarto —comentó desde la puerta—. Ese cubrecama combina con las paredes.

Me halagó su apreciación. Esperaba que se retirara del vano para cerrar la puerta. Pero permanecía estática, con los ojos nerviosos y humeando. Por momentos se mordía la uña del pulgar. Siempre quise saber por qué los fumadores se la muerden. Quizás sea por el nerviosismo, aunque supuestamente para eso está el cigarrillo... a menos que la culpa de fumar provoque un tic que lleve al vicio de la uña. Se recogió el sudor del rostro con el mismo pulgar.

—Es raro que un hombre tenga esos detalles —dijo. Se secó el dedo en el vestido—. Digo, no quiero decir... Usted no parece raro. Se ve que es un hombre. Porque Bárbaro no quiere saber de los hombres raros. Él sabe que usted es un hombre. Ese trabajo se queda para las mujeres... O sea...

"Quizás es que en este cuarto no hay una mujer", proferí para sacarla de su embrollo, pues estaba claro que eso no era lo que le interesaba comentarme, aunque nunca se sabrá cuál es el asunto que una mujer histérica realmente desea tratarnos.

—¿Usted ha leído todos esos libros? —señaló con el cigarrillo el pequeño estante. No esperó mi respuesta—. Porque Bárbaro antes leía muchísimo. Alquilaba novelas por paquete. Las leía de un tirón. Decía que las de *Estefanía* eran las mejores. Le gustaban de vaqueros.

No encontraba un gesto para mostrarle mi impaciencia. La verdadera lástima no incluye cargar con las miserias. Volteó la cara hacia la computadora.

—A ese aparato uno le puncha un botón y lo dice todo —afirmó. Para salir de la casera, consideré dar un paseo—. Bárbaro y yo vimos una película así. Bárbaro... Bárbaro... Bárbaro... ¿Usted ha notado algo raro en Bárbaro?

Al fin, sospeché, habló lo que le interesaba:

—¿Raro? ¿Como qué?

—No sé... Puede ser alguna mujer que haya venido a la casa. Usted sabe, a veces uno va al supermercado o sale a una diligencia y no sabe —bajó la voz para hablar en secreto—. Hay una mujer que lo llama. Cuando cojo el teléfono no responde, pero yo sé que es una mujer. Sólo las mujeres tienen la paciencia de llamar siempre a una casa y quedarse calladas.

—Nunca he visto a nadie más en este apartamento —le aseguré.

Se llevó el cigarrillo temblorosa a los labios. Mi afirmación, que sin dudas evaluaría como falta de datos, pareció angustiarla. De haberle dicho "sí, yo vi salir a una tipa medio rara en estos días", seguramente la emoción, al menos de forma momentánea, le hubiera tranquilizado los nervios.

—Si usted ve algún meneo raro, viene y me lo dice. Incluso en la calle. Si va por la calle y me ve a Bárbaro en algo medio sospechoso. Porque las mujeres de ahora no son fáciles. Usted sabe, cuatro ojos ven más.

Una pulgada de ceniza se desprendió del cigarrillo y cayó encima del dintel. La casera se bajó rápidamente a recogerlo con la mano. Las briznas que no pudo tomar, las barrió con los dedos hacia el exterior del cuarto.

—Yo no fumaba antes —comentó, mientras se disponía a retirarse—. Son los nervios... Esta azarosa ciudad pone loco a cualquiera.

Cerré la puerta. Ordené en un cajón la ropa sucia que había traído del baño. Leí, disfruté, el segundo capítulo de *Zama*. Pensé intensamente en el episodio de la madrugada. Después telefoneé a la Boricua para excusarme por haber faltado la noche anterior. Salió la grabadora; un alivio, porque ciertas cosas se hablan mejor a la cinta magnetofónica. El contestador es como un confesor o un siquiatra, con la ventaja de que, tras escuchar sin juzgarte, no te sentencia a diez padrenuestros ni a un frasco de pastillas. Bruñí el espejo. Pensé en otro color para las cortinas. En suma, me entretuve hasta el atardecer. Lo curioso de todo, y de esto sólo me daría cuenta más adelante, es que en ningún momento me tomó por asalto el recuerdo de Samantha.

Sobre el amor, el orden sentimental, Samantha diluida en el recuerdo, cita con Maccabeus Morgan, una extraña visita policial

Se ha escrito infinitas páginas sobre el amor a lo largo del tiempo. Pero todas, sin excepción, se pueden ordenar y clasificar en dos simples tomos: las del amor eterno y las del amor temporal. El primero, que sirve para amar lo divino y en virtud de su eternidad nunca cambia, es el que menos simpatiza a los hombres, aunque el temor y el prurito impidan reconocerlo. En cambio el amor temporal, esa pasión por lo pasajero, llámese mujer, llámese fortuna o casa, siempre será el predilecto. Su carácter voluble, considerado su mayor defecto, le permite adecuarse a los dones y miserias de cada persona. Porque satisfacer en el plano amoroso a una divinidad sólo se consigue, en el fondo, de una misma e invariable manera, mientras que hay innumerables recursos de amar lo humano.

En tal sentido, con perdón de filósofos y teólogos, el amor temporal se presta mejor a la humanidad. Por más inconsistencia que pueda poseer, su presencia es un portal abierto a la plenitud. Resulta divertido, se abre al juego de emociones, tiene infinitas formas de ser practicado. Incluso la inestabilidad que le impide mantenerse invariable, le permite entonar con los incesantes movimientos del alma. El que ahora pueda ser pasión encarnada, luego odio, otrora costumbre, más adelante celos, le da vigencia y capacidad de encender el interés desde cualquier ángulo. El amor temporal ha sido la única corrección perdurable y sensata que hicieran los hombres a los valores originales de la Creación. Ante esta enmienda, la divinidad no puede sino echarse a un lado avergonzada, y a esto se debe que su sacerdote suene tan pueril y desubicado al sentenciar que el amor de los hombres no lo puedan desunir los mismos hombres.

Por eso no ha de considerarse seres de otro mundo a aquellos amantes que, tras ser vistos acaramelados en mil atardeceres, un buen día se declaran enemigos a muerte. Amar, luego odiar o celar o hastiarse de la persona amada (todas manifestaciones del amor mismo), no sólo es la cosa más natural, sino la más humana en tanto constituye una conquista de la humanidad. Samantha, por ejemplo, hace apenas un par de días obraba en mi ánimo con una fuerza incontrolable. Se mantenía impregnada en mi mente como una imagen febril. Sin embargo, ese estado morboso había desaparecido. No es que ahora dejara de pensar en ella, sino que tenía control sobre su recuerdo. Cualquier enamorado, gracias al carácter variable del amor, tiene la capacidad de imperar sobre su estremecimiento amoroso. Cuando el sentimiento por el ser amado parece más poderoso que nosotros y se impone tiránicamente por encima de la prudencia o las razones, no hay que desesperar. Basta con saber que el amor cambia y que así como hoy la pasión nos somete, mañana perfectamente podremos someterla.

Desde nuestro encuentro en aquel maldito parque de trenes oxidados, no tenía noticias de ella. Pero no me mortificaba. Antes, cada hora sin verla o hablarle, el reloj se detenía con agobio, se movía con lentitud y no acababa sino dentro de un siglo. Si mirando el reloj eran por ejemplo las tres y no había telefoneado, me decía a mí mismo confiado: llamará antes de las cuatro, y a partir de ese instante las manecillas perdían aceite, se oxidaban, se movían con una pesadez insoportable. Sin embargo, desde hace tres días sólo me decía: son las doce del mediodía, qué raro que Samantha no ha llamado, y horas después: son las cinco de la tarde, parece que no llamará hasta mañana. Y mientras, me dedicaba a otros asuntos. Mis sentimientos estaban bajo control, al punto de saber que si Samantha de pronto decidía desaparecer para siempre, la vida retomaría su curso.

El verano seguía su sofocado ritmo. Desde la acera de Garvish Video-Store observaba el éxodo de veraneantes que peregrinaban en busca de sombra, balnearios, cerveza helada. En las esquinas, la gente abría de forma clandestina los hidrantes y se reunía en torno al chorro de agua. Niños, hombres, ancianos, mujeres. Algunos montaban una parrillada, otros charlaban arrellanados en sillas de playa. Los autos disminuían la velocidad bajo la lluvia del hidrante para refrescar la carrocería. Los niños eran quienes más disfrutaban del baño público. Se revolcaban jubilosos en las cunetas inundadas, se sentaban sobre el chorro y se dispersaban cazándose con ametralladoras de agua. Algunos clientes entraban a la tienda, daban un vistazo a las carátulas y se detenían en el dintel. "Demasiado sopor para ver películas", resoplaban, y cerraban la puerta. Al observarlos, rumiaba "¿Por qué los clientes se van?", y me respondía "¡porque uno les abriga bien, les ata frente al televisor y les obliga a ver una película mientras les va echando jarras de agua hirviendo!".

Timbró el teléfono.

—Habla Maccabeus Morgan.

La voz se escuchaba sucia y deliberadamente misteriosa, como si pasara por un efecto de sonido o la línea recibiera una carga electrostática. De todos modos me inquietó, menos por el tono que por quien hablaba. Hay personas de las que uno preferiría nunca recibir una llamada. Maccabeus Morgan era una de ellas.

—¿Quién le dio este número?

—Yo cojo lo que quiero —exclamó a secas—. Nadie me da nada.

—¿En qué se le puede servir?

—Así se habla, Mosca —roncó complacido—. Vamos a juntarnos esta tarde.

Los labios me temblaron.

—Yo hoy no puedo salir.

Oí su respiración lijando el auricular. No sé si fue mi imaginación o si en el fondo prendieron un radio; pero sentí vibrar en mis oídos *Sing, sing, sing*. Un malestar estomacal me recorrió como un impulso eléctrico.

—No vamos a ningún sitio, Mosca. Nos reuniremos en el bar que está a una esquina de la videotienda.

Me incomodaba la situación.

—No tengo deseos de conversar —determiné.

—¿Quién habló de conversar? Nos tomaremos una cerveza.

—Voy a tratar...

Maccabeus Morgan cortó la llamada. Quedé abstraído, con el teléfono en la mano. Colgué. Entonces me espanté porque en ese preciso momento volvió a timbrar. Sin dar tiempo al saludo de cortesía, una voz afeminada, empalagosa, fingida por un hombre, informó:

—El señor Maccabeus Morgan le ha dado una cita en el bar —se escuchó en el fondo a Maccabeus Morgan: "dígale que ya estoy aquí", pero mi interlocutor no transmitió ese mensaje. Por el contrario, afinó el timbre y habló como a título confidencial—. Sólo van a tomar una cerveza. Si elige venir no ganará nada, pero si decide faltar probablemente perderá algo.

Colgaron. Desconecté la línea. No tenía sentido ignorarlo: me sobrecogía el miedo. La puerta se abrió y la campanilla dio un golpe seco contra el dintel. Un policía entró a la tienda. Me miró con la sonrisa de quien pretende hacerse el tonto. Era el sapo asqueroso que se me había acercado en el Mercedes. Me saludó con una cortesía displicente. Ahora mi temor era real, pues debajo del mostrador tenía una pila de películas pirateadas que, por haberme entretenido observando a los veraneantes, no había tenido tiempo de esconder en el sótano. Si revisaba y daba con ellas, las incautaría y me arrestaría al menos hasta la mañana siguiente. Paseó la mirada por un estante de carátulas. Luego acodó un brazo en el mostrador. *"Do you sell busted movies?"*, preguntó sin medias tintas. Las piernas, literalmente, me temblaron. La garganta se me quedó vacía. Cuando logré alistar mi respuesta, sonó el teléfono. Lo levanté, aunque sería más preciso decir que me refugié en el auricular. Todavía sin apoyarlo en la oreja, le lancé al oficial una mirada de disculpa. *"Take it, Take it"*, instó despreocupado, mientras se dirigía a la salida de la tienda. En el teléfono crujía una carga electrostática, pero no se escuchaba ninguna voz.

Sobre otro hecho en el cementerio de trenes, biografía y novela, los grandes amantes, aparece Maccabeus Morgan, el Chief, el nombre "Mosca"

Para conocimiento de causa, me parece que en definitiva será útil incluir lo que sucedió en el cementerio de trenes. No me refiero a la bolsa inflada, ni a la rosa del alba, ni a la tediosa espera de la aurora en aquel lugar, sino a lo ocurrido previamente. Es algo que tiene que ver con Maccabeus Morgan. Si no lo puse antes, no fue por efecto narrativo, sino porque albergaba la posibilidad de poder prescindir de ese suceso oprobioso. Pensé dejarlo en el tintero, o en el teclado, pues no todo lo que se considera útil para una novela termina por ser plasmado en sus páginas. Además, de la misma forma que existen cartas que nunca nos atreveremos a escribir, pues tratarían asuntos de nuestro desagrado, asimismo hay episodios que un autor rehuirá incluir en su novela. Siempre existirá algún incidente que no se compartirá ni siquiera con la almohada.

Me refiero a novelas basadas en experiencias reales, como es el caso. Esta clase de novelas, sin ser propiamente autobiográficas, resultan más complicadas que cualquier biografía. El lector de biografías posee una predisposición amarillista. Nunca las lee de sujetos que les son desconocidos; siempre las elige de sus héroes y sus villanos. Cuando halla un dato acorde con el tipo de personaje, dirá satisfecho que así mismo debió de ser; si el dato, según su parecer, envilece al bueno o ennoblece al malo, dirá que es una exageración. Por el contrario, el lector de novelas carece de prejuicios, amén de preferencias temáticas o autorías. Abre el libro y espera ser estremecido con lo que desconoce (la novela, a diferencia de la biografía, es el terreno de lo desconocido). Si sospecha que la novela es biográfica, ante cierto dato reaccionará con asombro. Es sabido que en las historias reales se usan invenciones de relleno. Pero se trate o no de un dato accesorio, el espectador siempre preguntará al novelista: "¿Realmente os sucedió esto?", y no lo hará con la sorna del lector de biografías, sino con el recelo del investigador o de la esposa. En suma, contaré el episodio obviado. Su conocimiento puede indicar al lector que mi aversión a Maccabeus Morgan no es fortuita ni fruto de temores infundados.

Cuando llegamos al cementerio de trenes, Samantha y yo permanecimos algunas horas sentados bajo los restos de un horcón. Es imperceptible la manera en que el tiempo, que ha parecido detenerse, vuela cuando tenemos la cabeza apoyada en los muslos de una muchacha y los ojos curioseando el firmamento. Jugábamos a contar las estrellas. Para ello imaginábamos que tras una nube recóndita rutilaba una chispa invisible, y otra dos metros más allá del horizonte, y una que pasó fugaz por donde no teníamos puesta la mirada. Durante este ejercicio lúdico, nos picábamos con besos. Yo de pronto imitaba una piedra y ella una luna inexistente. Para tomar, fingíamos un bar en un vagón salpicado de mala hierba, del que le servía un vaso de Night Train o bebíamos una lata de cerveza. A veces la mandaba por hielo.

No es que los enamorados seamos estúpidos, sino que aprovechamos cualquier bagatela para alargar los encuentros. Puede asegurarse que de una conversación romántica jamás ha brotado una idea o proyecto memorable, como que un diálogo sesudo tampoco ha generado un romance digno de archivarse en la memoria. Los grandes amores fraguados en célebres procesos, son invención de historiadores y poetas. Napoleón y Josefina, Cleopatra y Antonio, Claudio y Mesalina fueron amantes insípidos, farsantes unidos por intereses estratégicos o por molicie. Imaginemos una mujer a la que el esposo declara entre edredones, conmovido: "Voy a partir, amor, el Deber me alejará meses de ti" (nótese cómo dijo 'amor' en minúscula, mientras que 'Deber' está en mayúscula), y se levanta apremiado del lecho sin ni siquiera acariciar debidamente a esa doncella en flor a la que, durante los últimos tres años de rimbombantes campañas, acaso le habrá hecho el amor una docena de veces, siempre presuroso porque el Deber aguarda, para sembrarle un par de hijos fruto de la eyaculación precoz, los cuales existen menos por pasión amorosa que por conveniencia de heredad. Sólo los historiadores, sujetos que encuentran deleite escarbando ajados folios, y los poetas, seres capaces de desatender a una mujer de carne y hueso que tiembla bajo las sábanas, para huir en brazos de una heroína imaginaria cuyos besos, en todo caso, sabrían a papel y tinta, sólo estos dos enemigos de la vitalidad, pueden atribuir al prócer grandes virtudes amatorias.

Imaginemos que, al margen del historiador y del poeta, Antonio enloquecía con los malos olores de la mujer, y que Cleopatra tuviera sobaquina y tufo agrio proveniente de sus baños con leche de cabra; supongamos que Antonio tuviera un miembro de generosa dimensión y que poseyera cierto relajamiento de cintura. Entonces podríamos obtener a dos amantes como dice la historia. Pero como sabemos que estos datos se pierden en la alcoba, y las damas de compañía y los guardias de palacio, so pena de ser decapitados, jamás testimoniarían sobre tales intimidades ante los escribanos reales, y como también es de público conocimiento que si el historiador o el poeta encontraran por eventualidad un documento secreto con alusiones semejantes, lo obviarían por irreverente y vulgar, entonces no puede afirmarse que estos personajes fueran grandiosos amantes. Los grandes amantes se dan fuera de los libros de historia, aquél y tú, Samantha y yo, desnudos bajo un árbol, refugiados en un motel, a puertas cerradas en la alcoba.

No demos más vueltas al asunto. Esto fue lo que sucedió aquella noche. Aunque era de madrugada, acaricié la idea de telefonear a la Boricua para decirle que iría a su casa con Samantha. Incluso no me había dedicado a caricias comprometedoras, pues guardaba todo el ímpetu para la aventura planeada. Cuando iba a pedirle el celular a Samantha, un convertible entró a gran velocidad al viejo parque de trenes. El vehículo dio patinazos en el suelo a la vez que se zarandeaba en círculo. Terminó por detenerse bajo un farol. Una densa nube de polvo impedía distinguir a sus ocupantes. Sin embargo, la música que escapaba a todo volumen desde el interior de aquella masa confusa, me permitió suponer de quienes se trataba. Pude comprobarlo cuando salieron de la nube, en medio de *Sing, sing, sing*.

Maccabeus Morgan venía en una silla de ruedas acompañado de sus dos secuaces. Traía frac, sombrero y gafas, todo color dorado. Los otros caminaban vigilantes, uno a cada lado. Cuando estuvieron frente a nosotros, Maccabeus habló mirando a Samantha.

—Un río puede reducirse entre árboles resecos, o ser desviado por la mano del hombre; pero siempre retornará a su cauce —advirtió complacido.

Irguió el cuello. Observé a Samantha en busca de una explicación por la presencia de aquellos tipos en nuestra velada. Refugiarse en el *nowhere* para de repente encontrarse con semejante crápula no me lucía una experiencia casual.

—Maccabeus —le respondió la mujer con aire displicente, mientras besaba sus pálidas mejillas.

Sentí repulsión por aquella escena. Tan impostada, tan teatral, tan falsa. El hombre pareció darse cuenta de mi presencia y me extendió en el aire una mano, la cual, por la languidez, no parecía ser la más diestra.

—Señor Maccabeus —saludé, con la sensación de que tenía en mi mano un guante vacío.

Uno de sus secuaces, el ojos tristes, dio un paso hacia mí, a la vez que el otro se apartó un poco de la silla y sepultó una mano bajo su camisa.

—Es el Chief —aclaró el ojos tristes con acritud—. Para ti es el Chief, gilipollas.

Dirigí los ojos hacia Maccabeus, y sentí que éste, desde el velo de las gafas doradas, me recriminaba con dureza. Enseguida encogí los hombros y volteé el rostro hacia Samantha. Ella estaba cabizbaja, como revisando un mapa dibujado en el polvo.

—Que me llame de la forma adecuada —reclamó Maccabeus ofendido.

El tipo acercó su odiosa cara a la mía.

—¡Llámale Chief! —exigió.

El otro apartó desafiante un lado de la camisa y pude ver que traía a la cintura una pistola niquelada. En mi mente no estaba claro lo que debía hacer. Tenía deseos de mandarlos al demonio o tarasquear al maldito escuálido en su silla de ruedas, pero no podía asegurar hasta qué punto aquellos tipos llevarían la amenaza. Para colmo, Samantha seguía escrutando el polvo, desentendida que lo que me sucedía.

—¡Llámale Chief! —volvió a gritar el ojos tristes, exasperado.

De repente sucedió algo que nunca esperé en la vida. El tipo me estrujó en la sien el cañón de un revólver. No puedo decir que la boca de aquella arma era fría ni tibia, sino que simplemente estaba allí. No estoy seguro si Samantha levantó en ese momento la cabeza; en todo caso no hizo nada.

—Chief —masculló, tratando de mantener la mayor dignidad.

—¡Dilo duro que se oiga, pariguayo! —ordenó el lagarto de la niquelada.

El cañón del revólver me presionó la sien.

—¡Chief!, ¡Chief! ¡Chief! —exclamé fastidiado.

El cañón se apartó de mi cabeza y los hombres se calmaron. Sentí un alivio que, para hacer la emoción más desagradable, me dio vergüenza. El ojos tristes bajó la cabeza para escuchar un susurro del Chief.

—Venga, decidle ahora vuestro nombre —ordenó, guardando el revólver.

Lo pronuncié mirando hacia la silla, primero sólo el primer nombre, luego completo. Me avergüenza escribir que los labios me temblaban. El tipo de la niquelada se señaló una oreja, para que lo repitiera en voz alta. Lo hice. "¡Ñiñiñiñiñí!", imitó el sujeto entre dientes para ridiculizarme. Maccabeus, impaciente, manoteó los brazos de la silla.

—¡Tu nombre, idiota! ¡No el que te pusieron! —gritó exasperado— ¡Tu nombre!

Repetí mi nombre, pero el inválido se tornó más irascible. Sus alaridos restallaban mezclados con las notas musicales de *Sing, sing, sing*. ¿Qué quería escuchar? ¿Carlos Gardel? ¿Judy Garland? ¿Alonso Quijano? ¿Rudolph Giuliani? ¿Ray Charles? ¿Che Guevara? ¿Louis Prima? ¿William Blake? Hastiado, grité cuantos nombres reales o imaginarios pasaron por mi mente. El Chief gruñía insatisfecho, mientras sus secuaces permanecían impávidos en espera de una orden.

—Está bien, Maccabeus —dijo al fin Samantha. Lo tocó en el hombro—. Ya basta. Déjala en paz.

Hubo un silencio. El lagarto de la niquelada, quien me venía observando con irreverente curiosidad desde hacía rato, reveló en tono sarcástico: "Mosca. El pariguayo es una mosca". Maccabeus Morgan se desternilló con carcajadas de mono. Los tres rieron a coro, a la vez que me señalaban y proferían divertidos la palabra "mosca".

Ese estúpido chiste terminó por apaciguar sus ánimos. Dejaron de interrogarme. Pude haber agradecido a Samantha por intervenir en mi favor; pero, al contrario, me asqueaba su actitud. La forma en que le habló al inválido fue delicada, podría decirse que hasta tierna. Además, el hecho de que no le llamara Chief, provocaba suspicacia. De poder contar aunque fuera con un poco de sensatez, me hubiera marchado de inmediato. Incluso habría emplazado a Samantha para que se fuera conmigo. Así no me hubiera expuesto a lo que sucedió a continuación.

**Preguntas sin respuesta, el absurdo del amor,
un horrible contrabando, cinco franceses,
la operación concluye, el crimen más horrible,
cajuiles en almíbar, "No te lleves la mano
a la boca", a esperar la aurora**

Maccabeus Morgan hizo un aparte con Samantha. Parecían discutir algo acerca del camión, pues la muchacha por momentos lo señalaba. Los otros dos se quedaron haciendo guardia frente a mí. El de los ojos tristes, sin dudas por esa singularidad, se llamaba Tritón. El de la niquelada, con su cuello largo y ojos frisados, recibía el justo nombre de Saltacocote. Por momentos, uno de ellos susurraba al mirarme: "Mosca", y ambos reían entre dientes.

El Chief se acercó. Luego los tres se internaron entre las locomotoras y vagones abandonados. Parece que rastreaban el lugar. Samantha caminó hacia mí, ligeramente, con las manos anudadas a la espalda y canturreando en voz baja.

—No tengo que decirte que espero una explicación —le informé a secas.

—*What about?* —preguntó, desentendida.

Raras veces me hablaba en inglés. Al oírla, odiaba su capacidad de lenguas, porque la empleaba para distanciarse de mí, huir a otro plano. A principios de la alta Edad Media, cuando los pueblos europeos robustecían sus idiomas vernáculos, algunas personas hablaban al vulgo en latín culto para exhibir sus conocimientos superiores. En casos como el de ahora, siempre le comentaba a Samantha ese momento histórico, y ella reaccionaba guardando un largo, insoportable, silencio durante el cual practicaba la más enigmática y antigua de todas las lenguas: la auténtica lengua muerta. Sin embargo, en esta ocasión no estaba dispuesto a dejarla desvanecer en el mutismo.

—Esos tipos... ¿Quiénes son esos tipos? Se nos aparecen en todas partes. No entiendo qué haces involucrándote con esa lacra... Se aprovechan de ti. Te manipulan. ¿Qué sucede? ¿Te están chantajeando? ¡Eso debe ser! Yo puedo ayudarte. Dime, ¿con qué te están chantajeando?

Mientras decía esas palabras, por mi mente pasó (así de caprichosa es la mente), por mi mente pasó *Blue Velvet,* el filme de David Lynch en que Dorothy es extorsionada por el perverso de Frank. Aunque si bien Samantha superaba en belleza y encanto a aquella cantante naif, Maccabeus, un personaje mediocre arrastrado en una silla, no alcanzaría la dimensión demoníaca de Frank. Samantha estalló en carcajadas al escuchar mi declaración heroica. Me abochorné de mi ridícula propuesta. En realidad, en ese momento me molesté. El bochorno vendría luego, cuando analizara en frío el contenido de mi declaración.

Me fui a sentar en el camión. Sentí una pena profunda al ver a Polly colgado del retrovisor. El insomnio me ardía en los ojos, me los llenaba como de arena. Prendí el radio. Rebusqué en el dial. Boleros. Hip hop. Una síquica leyendo el tarot a un radioyente. Un comercial republicano, otro de una marca de enemas, uno demócrata. Salsa. Bachata. Merengue house. Howard Stein explicando cómo logró ponerse su primer preservativo. Un pastor implorando donaciones. Una música oriental, muy suave, que no sabe uno si es sensual o litúrgica. Apagué el radio, pues el ruido que escapaba por las bocinas del auto convertible impedía escuchar con tranquilidad otra cosa. Samantha se acercó a mi ventanilla. Metió la cabeza para ver la hora en el tablero. No estoy en capacidad de especificar cómo fue pasando el tiempo, pero lo cierto es que eran casi las cuatro de la mañana. Cuando retiraba el cuello, la detuvo junto a mi rostro. Me lamió los labios, las mejillas, las orejas, el cuello, no con sensualidad, sino con ternura animal.

—No hacemos nada aquí —comenté.

Volví a pedirle que nos marcháramos de aquel lugar, ahora con dulzura. Me miró de lejos. Acabó de sacar la cabeza.

—Si quieres, puedo enviarte con alguno —dijo sobriamente.

Su ofrecimiento era humillante. Insistí en quedarme. Mi preocupación, mentí, únicamente era por ella. Claro, no sería capaz de marcharme y dejarla en el *nowhere*, y menos para irme en compañía del Saltacocote o el Tritón. Así que continuamos en ese maldito sitio, encerrados en un círculo, como en la serie de aquella familia que se ha pasado toda la vida perdida en el espacio. Pensé en los desatinos de la pasión. Así como el hombre enmendó el amor al inicio de la Creación, le corresponderá en algún instante modificar su propia enmienda para corregir el absurdo en los amantes. Porque ese sacrificarse en el vacío, a menudo de forma patética y estúpida, es un viejo remanente del amor eterno: constituye una emulación de los mártires que se dejaron arrojar a las fauces de los leones o de los que se forran el cuerpo con kilogramos de explosivos. Emprender las relaciones humanas con los recursos del amor divino es el resultado de un olvido, talvez de un interesado desliz. Como los hombres no fueron originalmente creados para amarse entre sí, sino sólo para adorar a la divinidad, en un principio no hacía falta otra clase de amor. Pero al surgir el pecado y luego los hombres amarse entre ellos, la Creación, quizás por revancha o para dilatar el castigo, olvidó actualizar el amor, obligando al nuevo a regirse por los recursos viejos, y de este desliz provino el tosco espectáculo de los pésimos amantes.

De manera que lo que llamamos amor es un híbrido demoníaco donde la estupidez corroe los remanentes más elementales de la inteligencia. Lo que dictaba la cordura en este momento era irme y dejar a la adulta Samantha cumplir su propia suerte. Pero la fuerza del amor no es paja de coco en el viento, y allí estaba yo en medio del absurdo, muy amante, muy hombre, con un miedo tan grande que me aterraba reconocerlo.

Desde la luz de un farol, Samantha voceó la hora hacia los cuatro puntos cardinales. Maccabeus Morgan, el Saltacocote y el Tritón, saliendo de diferentes lugares, vinieron a reunirse junto al camión. El Chief recordó algunas instrucciones, que se circunscribían a rutas de escape "si algo salía mal".

—¿Está la mercancía? —preguntó a Samantha.

La muchacha se dirigió a la parte trasera del camión en compañía del Saltacocote. Regresaron con dos frascos llenos de un líquido en que flotaba una sustancia informe. No podía creer lo que estaba suponiendo. Se trataría de un cargamento de fetos.

—No puedo creer esta vaina, Samantha —exclamé sobrecogido.

El Saltacocote me miró azorado. "Mosca", dijo incrédulo, mofándose de mi perplejidad. Pasó su mano a ras de mi rostro. Reaccioné con un manotazo que hizo caer el frasco del Saltacocote hecho pedazos en el suelo. "¡Te jodite, aqueroso!", gritó, y enseguida tuve dos cañones presionándome las sienes. No sé si sea decoroso decir esto, pero creo que casi me falló la continencia urinaria. Sin embargo, no disparaban. Empujaban el cañón como si fueran punzones embotados, sin tirar del gatillo, en espera de una orden del Chief.

—¿De dónde sacaste esta mariquita? —se quejó Maccabeus observando a Samantha.

No estoy seguro qué me hubieran hecho de no haber sido por el rumor de unos motores que se aproximaban. Samantha se deslizó en la cabina del camión. "Pon la llave y no enciendas el motor. Mantente oculta. Y no vayas a encender las luces", apuró el Chief.

—Vamos —me ordenó sorpresivamente.

El Saltacocote y el Tritón guardaron las armas. Avanzamos hacia el auto convertible. Me volteé hacia donde estaba Samantha, pero la cabina lucía desocupada. Nos detuvimos bajo una bombilla. Eché una mirada al piso del auto y vi un montón de armamentos de diversos calibres. El ronquido de los motores se oyó más cercano. Una furgoneta seguida de un Mercedes llegaron junto a nosotros. Se detuvieron frente al descapotable con los faroles encendidos. Todos fueron a reunirse al centro de aquellas luces. El Saltacocote me agarró fuerte por la muñeca. "Preso, pajarito", amenazó veladamente, "si te me trata de epantai, te decojono de un balazo".

Los recién llegados eran cinco. Dos vestían batas de médico. Los otros tres llevaban ropa formal, lucían decentes, y parece que sólo hablaban francés. Los pañuelos en sus dedos indicaban que padecían los estragos del verano. Maccabeus Morgan, que en ningún momento les tendió la mano, comandaba la negociación. Se dirigía a los visitantes con arrogancia, grosero de tono y pronunciando el francés con la rudeza del alemán. Ante una orden, el Tritón registró a dos de los franceses y, al confirmar que no traían armas, los condujo con recelo hacia la parte trasera del camión. Uno de ellos luego vociferó unas suaves palabras al que conversaba con el Chief. Enseguida se procedió a mover decenas de frascos hacia la furgoneta. Terminada la descarga, uno de los visitantes sacó un maletín. El Saltacocote, después de una señal, me acarreó hasta el francés. "Coge ese maletín", amenazó entre dientes. Así lo hice. "Entrégaselo ai Chief". Y lo deposité sobre sus muslos muertos. De inmediato, llevándome del antebrazo, se apartó unos pasos. El Tritón se acodó suspicaz a una puerta del convertible.

Cuando Maccabeus abrió la valija, alcancé a ver que en su interior había algunos dólares, talvez no más de un par de cientos, y un montón de hojas frescas de lechuga. El Chief afirmó con un movimiento de cabeza. Entonces los franceses ocuparon sus vehículos y se marcharon sigilosamente. El Tritón levantó en brazos al inválido y lo acomodó en el asiento trasero. El Saltacocote guardó la silla en la cajuela. "Te compoitate como todo un hombrecito, Mosca", comentó, sardónico, y me soltó la muñeca. Noté que lo había hecho tras consultar con la mirada al Chief.

Samantha salió del camión. El auto emprendió la marcha lentamente. Al pasar junto a ella, se detuvo. Maccabeus Morgan le pidió que se acercara y le secreteó al oído. Enseguida, tras señalar con el índice hacia un montón de vagones, volvió a acomodarse en el asiento. Ya me encontraba cerca de la muchacha. El Saltacocote vociferó: "¡Hey, Mosca!". Cuando les dirigí la mirada, los tres me sacaron la lengua, que entre las escasas sombras figuré más larga de la cuenta, y la agitaron como hacen los lagartos para devorar un insecto. El auto aceleró, dio patinazos hasta levantar una nube de polvo y desapareció ruidosamente en medio de la noche.

Samantha se ciñó a mi cuerpo. No fue un abrazo tembloroso, sino un simple enlazamiento romántico. Permanecí con las manos en los bolsillos. Tenía muchas cosas que preguntar y esperaba buenas respuestas. Discutimos. No había forma de hacerle entender el riesgo de aquella operación. Le recriminé por exponerme a esa situación sin haberme advertido. "¡Estaban armados! ¡Pudieron abrir fuego!", exclamé dolido.

—Nada hubiera pasado —comentó confiada, intentando tranquilizarme—. ¿Qué conseguirían abriéndote fuego?

Me aparté molesto por su ingenuidad.

—Un crimen le queda corto —reclamé, cuando me refería al contenido de los frascos—. ¡Puta madre! ¿Tienes idea de lo que significa contrabandear fetos? ¡Es el más horrible de los crímenes!

Samantha se mostró sorprendida:

—¿Dónde anduviste todas estas horas? ¡Pensé que estabas aquí!

—Anduve en la luna, corazón —informé reticente.

Odio decirlo: se veía endiabladamente hermosa. Se veía endiabladamente hermosa cuando se molestaba. La suavidad de su belleza no se echaba a perder ni siquiera al reunir en su rostro las líneas horrendas de la rabia.

"Me estás dando libertad de considerarte una mujer demasiado extraña. No sé: una criminal despiadada que vino a ocultarse a esta ciudad, un ser de otro mundo, un monstruo veleidoso. ¿Quiénes son tus amigas? ¿Eres casada? ¿Quiénes son tus familiares? ¿Dónde naciste? ¿De qué vives? ¿Acaso existe en tu vida algo más allá del simple presente de nuestras citas?"

No me miraba, tampoco hacía intentos por responder.

—Y dime, ¿quién es para ti Maccabeus Morgan? ¿Por qué tolera que no le llames Chief? ¿Acaso es tu marido?

Me acarició el rostro. La mano le temblaba. Sus ojos estaban flotando en algún lugar perdido, quizás terrible. Dijo, no sé si con determinación o impotencia:

—Créeme, bichito. Si te respondiera realmente una sola de esas preguntas, quedarías destruido.

Lo terrible fue que estas palabras me lucieron sinceras. Me reconocí, al menos por esa noche, condenado a la incertidumbre. Intuí que si quería respuestas, debía penetrar profundamente en la vida de Samantha. No para escucharlas de sus labios, sino para vivirlas.

Me sentía frustrado por haber hecho las preguntas. Era como violarme a mí mismo. Mi naturaleza se resentía en tales circunstancias. Mi animadversión hacia la duda siempre me aconsejó ser paciente, en el entendido de que el tiempo trae las respuestas indispensables sin necesidad de interrogar y se encarga de desvanecer las que no merecen preguntas. Recuerdo cuando temprano en mi niñez descubrí el dogma. Fue un instante luminoso. De inmediato simpaticé con él. En las clases de catecismo se nos enseñaba alguna cosa y no había que preguntar, sólo asumirla, porque esta era así y no podía ser de otra manera. Para mí el dogma fue la consumación de la sabiduría, digamos el grado cien del conocimiento, el saber puro exento de preguntas, la respuesta absoluta. Hasta bien entrada la adolescencia me deleitaba en la lectura de obras de carácter dogmático. La Biblia, libros de oraciones, vidas de santos, todo lo que oliera a dogma ocupaba mi tiempo libre. Fue la época en que mi madre, con una sonrisa cándida, contaba a sus amistades que yo sería un buen sacerdote. Y, para ser sincero, su expectativa no se alejaba mucho de mi deseo. Llegué a imaginar que tomaba los hábitos y que me desplazaba por la vida enristrando el dogma, sin tener dudas, sin recibir preguntas, celestialmente feliz. Pero el mismo ocio que me llevó a estas lecturas, terminó por jugarme una trampa. Agotadas las obras pías, puso a mi alcance otras que minaron mi paz. Estoy hablando de los escritos de autores como Orígenes, Maimónides, Kautsky, Villaespesa, Papini. Mi espíritu reaccionó con rareza, después el raciocinio se atascó en el desconcierto y, cortejado por mil demonios, mi alma terminó abollada. Descubrí con frustración que el dogma no es la respuesta por excelencia, sino una ilusión que intenta reducir por la fuerza la explosión de las preguntas. Creo que fue esa época cuando despertó mi interés por la poesía.

—¿Por qué me trajiste aquí? —le pregunté a Samantha, derrotado.

Apartó su mano de mis mejillas.

—¿No querías vivir un día de mi vida? —comentó, perdida en el fondo de la niebla.

Di unos pasos y observé el frasco roto en el suelo. Una pena insondable me sobrecogía, como si alguien hubiera acabado de decir que aquellos residuos fueran lo que quedaba de mi hijo. Daba ganas de llorar. Me sorprendió una embestida luminosa. Samantha había encendido los faroles del camión y ahora se acercaba.

—Son cajuiles en almíbar —reveló.

Reaccioné descreído.

—¿No eres dominicano? En esos frascos sólo había dulce de cajuil.

Escruté la masa informe, aspiré su olor azucarado. No eran fetos. Más que alivio, sentí pesar, confusión, vergüenza.

—No entiendo.

—Te ocupas demasiado en preguntar.

Bajé la mano para tomar un cajuil. Apenas rocé su masa rugosa y ambarina con los dedos, la muchacha reaccionó alarmada. Me empujó por el brazo hacia atrás.

—¡No lo toques!

—¿Por qué? —interrogué fulminado.

—No te lo puedes llevar a la boca.

Por lo visto, no había manera de dejar de sorprenderse con esta mujer.

—¿Qué pasaría si lo pruebo?

—Se te apagarían todos los fuegos —aseguró.

Su rostro dibujaba una credulidad infantil. Me sostuvo la muñeca y, mientras sentía sus besos, embarraba mi mano en el polvo para que se secara. "Cuando llegues al departamento, lávatela. No te lleves la mano a la boca, no te la...", susurraba durante las breves pausas en que apartaba los labios.

—¿Nos vamos? —le propuse, aliviado con la idea de estar fuera de allí.

Entonces, hijo de la sorpresa, fue cuando le escuché decir convencida:

—Ahora no. Vamos a esperar la aurora.

Encuentro con el Chief, superioridad de los débiles,
The Spy, breve diálogo de un poema, Goya,
exposición de Blake, borrarse de Samantha,
Samantha sufre al teléfono, no existe el sitio donde ir

Dudaba sobre si debía ir al bar para la cita con
Maccabeus Morgan. En realidad mi indecisión era si asis-
tía o faltaba, si iba o me exponía a no ir. Como ya había
cumplido el horario de trabajo, quedé pensativo frente a
la tienda. Mejor dicho, con la mente en blanco. La calle
y las esquinas estaban repletas de personas paseándose sin
otra preocupación que escapárseles al verano. Hubiera
dado mucho por ser uno de ellos, sumado a su migración
de aves sin alas.

A la sombra del edificio vecino, un grupo vege-
taba a fuego lento entre la humareda de las parrilladas.
Desde una bocina descomunal escapaba una salsa reso-
plada por una trompeta: *Si te quieres divertir,* tará, tará,
tará ta, *con encanto y con primor,* tará, tará, tará ta, *sólo
tienes que vivir un verano...* Aunque la descarga musical
incitaba al goce, los veraneantes permanecían amodo-
rrados en sus asientos, apartando el rostro para alcanzar
una bocanada de aire o escapar del humo chamuscado.
Parecía que la salsa, en lugar de componerles el ánimo,
se burlaba de ellos y los apabullaba. A pocos pasos de
la bocina, parado junto al teléfono de la esquina, divisé
a Yo.

Caminé por mí mismo contra la voluntad, entregado a mi desagradable suerte. Llegué junto al muchacho. La puerta del bar quedaba unos pasos más adelante.

—Voy a entrar de un pronto al bar, Yo —le comuniqué—. Si ves algún movimiento extraño, ya tú sabes. Llamas a los muchachos.

"*It's Ok,* primo", respondió. Sentí un profundo rubor por aquello de "llamas a los muchachos". No eran mis muchachos, ni yo uno de ellos. La pandilla del bloque, aunque buenos chicos, no estaba conformada precisamente para la causa de extraños como yo. La única banda que podía funcionar en este caso era la policía, pero no estaba seguro de si estarían de mi parte.

Entré al bar. Era un garaje estrecho, apenas sombreado por bombillas rojas, saturado por una veleidosa nube de humo de tabaco. La mayor parte del local lo ocupaba una mesa de billar, alrededor de la cual un puñado de clientes se paseaba con mirada de francotiradores. Estos, a su vez, eran observados por curiosos que se refrescaban la frente con su lata de cerveza. Luego de un vistazo fugaz, no vi a mi anfitrión sentado a la barra ni por ninguno de los rincones. Suspiré aliviado. Cuando tomé la decisión de retirarme, distinguí a un sujeto de ojos tristes, con sombrerito aplastado en la corona de la cabeza, quien arreglaba una pequeña mesa bajo una bombilla. Enseguida el Saltacocote cruzó una cortina de cuentas de vidrio, empujando la silla del Chief. El Tritón me ordenó que tomara asiento. Mientras me acomodaba, se escuchó una voz apurada detrás de la cortina:

—*Oh, my goodness!* Se olvidaba colocar esto...

Se trataba de una voz afeminada, fingida por un hombre. Un brazo ornado de baratijas sobresalió entre las cuentas de la cortina mostrando una rosa. El Tritón la recogió solícito y la mano volvió a hundirse dentro del vano. Roja, plástica, sucia de polvo, la paró del tallo en un vaso desechable y la ubicó en el centro de la mesa. El Chief hizo una indicación a sus dos compinches para que aguardaran en la barra.

—Mosca... —susurró uno de ellos al retirarse, aunque pudo haber sido el inválido.

El Saltacocote agarró una botella de ron Brugal, le dio un codazo en el fondo, la destapó, derramó un trago en el piso y procedió a compartirla con su compañero, sin vasos, embicándose. Maccabeus tomaba con sorbete una botella de cerveza negra. Tras cada sorbo se chasqueaba con la lengua el paladar. No hablaba. Sólo me lanzaba miradas demoníacas y levantaba la cabeza para olfatear el aire. No logro entender cómo la naturaleza insufla en seres endebles tanta capacidad de aterrar. Muchos de los hombres más terribles de la historia fueron enanos, enclenques, débiles de mente, sifilíticos, enfermos de gota. Por supuesto, también hubo malogrados que protagonizaron proezas nobles. Pero en la historia, como en las películas, los malos siempre llamarán la atención más que los buenos. En todo caso, la naturaleza parece encariñarse con los débiles y dotarlos de facultades superiores. Si un hombre corpulento y de buena salud os dijera que va a transformar el mundo, no hay que poner caso; si esa pretensión se oyera de labios de un cojo o paralítico, entonces debe tomarse en serio. Sería prudente corregir a la naturaleza su debilidad por los endebles. De hacerse así, quizás Estados Unidos no hubiera superado la depresión de los años treinta; pero con toda seguridad seis millones de judíos y un cuarto de millón de japoneses hubieran muerto de otra manera. Tampoco sentiríamos incomodidad en presencia de miserables como Maccabeus Morgan.

"Las criaturas se dividen en dos clases: pez grande y pez chiquito", oí decir al Chief. En realidad, no entendí cómo pudo articular esa baratura filosófica, pues sus labios estaban soldados al sorbete. La voz le sonaba impersonal, proyectada desde otro lugar. "El pez grande se come al chiquito", remató, y al hacer esta indicación levantó los ojos por encima de la botella, con una expresión de duda. Quería definir cuál de los peces era yo. Su mirada me inquietó. Le pregunté: "¿Y usted cuál es?", para evadir. Hizo una mueca de risa que apenas sirvió para descubrir sus dientes menudos. "Ninguno", susurró con voz apagada pero firme, y peló más la dentadura para decir: "Yo soy el pescador".

El Tritón se me aproximó con una cerveza negra. Aunque no la pedí, resulta obvio que la trajo por orden del Chief. Ninguno de sus secuaces realizaba un movimiento medianamente significativo si no era por disposición suya.

—No, gracias —me di el lujo de despreciar—. Prefiero el Night Train.

Volvió con un vaso plástico y una botella de Night Train. También pude haber rechazado el trago. Me serví, para evitar una situación desagradable que me estigmatizara entre la gente del vecindario. Bebí medio vaso de un tirón. Después el sujeto que había pasado la rosa asomó el rostro y sacó los brazos por la cortina de cuentas. No pude vislumbrar sus facciones, aunque veía el afectado aleteo de sus manos y sus ojos brillando en la sombra rojiza. Desde aquella posición se puso a cantar.

I'm a spy in the house of love, entonaba suavemente, sin música de fondo, oscilando entre un ronco mezzosoprano y el maltratado tenor de Jim Morrison, *I know the dream that you're dreamin' of.* Tuve la incómoda impresión de que sus ojos me miraban. *I know the word that you long to hear, I know your deepest, secret fear.* Maccabeus continuaba sorbiendo la cerveza y clavándome sus ojos de serpiente. El Saltacocote y el Tritón estaban vigilantes, sin descuidar el ron que bebían a pico de botella. Los jugadores de billar guardaban silencio; apenas se oía el golpe de las bolas y alguna tos amordazada. Las manos del cantante ondearon señalándome y ya no tuve dudas de que el fatal cantaba para mí. *I know everything. Everything you do. Everywhere you go. Everyone you know.* El ambiente se volvía insoportable. Tanto mutismo. La voz flotando desde el anonimato de una cortina. La peste de cigarrillo. Si mi casera fuera mujer de salir a darse unos tragos los sábados, seguro vendría a este lugar. La imaginé vagando anónima por la mesa de billar, ocultarse en un rincón tras la discreta brasa de su cigarrillo, perderse despacio tras la cortina de cuentas. Seguro fue un juego de la imaginación; pero podría jurar que acabé de verla desaparecer lentamente entre las cuentas.

—¿Y entonces? —dije al fin, con la esperanza de que hablar fuera menos desagradable que permanecer callado.

El otro dejó de sorber. Ahora me observaba ligeramente asombrado, como si le sorprendiera descubrir que podía hablar. Puso la bebida a un lado. Siguió en silencio.

—¿Viene mucho a este bar? —en realidad no me importaba su respuesta.

—Yo estoy en todas partes y en ninguna —charlataneó—. Aunque generalmente en ninguna —bromeó, indicando su condición de inválido.

Me animé a reír al verle desternillarse. Tenía dientes pequeños y sucios, acastillados tras unos labios muy finos, de esos que, cuando son de mujer, les urge abultarse con carmín. Lucía lúgubre en su buen humor. Tomó del sorbete y preguntó en tono confidencial:

—¿Sabes cuáles son los amantes que prefieren visitar a sus novias en las noches que tienen la luna?

—No.

Alargó el cuello hacia mí:

—¡Los vampiros! —respondió.

Reí con ganas. Maccabeus seguía mi risa con deleite. Luego, contagiado por mi hilaridad, se fue en carcajadas. Al notar su algazara, el Saltacocote se apuró a avisar con el codo al Tritón, y ambos, aunque no habían escuchado el chiste, empezaron a carcajearse. Después nos tranquilizamos y los dos de la barra retornaron a su botella. De nuevo quedamos sin palabras. La canción volvió a subir el volumen desde atrás de la cortina.

—Entonces, ¿usted fue quien escribió el poema? —abordó interesado.

—¿Cuál poema...? —tosí para rehuir. Le oí: *La Salamandra*. Reconocí su autoría—. Pero tengo textos mejores, de efectos mejor elaborados.

Frunció los labios y negó con la cabeza.

—Negativo.

—De verdad —insistí—. ¿Por qué lo niega?

Suspiró impaciente.

—No se haga el estúpido, Mosca. ¿Qué otro poema puede crear el efecto de tirarse a una chica como la pelirroja? ¡Esa fue su mayor obra literaria! Poetas del aire...

Intenté corregir:

—La suerte de un poema reside por encima del yo biográfico...

Lanzó una mirada fulminante que me hizo callar. Perdí autoridad para seguir el argumento. Total, no tenía interés en hacer de aquella cita una peña literaria. Despertaba mi curiosidad enterarme de que Samantha hablaba de mí con otros, aunque fuera con el crápula que tenía enfrente.

—Ojalá no sea cierto lo que ella opina de ese poema —dijo con inesperado tono desafiante.

—¿Sí? ¿Y qué opinión es esa?

—La misma que le dio a usted —reveló.

No abundé sobre el tema. Un poeta en declive que intenta reeditar su pasado literario luce tan patético como esos boxeadores seniles que retornan al cuadrilátero a recuperar la corona perdida hace muchos años. No tenía sentido seguir teorizando el asunto. Ya no era poeta. Cierta lectora que conozco estará pensando, en este preciso instante, que se trata de un contrasentido, pues si dejé de ser poeta cómo se explica que escriba esta novela. La respuesta sería que precisamente un novelista es un poeta frustrado, y por eso difícilmente encontraremos un buen poeta que también sea buen novelista.

El Saltacocote y el Tritón me contemplaban azorados, con la misma expresión que utilizarían para ver el prodigio de un mono de dos colas. "Ambos son grandes cultivadores de la poesía", los alabó el Chief. Pensé sinceramente que, aún poseyendo ese porte de pancracistas de relleno, sin duda serían más poetas que yo. Al menos, su tosquedad de maneras, ese aire de tipos demasiado corrientes y la vivacidad con que se embicaban a la botella de ron, los colocaban a la altura de muchos poetas conocidos.

—¿Conoce desde hace mucho a Samantha? —me aventuré a preguntar.

La determinación con que hablé evidenciaba el efecto del Night Train.

—Nadie se conoce —afirmó sin molestarse—. ¿Ha visto grabados de Goya?

—Era un grabadista francés interesante —presumí para eliminar el tema.

El otro reaccionó extrañado:

—¿Francés? ¿No era Goya español? —cuestionó y dirigió la voz hacia la barra—: Tritón, ¿era Francisco de Goya español?

—Sí, Chief. Era español —respondió como un loro.

—¿Nacido en Fuendetodos?

—Sí, Chief. Nacido en Fuendetodos.

—¿Y nacido en el año...? —aquí quedó indeciso.

El Tritón, con cara de idiota, permaneció indeciso.

—¿1746, Tritón? —retomó tronando los dedos.

—Sí, Chief. 1746.

—Gracias, Tritón —dijo Maccabeus. Suspiró satisfecho—. El Tritón es un gran conocedor de la Historia del Arte.

Sentí un ligero embarazo.

—Un reciente estudio de la Sorbona ubica el natalicio de Goya en París —mentí, poniéndome a resguardo. El otro se acarició la barbilla escéptico. Enseguida, para eliminar el asunto, mencioné mi admiración por William Blake—. Blake es sin dudas un gran maestro.

—¿Se refiere al poeta, al ilustrador o al artista?

—A los tres por igual; sobre todo a los dos últimos —precisé—. ¿Usted cuál prefiere?

—A los tres, pero no más que al teólogo... Blake fundó una teología abierta, sin límites. Extendió las fronteras del espíritu más allá del bien y del mal. Su lucidez sigue aterrando a los hombres de forma tan profunda, que filósofos y teólogos se pusieron de acuerdo para reducir el pensamiento religioso de Blake a una simple expresión estética. El día que se rompa ese acuerdo, la humanidad quedará moralmente en libertad absoluta.

—El corpus teológico de Blake es muy interesante —aprobé—. En el Metropolitan hay una gran exposición de sus cuadros.

No pareció interesado en la exposición. Le sirvieron otra cerveza. Embebido por la fluidez de la conversación, me referí a dos o tres cuadros para luego pasar al tema de Samantha.

—¿Por casualidad vio si la exposición incluye la ilustración de *The marriage of Heaven and Hell?* —quiso saber. Respondí que sí— ¿Está seguro?

—Claro —aseguré—. La recuerdo bien. La portada se levanta sobre un fuego. Tiene nubes doradas, parejas ingrávidas y árboles de oro.

Confirmó con un movimiento de cabeza. Sus ojillos adquirieron un brillo infernal. Su rostro reflejaba entusiasmo. En la densa niebla del bar, borrosas, se podía percibir las notas engoladas de la canción.

—Saltacocote —dijo, volteando el rostro hacia la barra. La bestia se quitó la botella de la boca y la puso en el mostrador—, ¿sabía que el Metropolitan exhibe varias ilustraciones de William Blake?

El tipo reaccionó embobado:

—Sí, Chief. Ilutraciones de William Blade.

—Pues debemos planificar una visita. Usted se encargará de la ubicación —le informó pensativo, mientras el otro acataba—. ¿Verdad que es una exposición fabulosa?

—Sí, Chief. Una eposición fabulosa.

Sorbió un trago de cerveza negra y exclamó complacido:

—William Blake... El Saltacocote es especialista en la obra de Blake... Una de estas noches veremos esa exposición.

—El museo cierra de noche —advertí.

Maccabeus me observó con indiferencia:

—En verano se derriten los horarios.

Pensé insistir, pero un extraño destello en sus pupilas me hizo permanecer callado. Tuve un leve estremecimiento. Bebí del vaso. La canción, repetida sin pausa, se enredaba en el humo de cigarrillo y flotaba aletargada.

—¿Conoce desde hace mucho a Samantha? —pregunté de nuevo.

Esta vez ni todos los maestros del Louvre me apartarían de la cuestión. Se llevó una mano a la mejilla. En uno de sus dedos, desteñidos y fláccidos, lucía una piedra verde, bastante opaca y exótica.

—Ya van siete veces que se detiene en esa pregunta: cinco pensadas y dos pronunciadas —aventuró. Quizás estos números fueran ciertos. Me escrutó descarnadamente—. ¿Qué más quiere saber de la pelirroja? Ya usted la conoce. Todo lo que sabe de ella, eso ella es.

—No sé nada.

—Pues ella es esa nada.

Me fastidiaba su juego:

—Entonces cuénteme lo que sabe usted.

—En todo caso, lo que yo conozco sería lo que ella es para mí.

Dejé caer el puño sobre la mesa, aunque sin golpear fuerte. Desafiante, instigué para que no me evadiera. Me clavaba los ojos llenos de odio. Sin embargo, no parecía perder la paciencia. Por el contrario, podría decirse que disfrutaba mi situación.

—¿Qué parte de la pelirroja piensa oír? ¿Cuando hacía de Cleopatra en el Cesar's Palace? ¿Cuando incendiaba los pozos petroleros en Medio Oriente? ¿Cuando se prostituía por veinte pesos en un bayón de Morrisania? ¿Hay algo en especial que desea escuchar y necesita que le cuente o invente? —dijo, con rabia contenida—. Esos demonios son suyos, Mosca. No me los eche a mí. Yo ya me siento a gusto con los míos —Sorbió su cerveza negra en silencio. Luego habló amenazador y calmado—. La conozco desde hace una eternidad. Y si usted la conociera el tiempo que yo, se le borraría del mapa.

Su prepotencia no me disuadió. Traté de obtener datos concretos sobre Samantha: direcciones, vínculos familiares, trabajo, informaciones útiles para armar un rompecabezas. Sin embargo, no logró satisfacer mi curiosidad, pues cuando se enfrentaba a alguno de mis cuestionamientos, sus palabras eran más vagas e imprecisas que lo poco que yo sabía. Llegué a pensar que, aun con la influencia que tenía sobre ella, yo la desconocía menos. Dejé de hacer preguntas. Preferí refugiarme en el vaso.

Siguió insistiendo, con expresiones abstractas, para que me alejara de Samantha. En su manera de hablar intuí un flanco débil. Le notaba el esfuerzo por no volverse irascible, así como la pretensión de enfriar con razonamientos el ardor de los celos. Como no reaccionaba con gravedad a ninguna de sus interesadas advertencias, argüía molesto consigo mismo. Le sudaba la frente. Los ojos le chispeaban. Golpeaba los nudillos en la mesa, lo que mantenía en vilo a sus dos secuaces. Enseguida trataba de mantener el control. Yo bebía sin dejarme impresionar. Por lo visto le molestaba darse cuenta de que yo era el preferido de Samantha. Además, que tocara ese punto conmigo y no con ella, demostraba una de dos cosas: o sabía que era esfuerzo perdido convencer a la muchacha de abandonarme, pues estaba perdidamente enamorada de mí, o, en caso de él haber tenido algún romance con ella, esta relación se había desvanecido de tal forma que no le quedaban fuerzas siquiera para hacer valer una exigencia o un ruego. Quizás eran ambas cosas.

Bajo el efecto de los tragos y los vapores del bar, la abominable imagen de Maccabeus Morgan se trasfiguraba en la de un indefenso hombrecito celoso. Hasta dejé de escucharlo en serio. Mientras lo veía hablar, trataba de concentrarme en el susurro de la canción. *I'm a spy, I can see what you do and I know.* La canción ahora estaba de mi parte. Entendí que ese escuálido había perdido la capacidad de atemorizarme. Por otro lado, no nos encontrábamos en el *nowhere*, sino en mi bloque, y si intentaba alguna bravuconada el desenlace podía ser otro. "Dejé a Yo pendiente en la esquina", consideré mientras servía un trago, "los muchachos tienen toda clase de armas".

El Tritón se acercó atento a la mesa y le entregó un celular. El Chief, nervioso, marcó un número y, tomándome por sorpresa, me pasó el teléfono. "No es para usted", indicó, mientras me instaba a no apartar la bocina de la oreja. Lo oí timbrar varias veces y luego lo levantaron. "¿Aló?", dijeron del otro lado. Quedé estupefacto. Era la voz de Samantha. Su tono se oía lacrimoso. No me hablaba. "¿Aló?... ¡Soy yo!", insistí. Parece que soltó el teléfono para apartarse hacia el fondo de un salón, pues ahora gritaba en algún lenguaje desconocido. Un hombre, al parecer en el mismo idioma, le hablaba pausado pero en tono fuerte. Se escuchaban como un eco perdido entre montañas. "¿Aló? ¡Samantha! ¡Samantha! ¿Qué pasa ahí?", reiteré desconcertado, pero del otro lado nadie respondía. El Tritón me arrancó el celular y lo guardó.

—¡Está en problemas! —apelé al Chief— ¡Hay que hacer algo!

Me miró displicente con la boca apoyada en el sorbete.

—Bórresela del mapa, Mosca —retomó indolente—. Es lo único que puede hacer; incluso por usted mismo, ni siquiera por ella.

Sentí deseos de saltar contra su cuello y obligarlo a que fuéramos en ayuda de Samantha. Él era mi único guía para llegar donde ella estaba. La impotencia me carcomía. La cortina de cuentas se agitaba con las manos del cantante. *I know the word that you long to hear, I know your deepest, secret fear,* entonaba el afeminado con una calma quejumbrosa. Atormentado, decidí tomar un trago para aclarar la mente. Pero la mano de Maccabeus cubrió mi vaso. "La Mosca terminó su trago", declaró, "ya no quiere beber más". De inmediato el Tritón recogió el vaso y la botella de Night Train. Antes de alcanzar la silla de ruedas, el Saltacocote preguntó ansioso:

—¿Lo borramo del mapa, Chief?

El Tritón apoyó una mano en la culata del revólver.

—Déjenlo —decidió con desprecio—. Él sabrá borrarse solo.

Se marcharon del bar. Tuve deseos de pedir otra botella. Sin embargo, no tenía control para contenerme sentado. Mientras, la canción soplaba terrible en mi ánimo. *Everything you do.* Necesitaba con urgencia llegar a alguna parte y no sabía adónde. Samantha requería de mí, sólo de mí, en ese instante. Tras la puerta empezaba una ciudad inmensa, un laberinto sin hilos de oro para encontrar el rumbo. *Everywhere you go.* Imaginaba las cosas más horribles. Veía un delicado cuerpo degollado, la luz roja del bar trasmutada en sangre, una boca hermosa que gritaba enmudecida desde algún lugar muy próximo o lejano. Maccabeus Morgan, de nuevo, había descubierto el camino para conducirme al miedo. Tanta desolación, todo este humo, tanta impotencia. Y sobre todo: esta maldita ciudad tan grande. *Everyone you know.*

Pasajero sin destino, historias de un taxista,
en el atrio de una iglesia, travesía hacia un edificio
en tinieblas, Samantha no está, el salvador

Fue una noche de demencias. Luego que la mancha del crepúsculo se diluyó en la obscuridad, me desesperé de mis pasos y detuve un taxi. Su carrocería negra centelleaba con los letreros de neón de Jerome Avenue. Abrí la ventanilla. El chofer advirtió que si no la cerraba, apagaría el aire. "Es su problema", dije despreocupado. Bajó las otras ventanillas y empuñó una servilleta para enfrentarse a la combustión nocturna. Su frente húmeda, sus ojos cuarteados por el sudor, estaban encajonadas en el retrovisor. De repente, como suele suceder en los taxistas que no conducen autos amarillos, se volvió parlanchín. En su pueblo natal tenía un terrenito cubierto de pasto verde, con una acacia regordeta en el centro y el codo de un riachuelo deslizándose por un lado. En una de estas se hartaría, veintidós años en esta ciudad es demasiado, construiría allá un rancho para vivir tranquilo, sembraría maíz, batata, plátano, criaría gallinas para comer, dos o tres vacas para beber leche natural.

El retrovisor se saturó de nostalgia. Lo que me faltaba: Samantha a punto de ser estrangulada en un lugar sin dirección, y aquí tenía a un taxista evocando la Arcadia. Hubiese sido bueno bajarlo del carro, desvestirlo en plena avenida y volverlo a vestir con una zamarra de cáñamo, engancharle un zurrón, colgarle al cuello un rabel, apoyarlo de un cayado y mandarlo de un empujón al jodido terreno, para que muriera de hambre. Arrojé por la ventanilla la botella vacía de Night Train. "El problema es que no resulta fácil irse", reconoció más adelante, amargado, "esta ciudad es una cárcel de obreros".

Cuando se detenía, le pedí que condujera otras diez cuadras. Receloso, advirtió que aumentaría la tarifa. No importaba. Necesitaba desplazarme, bullir, mantener el movimiento, quizás para provocar el azar. El chofer retomó su oficio de rapsoda. La otra noche fue a un motel para recoger a una pasajera; mujer casada, venía de una cita con su amante casado, quien la plantó. El taxista acabó por pasarse al asiento trasero para servirle. Me dio gracia imaginar a mi casera revolcándose en un taxi frente al apartamento. Samantha gritaba en algún lugar. Las calles se llenaban con sus alaridos. Ladrillos cuadrados, edificios cuadrados, apartamentos cuadrados, cuartos cuadrados. Tras una de esas ventanas cuadradas, que recortaban la luz en un recuadro y estaban cubiertas por cortinas cuadradas, podía estar el rostro ovalado de Samantha, con las manos unidas en oval para contener el grito de su boca abierta en óvalo. La muchacha estaría en un puente, frente a un cielo incendiado por el sol, detenida en su alarido para siempre.

El taxista admitió que el alcalde Giuliani había hecho un trabajo fuerte contra el narcotráfico; aunque rememoró la época en que se podía ganar hasta trescientos dólares, por transportar rápidamente a un cliente de un bloque a otro sin tener que preguntarse en qué negocios andaba. "Pero no le ha puesto un dedo a los italianos que controlan la basura", resaltó con malicia. Al final mostró satisfacción porque no podría reelegirse en las elecciones del mes entrante. "Que se vaya con sus policías asesinos", sentenció. Enseguida habló de béisbol, de lo enredadas que son las mujeres, del verano que no es como allá, pues el de aquí se pega al cuerpo. Así como hay personas que son todo oídos, podía afirmarse que el taxista era todo boca. Pensé preguntarle cuántas veces había espiado a sus padres fornicando en la cama de al lado.

—¡Déjeme aquí! —le ordené, cuando pasaba frente a una licorería.

Le pagué lo que pidió. En la licorería, terminé por señalarle al coreano la ubicación del Night Train, pues no entendía mis palabras. Continué el trayecto a pie. La ventaja de ir a ninguna parte es que no se necesita prisa. El trayecto se puede recorrer caminando; transitarlo así incluso alivia de la desesperación de sentirse estancado. A menudo me detenía a tomar un trago.

El cielo se encumbraba fuliginoso. Un helicóptero policial sobrevolaba la zona, vomitando un chorro de luz sobre las azoteas, los callejones obscuros, los rincones sombríos. Pensé que esos helicópteros son parte del folklore urbano y del firmamento de esta ciudad. Me apoyé a una columna de hierro y levanté la cabeza. La vista se me perdió entre los rieles oxidados que pasaban por el aire. Una locomotora fantasmal, amarilla, cruzó sacando pavesas de plata. Entonces el profeta Lapancha apareció flotando en el firmamento. De su mano escapaba un rayo con el que escribía en el cielo una A y una C inmensas con rutilante tinta de oro. Todos los astros se borraron de repente, pero el universo brillaba con el resplandor de las dos letras entrelazadas. "Las Águilas son las Águilas", reveló lleno de gloria el profeta, "y el Tigre es la nada", añadió, antes de transfigurarse en un águila de oro. Enseguida volví a ver la locomotora, que se alejaba con su estela láctea.

Me senté en el atrio de una iglesita luterana. Era una construcción de cantería y ladrillo; maciza en la base, pero proyectada con delgadez hacia lo alto. Más arriba de su ornamentado portón se destacaba un vitral redondo y, por encima, una espadaña con una campana llamativamente diminuta. Molestaba el falso estilo medieval. Estos luteranos no tienen derecho a emular ese estilo, pues no estuvieron en las catacumbas ni en las cruzadas; menos los que son de este país. La única Iglesia que tendría vínculos estéticos con el tono medieval es la católica, que sí estuvo presente en la antigüedad y la Edad Media. Los luteranos del bloque deberían inspirarse en el ejemplo arquitectónico de evangélicos, bautistas, mormones y otras iglesias del vecindario, cuyos templos se edifican humildemente con la sobriedad de la ciudad actual.

En medio de aquel paisaje umbrío, evoqué la canción *The Spy*. Pero no la entonación engolada del bar, ni siquiera la voz de Jim Morrison, sino la introducción orquestal. En el hueco de la noche escuché el solo de guitarra, vidrioso, pausado, luego chorreado por un piano sombrío, para dar paso a la cabalgata de la batería, sonido mesiánico, profético, que curiosamente se integra a un escandaloso juego de teclas que recrean un ambiente disoluto de taberna. Es una entrada bestial y tremenda: la cortina del espía invisible con el poder divino para hurgar en el destino telúrico de los humanos. Paraíso e infierno, cielo y tierra, carne de ángel y barro de los hombres.

—¡Samantha Ritz! —grité poniéndome de pie.

Huí de aquel atrio. Entré a la estación de tren. El ruido metálico del trinquete trajo a mi mente una idea salvadora. Obnubilado en la fatalidad de Maccabeus Morgan, luego en la cháchara en pasado del taxista y siempre en la imagen terrible de Samantha, no había reparado en que conocía su dirección. Más aún: tenía una llave de ese apartamento. Probablemente no estuviera allí, pero era el único punto de la ciudad por el que se podía comenzar.

Volví a la calle. Necesitaba un taxi. A menudo, el tren se desplaza más rápido de un lugar a otro, pues nunca tiene la mala excusa del tráfico. Sin embargo, en esta ocasión el taxi era mentalmente más apropiado. Un automóvil no es grande, le da a uno la impresión de ser dueño de su propio movimiento y, además, el hecho de ser el único pasajero lo mantiene en estrecha intimidad con su destino. "50 *bucks*, papi", advirtió que cobraría el rastafari antes de iniciar la ruta. "60: *Hurry up!*", aumenté la tarifa, y el tipo, con un aroma a marihuana que metía miedo, aceleró rumbo a Washington Heights. Es ese instante hubiera pagado todo el dinero del mundo, pues mi vida estaba circunscrita a ese instante en que no existía pasado ni futuro.

El taxista avanzaba como si tuviera caliente el pie de acelerar. Sin dudas había aprendido a rebasar viendo películas de detectives. Y seguro era daltónico, porque le daba lo mismo el color de los semáforos. Cuando doblaba una curva a toda velocidad o dejaba atrás por vía contraria una hilera de vehículos, emitía un grito jubiloso. Frenó de golpe cuando indiqué que había llegado a mi destino. Resopló satisfecho, como si al fin recuperara el aire. No era para menos. Había conducido con la intrepidez adecuada. Ni yo mismo lo hubiera hecho igual. Le pasé un billete de cincuenta y otro de veinte. Se dio un golpecito en la frente, fingiendo que no tenía cambio. Sabía que la prisa no me permitiría detenerme a gestionar billetes menores. Traté de cobrarme los diez dólares con un fuerte tirón de la puerta. "*Mother fucker!*", se quejó. Arrancó entre chirridos, vociferando no escuché qué otras maldiciones.

El edificio lucía tétrico. Borrado de sombras, esporádicas ventanas iluminadas, una bombilla raquítica en el vestíbulo y ninguna a lo largo de sus pasillos, invitaba a alejarse de inmediato. Apuré un trago y recorrí los peldaños del umbral. La entrada carecía de cerradura. Entré. Ascendía despacio agarrado a los balaustres, calculando en cada descanso el número de piso. Imaginaba los grafiti transpirando entre las sombras. Cuando llegué al tercero, la puerta de un apartamento se abrió y la luz me alumbró. Un muchacho salía al dintel. Se trataba de Yo. Bajó la cabeza como si no me reconociera y alcanzó la escalera. También fingí no haberlo visto.

Seguí hasta el quinto piso. Me detuve en el apartamento de Samantha. Me sobrecogía una sensación desagradable, de miles de ojos que observaban ocultos y de lagartos que se arrastraban sigilosos por las paredes y el piso. Toqué varias veces. No se percibía ningún ruido adentro. Por los bordes del paño de la puerta no se vislumbraban restos de luz. Todo estaba en silencio. Saqué la llave del bolsillo y la entré en la cerradura. No pude abrirla. Saqué el llavero, con la esperanza de haberla colocado allí. Tampoco resultó. Insistí con mis nudillos por un rato. Nada. Hubiera deseado echar la puerta abajo; pero desde hacía tiempo aprendí que los hombros no son de piedra y que las puertas de utilería son irreales. Además, ¿con qué derecho? ¿Cómo se salva del ridículo un hombre que acaba de destrozar una puerta y, tras encontrar a su novia a salvo en la sala, sólo a atina a decir: "Pensé que..."? Súmesele a esto la posibilidad de que un vecino aterrado telefoneara a la policía.

Frustrado, me resigné a abandonar el edificio. Mientras bajaba con las manos vacías, pude apreciar la peligrosa dimensión del lugar. El padre que salta a la arena para salvar al torero lo hace sin reparos; no obstante, cuando ha resguardado su cuerpo, suplicará a los picadores que distraigan el toro. Cada vez que alcanzaba un descansillo, suspiraba aliviado, para de inmediato temer por la suerte que correría en el siguiente trecho de la escalera. Cuando llegué al último descansillo, advertí un movimiento. A corta distancia, por detrás, sentí unos pasos detenerse, mientras que delante distinguí un bulto humano, quizás más de dos personas. Era mi hora. En el instante que esperaba lo peor, escuché una voz salvadora. *"Stop! That's my mo fo over there... Is me, Yo. Leave alone, bro"*, ordenó desde el vestíbulo. Era Yo. El bulto que tenía enfrente se echó despacio a un lado y quedó repujado en la pared. Al pasar por su lado, percibí la respiración fatigosa, el aroma de la yerba, los ojos apagados en la obscuridad. En el umbral, Yo agarró mi brazo y me apuró hacia la calle.

"Never do it again lo que tú ha' hecho", amonestó, con un dejo de ruego paternal. Me escoltaba hacia los límites del bloque. Su cuerpo, al caminar, oscilaba de derecha a izquierda como el de un pingüino. Iba todo el trayecto pensativo, negando con la cabeza. Sin dudas, aunque sabía lo que acaba de hacer, no tenía la mínima idea de la dimensión de su acto. No era modestia, simplemente no ocupaba su genuino papel de salvador. Quizás no se impresionaba porque no se trataba de su propia vida, o tal vez porque el exceso de vida de los jóvenes no permite pensar en su carencia. *"Never do it*, primo", advirtió otra vez, antes de dejarme frente a la estación. No me tendió la mano ni se detuvo a oír mi frase de gratitud.

Me había salvado y, sin embargo, se comportaba sin gravedad. Como el rico que da sin inquietarse una moneda de oro, una de las tantas que le sobran.

Sacrificio de los ángeles, noches de Night Train,
porfía conyugal, cristales rotos, el niño rubio,
en la bodega, la casera despierta, noticias del tío

Los ángeles más laboriosos son los que están al cuidado de niños y borrachos. Estos dos personajes, al no contar con la verticalidad de la razón, se mantienen perpetuamente al borde del precipicio. Por eso los ángeles se la pasan de acá para allá sin dar abasto, interponiendo un árbol, gestionando una repentina corriente de aire, empujando una pared, ayudando a girar el volante de un auto, apartando un bordillo para que sus custodiados no se despeñen. Después de tanta faena, se les obliga a amanecer vigilantes al pie de la cama por si al durmiente se le ocurre levantarse al baño o hay que despertarlo de una pesadilla. Sin embargo, estos fatigados espíritus son los grandes olvidados del santoral. Otros que han hecho menos y de los que no se tiene rastro, llámese el Buen Ladrón, llámese san Venancio, gozan de mayor aprecio. La hagiografía les llamó genéricamente "ángeles de la guarda" y les asignó un día de calendario, eso sí, sin detallar nombres ni obras, sin imprimir vida de santos ni estampas, un cumplido para salir del paso.

De todos esos ángeles, el encargado de mi custodia merecía gratificación especial, porque estuvo alerta durante la borrachera. Cuando salí del edificio de Samantha era cerca de medianoche. Por las calles apenas se veían borrachos y algunos empleados que bostezaban bajo el toldo de las bodegas. En algunas esquinas encontraba un viejo televisor, sin espectadores, rodeado de sillas vacías, que transmitía el final del juego de los Yankees. Subía de un autobús a otro. Exploraba incontables cuadras en busca de una licorería abierta. Recorrí la ruta completa de uno o dos trenes. Creo que llegué a discutir (¡pobre de mi ángel!) con vagos de los que duermen en las estaciones. En ocasiones me senté en un banco solitario a llorar por Samantha. A veces me detenía para escuchar a hombres discutiendo en un apartamento o el grito sostenido de una mujer llegando al clímax.

Entre tragos, vislumbraba la ciudad despierta que hervía a fuego lento, bullendo en su monótono concierto de aires acondicionados. El Night Train es una bebida especialmente elaborada para tomarla de noche en los trenes. Si la frente se apoya al cristal de una ventanilla, el licor edulcora las pupilas; entonces los pesados ladrillos, el concreto de las avenidas y los postes de hierro se llenan de azúcar, se derriten en la hornilla veraniega y la ciudad se disipa, se dilata, se estiraja dulcemente como melcocha. Por eso al beberse en otra ciudad, sobre todo en una sin trenes, el entorno se ablanda y se oye el zumbido de una locomotora perdiéndose en la noche. Cuando rompí la última botella vacía y en todo South Bronx no quedaba una sola licorería abierta, me apoyé en el hombro del ángel y pedí que nos fuéramos a dormir. Faltaba poco para despertar el alba.

Entré al apartamento procurando no hacer ruido. De la alcoba de la casera provenían voces. Discutían. Al falsete de la mujer se superponían los monosílabos enredados y roncos de Bárbaro. Aunque ahogaban sus gritos en susurros, pude escucharlos claramente, debido al silencio del vecindario. "¿Tú ves? La misma vaina. ¡De una vez! ¡Terminas de una vez!", quejábase la casera, "No aguantas nada... Y no es por tu gordura, no... ¡Otra mujer! ¡Segurito que es otra mujer!". Pasé a mi cuarto y me quité los zapatos. Por la pared se filtraba la discusión. El hombre, avergonzado y furibundo, pedía que se callara, pero la cantaleta continuaba. "¡No prendas ese maldito aparato! Me tienes que oír...", exigió ella, y de inmediato sus susurros se mezclaron con las voces impostadas del televisor.

Revisé mi contestador. Nada. Sólo un mensaje de mi madre. Detuve la cinta sin acabarlo de oír. Descargué mi cuenta de correo electrónico; estaba llena de email chatarra. Nada de Samantha. Tomé una pastilla para dormir.

—Tienes el resto de la noche libre —despedí al ángel.

"¡Que apagues la maldita televisión!", gritó la casera. Las voces impostadas se desconectaron de súbito. La mujer continuó la vinglería. El hombre dejó de responder. Luego hubo dos portazos consecutivos: uno en la alcoba, otro en el umbral. Un rato más adelante oí los pasos de la casera por la sala, y mi cuarto fue invadido por humo de cigarrillo. Fue a la cocina, destapó una botella y abrió una ventana. "¡Talvez le va mejor a la otra, blandito!", voceó hacia la calle, y cerró el paño de un golpe. Ya no volvió a hablar. Se le podía sentir por el llanto, la humareda de cigarrillo y por el ruidoso acarreo de algún mueble.

Finalmente me desplomé de espaldas en el colchón. Tuve que agarrarme con fuerza. La cama empezó a girar a toda velocidad, como si fuera una ruleta o la filmaran para la película *El Exorcista*. Sentí una brasa en el estómago y apreté el diafragma para no expulsarla. El techo se convirtió en un calidoscopio que proyectaba de infinitas formas el rostro de Samantha. Después, sin darme cuenta, la ruleta se fue deteniendo y me quedé dormido.

Desperté cerca de las dos. Una sensación de terror oprimía mi pecho, me dificultaba respirar. El corazón latía, digamos, en carne viva, y el aire apenas llegaba a los pulmones, se detenía a mitad del esternón. Desesperado, salté hacia el teléfono. El contestador no tenía mensajes. Me senté acuclillado en el piso, con el auricular pegado a la oreja, la mente vacía y el oído escuchando el eco de los gritos de Samantha. Era urgente saber qué le había sucedido. ¿Cómo tener noticias? Mis intentos para contactarla eran vanos. Vi llegar la idea de llamar a la policía y denunciarla como desaparecida. Pero ¿cómo respondería a sus preguntas? Querrían saber quién era esa persona en mi vida, qué hacía, dónde trabajaba, qué vínculo tenía conmigo. Sólo les podría dar una dirección, un nombre y el color de una cabellera. ¿Y si decidían investigarme como primer sospechoso? ¿Y si la encontraban sana, feliz y salva en brazos de un marido? ¿Y si, producto de la pesquisa, la ponía al descubierto? Para no enloquecer, aunque con la secreta convicción de que lo hacía por engañarme a mí mismo, acordé creer que Samantha era una mujer poderosa y que, no importa lo que pasara, estaría en poder de la situación. Llegado a este acuerdo, apreté el auricular fuertemente, tratando de exprimirle alguna voz, como si tuviera mis manos aferradas al cuello de un ser indefinido. Cuando me abandonaron las fuerzas, respiré tranquilo. Tranquilo no sería la palabra. La palabra sería vencido.

Me paré para ir al baño. Al abrir la puerta de mi cuarto me encontré con un cuadro desolador. Desde el pasillo que conducía a la sala hasta el vestíbulo, el piso del apartamento estaba repleto de cerámica destrozada, vasos quebrados, fotografías rotas. La casera resollaba dormida en el mueble de la sala, estragada por el agotamiento. El pecho se le inflaba a ratos con violencia. Un penetrante olor a cigarrillo invadía el aire. Había cenizas y colillas desperdigadas por todas partes y, volcada sobre el vientre de la mujer, una botella de cerveza a medio terminar. Recogí los restos de una foto de la casera con Bárbaro. Por sus apariencias, parecía tomada una década atrás; debido a la clase de arbusto y a los colores vivos de la fachada que tenían de fondo, se notaba que el escenario no pertenecía a esta ciudad. La mujer lucía sonriente, bonita, con un cuerpo nada despreciable. Bárbaro posaba rígido, talvez doscientas libras menos, y mostraba el desgano enfermizo de quien se acaba de hacer una liposucción descomunal. Entré al baño. Lo limpié antes de asearme.

Después de vestirme, consulté el contestador. Nada. Borré el mensaje de mi madre. En la computadora tampoco tenía correo de Samantha. Me paré a la ventana. El pedazo de ciudad que podía apreciar desde allí, reducido a un paramento de ladrillo, la cima de un poste y una sucesión de azoteas, no proveía ninguna pista. Reclinado a una almohada, hojeé *Zama*. Me detuve al azar en una página del Año 1790. Leí: "Era un niño rubio, desarrapado y descalzo". Aparté la mirada. Evoqué al niño rubio que roba monedas de plata, escurridizo, siempre retornando hacia el misterio. Su pelo de oro, su intermitencia, su angelical tendencia a lo sórdido, me condujeron a Samantha. Eso era ella: un niño rubio de ojos brillantes en la sombra. Fui al tercer capítulo.

La jaqueca pronto me detuvo. Decidí ir a la bodega por unos analgésicos. Caminé con cuidado para que mis zapatos no crujieran al pisar los vidrios rotos. La casera ahora dormía sin convulsionarse. Bajé a la calle. El sol me humilló los ojos. La luz blanqueaba el paisaje urbano, lo desleía, y daba la impresión de que el día estaba iluminado con las potentes bombillas de un estadio.

Encontré al bodeguero en la acera, desabotonada la camisa, picando una sandía. "¡Esto allá no se comía, primo!", exclamó regocijado, y empezó a escupir semillas. Por sus comisuras bajaban dos líneas de un líquido rosado, que le daba una curiosa apariencia de muñeco de ventrílocuo. Le pedí dos analgésicos y un té de manzanilla. "La mujer de Bárbaro está dada al diablo. Él pasó por aquí casi a las seis de la mañana. Ella lo cela demasiado. ¿Dígame si yo lo he enamorado a usted? ¡Pues así mismo es Bárbaro!, no anda en búsqueda... Lo que pasa es que, con esa gordura, la naturaleza no le funciona igual... ¡Tan buena hembra, cónchole! Había que verla...".

Pagué sin decir media palabra. Regresé asqueado al apartamento. No entiendo cómo un hombre tiene la indiscreción de ventilar sus intimidades de alcoba en una bodega. Y menos aún que los confidentes las vociferen a los cuatro vientos. Las mujeres, devotas de la murmuración, al menos tienen el detalle de difundir el chisme mediante el murmullo, siempre en ambiente selecto, aunque a veces esa selección sea lo suficientemente numerosa como para abarrotar un salón de belleza. Una mujer chismosa luce normal, pero un hombre chismoso es una cosa aberrante, quizás porque asume el vicio moral más monstruoso que pueda poseer una mujer.

Preparé la infusión. Me acerqué sigiloso a la casera para quitarle la botella de la mano, pues la cerveza estaba a punto de derramarse sobre su vientre. Ante la repentina sensación de la mano vacía, despertó con un leve sobresalto. Me aparté un par de pasos. Ella me observó entornando los párpados. Se desperezó y se sentó en el mueble.

—¿Qué hora es? —preguntó con voz ronca.

Le respondí. No mostró reacción. En esos casos, las personas suelen hacer la misma pregunta, preocupadas, como si fuesen relojes que de pronto temieran haber perdido la capacidad de medir el tiempo. Contempló el desorden contrariada. Suspiró resignada.

—Usted me comprende, ¿verdad?

Afirmé con la cabeza. Un rato más adelante, al parecer con el rompecabezas de la noche anterior recién armado, afirmó confiada: "Bárbaro estará aquí antes de las seis. Por nada del mundo se va a perder la telenovela". Volví a la cocina. Percibí la chispa de un fósforo, el humo de un cigarrillo. Serví dos tazas de manzanilla y puse al borde de cada plato un analgésico. Le pasé una taza. "Té no", rechazó poniéndose de pie, "café", y se internó en la cocina. Seguí camino al cuarto. Luego sonó mi teléfono. No era Samantha. Mi tío, con su acostumbrada brevedad, dijo que en dos semanas habría un puesto en el restaurante e iba a recomendarme. "Llámese un día de estos a su madre", encomendó antes de colgar, "madre sólo hay una".

Cuando salí una hora después, en el apartamento no quedaba rastro de los destrozos. Todo estaba en su lugar, bien recogido y ordenado. Hubiera dado tanto porque así de recompuesta, luciera en mi mente la imagen de Samantha.

**El amor y el interés, el rapto, Samantha
en el sótano, haciendo el amor a una princesa,
ojos en la obscuridad, el cajero del Cachíar,
diseño de un golpe, un billete de diez dólares**

Caminaba hacia la estación. Llevaba la mente en el aire, no precisamente en Samantha, sino en el hecho de que era miércoles y aún no pagaba la renta del cuarto. No tenía suficiente dinero. Había prodigado todo la noche anterior en licorerías y taxis. Ahora debía enfrentarme a mi jefe para pedir un adelanto. Los muertos de hambre no pueden aspirar al gran amor. El romance exige sólida economía, pues los protagonistas han de escenificarlo en amplios jardines, ampulosas mansiones, lujosas alcobas y autos último modelo. Los guionistas de telenovelas y las editoras de revistas rosa están muy al tanto de esta realidad. El pelagatos no debe tomar parte de grandes amores; le conviene conformarse con una mujer de generales y pasiones modestas, de tal forma que la bolsa no le deje corto. Pero, ah, como el amor es ciego e insensato, ahí andan pobretones y obreros del común despilfarrando su miserable salario para al día siguiente no tener ni con qué pagar una miserable semana de cuarto.

Sumido en estas graves consideraciones andaba, cuando, al bajar un pie a la calle, un automóvil frenó con violencia junto a mí. Antes de reconocer a sus ocupantes, me llegaron en alto volumen las notas de *Sing,*

sing, sing. Pensé escabullirme, pero ya tenía al Tritón cara a cara.

—¡Subíos, gilipollas! —ordenó.

Retrocedí un paso para seguir mi camino.

—Subid, si no os molesta —volvió a pedir con voz extremadamente cortés, a la vez que se levantaba un poco la camisa y dejaba relucir la culata del revólver.

Ocupé el asiento trasero, apartado del Chief, quien, vestido con un traje blanco lleno de manchas negras, parecía un personaje dálmata. El automóvil se desplazaba a diferentes velocidades, unas veces muy acelerado, otras demasiado lento. No se conversó durante el trayecto, aunque exigí decirme adónde nos dirigíamos. Transitamos por pequeños puentes olvidados. Patios de fábricas abandonadas. Arboledas quemadas por la brisa caliente. Barrios mugrosos con destartaladas casitas de hojalata. Largos bulevares de árboles podridos y secos hidrantes. Terrenos baldíos sin construcciones ni vehículos ni gentes a la vista. De pronto tuve la sensación de que nos desplazábamos por una callejuela de mi infancia. Era exactamente la misma, aunque no lograba precisarla. El olor, los colores, cierta agitación en el pecho permitían evocarla. Después retomamos el tráfico ruidoso de la ciudad.

El auto entró a un garaje. El Saltacocote se apuró a cerrar el portón. En la obscuridad, dos manos me sujetaron ambos brazos y me hicieron bajar por una escalera hacia un sótano. Antes de llegar al escalón de arranque, recibí un empujón. Caí al suelo. Unos pasos retornaron escalera arriba.

—¿Encendemos la luz, Alteza? —preguntó el Tritón.

—Puedes encenderla —respondió una mujer.

Era la voz de Samantha. La luz limpió de obscuridad el sótano. El Saltacocote y el Tritón cerraron la puerta y desaparecieron de la escena. Frente a mí, un sueño, vislumbré a Samantha. Estaba reclinada en un diván. Traía un hermoso vestido rosa; el pelo recogido en un moño para impedir que ni una hebra de cabello se interpusiera en la frescura de su rostro. Su aura de belleza, sumada a la elegancia de los atuendos, le daban un majestuoso toque de princesa. Lucía divina. Se puso de pie con ligera afectación y se refugió en mis brazos. La apreté a mi pecho. Mis pupilas se llenaron de lágrimas.

—No me has hecho esperar, sino sufrir —fue la primera cita que pasó por mi mente.

Se aferró más a mi cuerpo. Abrí los brazos para separarla y verla de nuevo, pero ella seguía restregada en mis hombros. Mucho rato. Empecé a sentir una dulce desesperación. Por fin agarró mi muñeca y nos sentamos en el diván.

—¿Me extrañaste?

—Casi me muero —contesté—. ¿Qué te sucedía? ¿Dónde estabas?

Quedó extasiada en mis ojos. Era una princesa. Una princesa real, quiero decir, como las de los cuentos de hadas; porque en la cotidianidad existen unas princesas feísimas, ataviadas sin encanto, que más bien parecen las hermanastras de Cenicienta.

—En ninguna parte —dijo ante mi insistencia—. Eras tú quien andaba desaparecido.

—Pero te oí en el teléfono... ¡Eras tú!

Evadió mi mirada. Negó varias veces que fuera ella. Luego, sonreída, acarició mi rostro.

—Me ahogaba pensando en ti —reveló conmovida.

"¡Corazón mío!", exclamé, y besé su mano enternecido; así mismo, como esos genuinos héroes novelescos del siglo XIX que lucen tan falsos cuando son transportados a las telenovelas. Si bien mi razón recelaba de sus argumentos, mi corazón la aceptaba con regocijo, y es de éste, y no de aquélla, del que nos debemos guiar en tales circunstancias. "Bichito tonto, bichito tonto", musitaba a mi oído mientras me rascaba la cabeza, y yo le reconocía: "Sí, tonto, tonto". Nos amamos en el diván, oliéndonos, lamiéndonos, ahogándonos con nuestras secreciones. El clímax me abatió no tanto por el profundo estremecimiento, sino por un celaje chispeante que llenó el vacío. No podía quejarme: ya no moriría sin haberle hecho el amor a una princesa.

Descansó la cabeza vencida sobre mis muslos. La luz pestañeó se forma intermitente. Se apagó. La obscuridad resaltó una miríada de ojos encendidos. Me sentí acorralada por bestias de presa. De pronto dejé de percibir el peso de la cabeza de Samantha. Grité su nombre y no recibí respuesta. La busqué en vano moviendo los brazos en la sombra. Tuve un presentimiento horrible. Oía un rumor de lagartos correteando de uno a otro lado. Mis pies chocaron con el escalón de arranque. Ascendí trastornado escalera arriba. Tentaba todo el tiempo la pared con las manos, hasta que por fin di con el interruptor. Encendí la luz. Quedé petrificado. Desperdigados por el sótano, se encontraban Maccabeus Morgan, el Saltacocote y el Tritón. Apostado a los pies del inválido, descansaba un perro negro. Samantha estaba en el diván, con las piernas desnudas y un seno descubierto. La miré escandalizado para que se cubriera. No hizo ningún movimiento, como si su situación le despreocupara. Bajé apurado.

—¡Esto es un abuso! —deploré mientras le componía el vestido—. ¿Se creen dueños de nosotros? ¿Piensan que pueden disponer así de nuestras vidas?

El Chief se echó a reír mientras acariciaba la papada del perro. Sus dos secuaces le hicieron el coro. Cuando les dolieron el diafragma y las quijadas, quedaron callados. Entonces, repentinamente, Samantha empezó a reír. Era una risa demoníaca, aislada, desconectada de la realidad, argentina, capaz de quebrar el cristal. Yo la observaba impávido. La ayudé a ponerse de pie.

—Nosotros nos vamos —determiné, y la abracé por el hombro.

El Saltacocote y el Tritón se interpusieron en la escalera.

—"Nosotros" suena a mucha gente —criticó el Chief—. Y usted no va para ninguna parte, Mosca.

Hizo una señal al Saltacocote y éste abandonó el sótano. El Tritón sacó su revólver. Me embargó una rabiosa impotencia.

—¡Mi vida es mía! —grité.

—Ya no —estableció a secas el Chief.

Samantha ahora callaba. Su rostro me entibiaba el pecho. Tiritaba, avecilla en mis brazos, y la sentía suave como estar abrazado a un almohadón de plumas. Me senté con ella en el diván. Los dos miserables nos contemplaban con falsa contrición. Daban asco. Parece que aprovecharon cuando estábamos distraídos en las faenas del amor para colarse en el sótano. No pude precisar si bajaron por la escalera o se deslizaron por alguna portezuela subterránea. De serme dado el poder, allí mismo los hubiera asesinado.

El Saltacocote reapareció en compañía de un extraño. Era un hombre calvo, espejuelos de concha y el pelo tan perfectamente acicalado que obligaba a pensar en un bisoñé. Traía camisa blanca empapada de sudor y, agarrotado al cuello, un corbatín negro. Me pareció reconocerlo. Si el mundo no se había agrandado y funcionaba mi memoria, se trataba de un cajero del Cachíar, la estafeta de cambio de cheques, remesas y pago de facturas ubicada en Grand Concourse, a unas cuadras de la tienda. Lo recordaba porque en ocasiones había ido a pagar los recibos de luz y teléfono. Traté de no llamar su atención, aunque seguro no me reconocería. Empotrado tras el cristal antibalas, nunca miraba al rostro: se circunscribía a tomar la factura y el dinero, realizar la transacción, devolver el papel sellado por la ranura y, tras retocarse el corbatín, exclamar con desabrimiento *"Next!"*.

Desde que apareció en el sótano, empezó a resoplar sofocado.

—¿No tienen aire ni abanico aquí abajo? —se quejó, sacando un pañuelo.

Sus ojos verdes se cuarteaban de sudor. El Chief sugirió que si se quitaba la corbata respiraría mejor. El cajero reaccionó asombrado. Era uno de esos hombres que apoyan su humanidad en un atavío determinado, al punto de integrarlo a su metabolismo, y si de pronto ese atavío les falta, se sienten sin personalidad. Se ajustó con dignidad el corbatín.

El Chief lo interrogó con meticulosidad. Era increíble lo que escuchaba. El sujeto necesitaba la ayuda de Maccabeus y su banda para robar la caja fuerte del Cachíar. Estamos hablando de unos cuatrocientos mil dólares. El traidor tenía todo calculado: la forma de burlar la alarma, desactivar el equipo de vídeo, abrir las puertas de hierro. Usando artimañas asqueantes, se las había ingeniado para conseguir la combinación de la caja y sacar copia de las llaves. Hablaba con sumo entusiasmo. Dejaron trazado el plan. El golpe sería dentro de dos días.

Cuando el cajero se disponía a retirarse, el Saltacocote y el Tritón lo tiraron bocabajo contra el piso. Uno le metió el cañón de la pistola en la boca, otro le oprimía las sienes. El Chief se le acercó moviendo parsimonioso la silla de ruedas. El perro le ladraba, tan pegado a su rostro que le babeaba las mejillas. El tipo, aplastado en el suelo, apenas podía mover los ojos. Sus mejillas blancas estaban desteñidas por el miedo, transparentadas, mostrando el color del hueso.

—Si me traicionas —amenazó Maccabeus, conteniendo al perro por la cadena—, verás que lo que te hacen ahora es un simple juego.

Los dos matones se levantaron. El cajero, sin aire, se puso de pie. Sudaba de cuerpo entero y el bisoñé amenazaba con caerle sobre un hombro. Se ajustó el corbatín, luego los lentes. Tenía el rostro descolorido y aterrado. El verde del iris lucía desleído. Su mirada reflejaba un profundo desamparo. Parece que por primera vez entendía la gravedad del plan en que se había involucrado. Lo escoltaron hasta la salida del sótano.

El Chief repartió instrucciones a sus matones sobre los pasos previos. Armas a utilizar, ubicación exacta del Cachíar, mapa de escape... Extrañamente, parecían estar más interesados en un puesto de frutas que colindaba con la estafeta. Seguro iba a ser la vía de fuga en caso de algo salir mal. Repartidas las órdenes a sus dos secuaces, se dirigió a Samantha y a mí.

—Tú reinarás, como siempre, corazón —indicó a Samantha con los ojos melosos. Enseguida me lanzó una mirada dura—. Tú entrarás junto a nosotros.

—Soy un hombre serio —rechacé.

—Claro que eres un hombre serio —comentó—. No te he visto reír en toda la tarde.

Liberó unas carcajadas secas, asmáticas, que fueron alimentadas por sus compinches. Se inclinó para acariciar el perro. Adulaba al animal con blandenguería infantil.

—Yo no entro al juego —determiné, asido a la mano de Samantha—. Si desea, puede ordenar que esos dos reptiles me maten ahora mismo. No tengo miedo de morir.

—Nadie tiene miedo de morir, Mosca —dijo sin impacientarse—. Lo que en verdad aterra es quedarse muerto... Esperarás el jueves en Fordham Road y Grand Concourse, esquina oeste. 11:45 p. m.

Negué con la cabeza.

—Tendrán que matarme.

Maccabeus Morgan resopló desganado.

—Bien —resolvió insidioso—, entonces usaremos tu sangre.

Se acarició los brazos y el pecho imitando con sus manos una brocha. Samantha reaccionó espantada. Se puso de pie, cubriéndome con su cuerpo.

—¿No podrías ser menos humano? ¡Yo entraré en su lugar!

El Chief chasqueó la lengua contra sus dientecillos almenados.

—Habiendo en el mundo criaturas feas y detestables —dijo, señalándome—, ¿cómo crees que voy a exponerme a sacrificar una belleza como tú, querida?

Insistí en que no participaría del robo. La mujer me miró angustiada. Decidí mantenerme firme en mi determinación. Algo de cordura debía quedar en el desorden de mi cabeza enamorada. Samantha puso su rostro a flor del mío. Me lamió con ternura la barbilla.

—No te salves sin mí —rogó.

No puse atención a sus palabras. En ese instante debía prevalecer la sensatez. Permanecí inconmovible. Entonces sucedió un hecho inesperado que desmoronó mi entereza: Samantha se puso a llorar. Se echó en el diván con el rostro recogido entre las manos. Traté en vano de calmarla. Lloraba como una niña y se veía tan tierna. No sabía qué hacer. O sí supe, porque era lo único que se podía hacer para salvarla de su tristeza. Encaré al Chief. Confirmé que esperaría el jueves en Fordham Road y Grand Concourse, esquina oeste. 11:45 p. m.

Samantha se levantó. Se recogió las lágrimas con los dedos. La tomé en un abrazo. No entendía nada de aquella locura, absolutamente nada, pero en ese momento tenía a la muchacha conmigo. Caminé con ella lentamente hacia la escalera. Entonces Maccabeus Morgan se puso a canturrear: *I know everything. Everything you do. Everywhere you go. Everyone you know.* El Saltacocote me alcanzó cuando ponía el pie en el escalón de arranque.

—¡Hey, Mosca! —dijo, extendiendo hacia mí un brazo—. ¿Te guta la mariguana?

Y me dejó en la mano un billete de diez dólares.

Texto sobre la infidelidad, un helado de fresa, entre las ruinas de un incendio, encuentro con la Boricua, Samantha y la Boricua, licores para un trío, despedida de tres, teléfono de madrugada

Tan pronto abandonamos el sótano, Samantha se quitó el elegante vestido rosa. Lo abandonó en una silla desvencijada del garaje, junto a los zapatos y las joyas. Se soltó el moño y, tras sacudirse la llamarada del pelo, explicó "Sólo quiero ser princesa para ti". Traía debajo un corto vestido sepia. La tela dejaba transparentar la línea de sus pantis e imprimía el contorno de sus senos. Vagamos en autobús sin rumbo fijo. Cuando precisábamos de intimidad para el diálogo, nos transferíamos a algún vagón desolado del tren. Por necesidad, me esforzaba en evadir los taxis.

Samantha iba de perfil, inmóvil, con las pupilas ancladas en algún punto muerto de la ventanilla. Rastreé con la mirada su rostro perfecto y las líneas armonizadas a través de su cuerpo. Sentí una repentina compresión en el pecho al pensar que esa hermosa criatura fue disfrutada alguna vez por el miserable del Chief. Me sobrecogió un desaliento emanado más de la decepción que de los celos. Me tranquilizó la idea de que, según las evidencias, Samantha estaba conmigo. Ese inválido endiablado no la poseía. Al menos no en este tiempo. Maccabeus Morgan sería ante ella un fantasma, un cortejador derrotado.

Me hizo bien imaginarlo reducido a la ficción del ex. Sí: un ex, condenado a observar desde la muchedumbre la nueva vida de su antigua amante, atormentado ante la evidencia de felicidad que provee el otro. De inmediato me sobrecogió la aprehensión. El ex constituye un estatus vitalicio. El ex, en tanto ya ha sido, nunca deja de ser y posee la perennidad de que carece el que es, o sea el amante presente. Nunca se dejará de ser el ex; en cambio, el que *es* puede dejar de serlo. El ex siempre es, mientras que el *es* nunca se sabe. Esta diferencia de la x y la s (pequeña para la ortografía, insignificante para numerosos hablantes) establece una disparidad infinita. La imagen del Chief volvió a imponerse sobre mi ánimo. Para no echar a perder la noche, me administré la noción de que tales suposiciones carecían de sentido. Sin embargo, la dosis no duró mucho:

—¿El inválido y tú fueron amantes?

Samantha se volteó. Me miraba como si espiara con dificultad por encima de un muro. La confronté desafiante. Enseguida me di cuenta de que cometía un error. Debí hacerle la pregunta fingiendo desinterés; en cambio, mis ojos le permitían ver la duda, la irracionalidad, la incurable fiebre de los celos. Intenté borrar la expresión, pero ya era tarde.

—No —respondió con una sonrisa angelical por la que asomaron sus dientes menudos.

Quedé en un limbo, con una sonrisa imbécil a medio hacer. No pude ser menos estúpido. ¿Qué otra cosa respondería? Que dijera la verdad era tan improbable como que un criminal confesara mansamente su delito ante un policía. Su no, impenetrable, me dejó vencido, porque se trataba de uno de esos "no" de mujer.

—¿Qué piensas de la infidelidad? —arremetí frustrado.

Encogió los hombros:

—Nada.

Aseguró que nunca se le había ocurrido pensar sobre eso. Le pregunté si fue infiel alguna vez. Volvió a encoger los hombros. Ignoro si fingía, pero, por su escasez de argumentos, era claro que al menos no se dedicaba a meditar sobre el asunto.

"La infidelidad es terrible, pero interesante. Tiene más poder que el amor para avivar la pasión", reflexioné, en tanto la muchacha dejaba perder la mirada en la larga hilera de rieles oxidados extendida a partir de Kingsbridge Road. "Por más que se quiera ocultar, el mundo de los amantes es más profundo que el simple deseo de fornicar".

"El amante conoce mucho mejor que el esposo a la mujer. Porque el esposo, aunque sospeche, no sabe realmente de lo que ella es capaz, mientras que el amante está más próximo a saberlo".

"Hay personas que arden en deseos por engañar a su pareja. Fantasean con la infidelidad, son felices imaginándose en brazos de otro, pero por estupidez o cobardía se cohíben. Si un día descubren que su pareja les fue infiel, corren al lado de otro, supuestamente por despecho; en verdad, lo que han hecho es hallar la oportunidad de poner en práctica aquello que en el ánimo habían resuelto hace tiempo".

Cuando terminé de hablar (en realidad citaba un viejo texto de mi autoría), la muchacha se volteó a mirarme con una expresión llana. Parece que no entendió o simplemente no había escuchado mis palabras. La expresión le sentaba graciosa, así que no me ofendí. De todos modos, se trataba de vana literatura. Al no conseguir ninguna reacción a mi discurso de metamensaje, decidí guardar silencio.

Mientras en una estación aguardábamos a que el tren retomara la marcha, salí al andén detrás de Samantha. La seguí hasta la calle. Iba hipnotizada por el camión del heladero, que pasaba despacio atrayendo a la chiquillada con su musiquilla metálica. Nos sumamos a un grupo de niños a pie, patinetas, patines, bicicletas, arrastrados por esa especie de flauta de Hamelín. Bueno, lo de Hamelín puede resultar aquí una analogía impropia, pues todos los niños siempre regresan del camión alegres y lamiendo sus helados... Aunque hace varios meses un muchacho se acercó desprevenido y terminó bajo las ruedas: no regresó jamás.

Le compré a Samantha un helado de fresa y no pude evitar que se chorreara el vestido. En lo que se resoplaba los labios y la lengua enrojecidos por el frío, me regocijé del lugar donde estábamos. St. Annes Avenue, a unas cuadras del apartamento de la Boricua. Ni un pésimo guionista hubiera establecido una coincidencia tan oportuna. Me excitaba la simple circunstancia de encontrarnos por allí. Todo caería como anillo. "Por coincidencia llegamos al vecindario y quise presentarlas", sólo debía decir sin rodeos.

Las luces de la tarde no demoraban en esfumarse. Las nubes flotaban oxidadas en el aire. En poco tiempo todo se desvanecería bajo el cielo de bronce del Bronx. Pasábamos por las ruinas de un edificio incinerado, cuando Samantha me tomó por el brazo y me hizo entrar. Me sobrecogió aquel sitio obscuro, guarida ideal de drogadictos y alimañas urbanas. Pisé lo que sin dudas sería una pipa de crack, una jeringa, una botella de alcohol.

Decidí tomar las riendas y sacar a la muchacha de aquella madriguera. Pero al abrir la boca, su lengua se deslizó ávidamente. Antes de que pudiera reaccionar, ya su mano hurgaba por mi pubis. Me dediqué a chupar una mancha de helado que cubría su pecho, a succionar la dulzura dispersa en su vestido, y enseguida estaba lamiendo sus senos. La piel suave, tibia, jugosa, que impedía que su sangre en ebullición se desparramara. Se apartó un ala sedosa de los pantis. "Entra aquí...", rogaba, ordenaba con la garganta seca. Y entrar en ella fue deslizarse por un cuerpo enjabonado, asirse a un chorro de aromático aceite, deslizarse bajo la lluvia por una montaña de barro. Yo era un ángel bajando desnudo desde el cielo, todo una naranja incendiada, levantando en mis brazos del suelo el cuerpo hermoso de Samantha. El rostro de la Boricua brillaba intermitente en la sombra, se borraba. "¡Espera! ¡Espera!", musité temiendo quedar perdido en el vacío. Pero antes de recuperar sus facciones, mi visión se sublimó vencida en un chorro de plata.

—No me sueltes —susurró pegada a mi oreja—. No me sueltes.

Volvimos a la acera. El crepúsculo teñía de sepia las calles del vecindario. La abracé y caminamos hacia el apartamento de la Boricua. No le había advertido nada. Simplemente dejaría que todo fuera sucediendo por sorpresa. Para mi satisfacción, el roce con Samantha me revitalizaba. Empezaba a sentir una ligera excitación. Media hora más y un par de cervezas, me dejarían como nuevo.

Toqué el timbre del vestíbulo. Samantha reaccionó extrañada. Dueño de la situación, guiñé despreocupado. "¡¿Quién?!", vociferó la Boricua desde la ventana del tercer piso. Al verme en compañía de la muchacha, quedó un poco embelesada. Se hundió una mano en el pelo. "Ya va", y desapareció del vano. Duró una eternidad para abrir.

—¿Qué hacemos aquí? —quiso saber intrigada.

Toqué en el apartamento.

—Es una amiga. Te va a gustar.

Medio siglo después, la Boricua abrió la puerta. Podría decir que estaba helada de ver a Samantha. No era para menos: la muchacha lucía radiante, y el vestido sepia, aunque corto, resaltaba la exquisitez de su cuerpo sin dejarlo caer en la vulgaridad. Nuestra anfitriona tampoco se veía mal. Podría jurar que se había acicalado rápidamente el pelo y que esa no era la misma blusa que traía cuando se asomó a la ventana. La frescura del perfume y los zapatos ligeramente fuera de tono, indicaban que se había arreglado al vuelo.

Pasamos a la sala. Las dos mujeres quedaron sentadas de frente. Las dejé hablar, haciéndome el despreocupado. Samantha la escrutaba fijamente. Noté que le hablaba en inglés. Tras hacerle una discreta indicación, el diálogo continuó en español. Resultaba evidente que ambas estaban impresionadas. Pensé bajar por unas cervezas que despejaran el clima. Sentí un calambre en el estómago, pues el dinero no me alcanzaría ni para un *six-pack*. Estaba contra la espada y la espada. Samantha pidió ir al baño.

—¿Tienes cerveza? —pregunté a la Boricua.

Negó en silencio.

—Dime —cuestioné intrigado—. ¿Qué tal?

No respondió de inmediato.

—*I don't know* —vaciló.

—¿Cómo que no sabes? —protesté— ¿Te agrada, sí o no?

—Es muy linda... De alante-alante —aclaró.

Se me despejó el cielo.

—Entonces... ¿Crees que podremos?

—Todo depende de ella —propuso. Volvió a quedar pensativa. Sonrió nerviosa—. Me da miedo...

Oía la bomba del baño.

—Oye, ando sin billetes pequeños —mentí apurado—. ¿Podrías prestarme algo hasta más tarde? Hay que comprar cerveza.

Me pasó un billete de veinte dólares. Retornamos a nuestros asientos. Samantha ocupó su silla, sin dibujar la suave sonrisa de disculpa que se estipula para esos casos. Volvió a clavar la mirada en la otra. Intercambiaron opiniones sobre la guerra, las elecciones primarias, los líos de la bolsa, muy escuetamente, como si no fueran mujeres. En ningún instante hablaban de la telenovela, ni la anfitriona mostraba un álbum de fotografías, ni se dirigían a la cocina a ver los azulejos. Parecían estudiarse los gestos y las palabras. Yo las observaba en su plática tan seria y no podía dejar de imaginarlas a medio desvestir besándose en el mueble, intercambiándose de cerca la belleza.

—¡Bendito! ¡Qué calol! —exclamó la anfitriona, resoplándose el sudoroso nacimiento de los senos—. Voy a encendel el aire.

—Déjalo así —ordenó Samantha sin vacilar.

La Boricua canceló el gesto de levantarse. Volvió a apoyar la espalda en la silla. Insinuó una corta sonrisa que se desvaneció en un suave temblar de labios. Se acarició el pelo, pensativa, e intentó halarse el borde de la falda hacia las rodillas. Las dos mujeres no hablaban. Samantha la contemplaba con la cabeza altiva, mientras la otra ahora se rebuscaba las uñas con el rostro humillado. De pronto supuse el motivo de la frialdad. Era yo. Debía apartarme un rato del apartamento para que los ánimos fluyeran.

—Hace falta unas cervezas —dije, poniéndome de pie—. Voy a bajar a la bodega.

La Boricua me miró absorta:

—*Be careful* con los bregadores de la esquina —balbuceó ansiosa.

La calle estaba desierta. Una mancha ennegrecida, en lugar de la noche, se tendía en los callejones y a lo largo de las aceras. La única luz venía de una bombilla que pestañeaba en un poste. Entré rápidamente a la bodega, pero me entretuve curioseando entre los estantes. Calculé que unos quince o veinte minutos serían suficientes. La Boricua se encargaría de dar el primer paso. Es posible que cuando regresara al apartamento las encontrara besuqueándose en un rincón apartado de la ventana, o acariciándose junto a la estufa, o comparándose los cuerpos desnudos frente al espejo del aposento. En el peor de los casos, estarían silenciosas en sus asientos, mirándome con nerviosa complicidad, en espera de que alguien diera el primer paso.

Debe reconocerse que existe una bondad profunda en el hecho de que las mujeres hermosas permitan ser tocadas por el hombre. En sus cuerpos delicados y exuberantes, la callosa o falsamente femenil mano masculina instituye el desentono. Por ley natural, un cuerpo bello sólo debería ser amado por otro bello. En tal virtud, y a riesgo de quedar fuera, pensé que Samantha sólo merecía ser tocada por las manos de una chica hermosa como la Boricua. Yo era un simple mortal que me sentía hermosamente complacido de participar en el encantador banquete de las dos mujeres. Figurarlas uniendo su hermosura me producía una ansiedad profunda. Volví a consultar el reloj. Finalmente compré cerveza y licor de frutas.

Entré al edificio. Había dejado el portón entornado con una botella, para no tener que romper algún hechizo con el timbre. Asimismo tuve la precaución de no dejar cerrada la puerta del apartamento. Subí las escaleras sin hacer ruido, con la respiración oprimida en el pecho. Cuando llegué al umbral, fui asaltado por la sorpresa.

Samantha salía apresurada a mi encuentro.

—Vámonos de aquí —pidió.

Alcancé a ver hacia el apartamento. La Boricua estaba de pie junto a su silla. Me miró como si estuviera cien kilómetros más allá del sitio donde se encontraba. Pensé averiguar lo que sucedía, pero Samantha tomaba las escaleras. Desconcertado, dejé la bebida en la puerta y bajé tras ella.

—¡Espérate! —dije en el vestíbulo—. Es peligroso. No podemos irnos así.

Lo decía en serio. En las noches de Mott Haven la calle es una selva. Samantha no me hizo caso. Caminamos silenciosos hasta guarecernos en la estación. Sentados en el andén, traté de conseguir una explicación. Pero no me dirigía la palabra. Tampoco lo hizo durante el trayecto. Ni al esfumárseme en los pasillos de la 149 Street. No podía decir que iba molesta. Simplemente callaba.

—*Estoy en el aire. No sé qué pasó. Samantha no quiso hablarme... ¿Aló?*

—*No pasó nada.*

—*¿Se pusieron a discutir cuando bajé a la bodega? Algo debió suceder... ¿Aló?*

—*Nothing... Oye, mejol llámame mañana. No me siento bien. Es muy talde.*

—*¿Le hablaste del trío?*

—*No.*

—*¿Preguntó algo sobre nosotros?*

—*No hablamos nada.*

—*¿Y por qué se puso así?*

—*¡Qué sé yo! Cuando bajaste, seguimos calladas. Me miraba con esos ojos que ella tiene. So, de pronto se paró de la silla y caminó hasta la puerta.*

—*¿Nada más?*

—*Eso fue todo... Es una mujer extraña.*

Facultad de las mujeres, diálogos sin sentido, el barco de cristal, exposición fotográfica, encuentro con Yo, la Boricua al teléfono, asamblea de ancianos, con el abuelo de Yo, Samantha la extraña

Numerosos motivos tiene el hombre para dedicarse a escribir una novela. Desde inventarse el mundo en que no cupo o no le fue creado, hasta matar con un largo y fatigoso embullo el hastío de los días. Sumados a esos y otros tantos motivos, al escribir estas páginas he tenido un deseo íntimo, leve, difícil de saber retribuido: que las mujeres, cuando lean y suspiren en alguna de estas páginas, se acuerden de mí. De hecho, lo que plasmo y no logro entender de esta historia, se lo dejo a ellas. El resto queda para los hombres. Porque hay cosas que, por más que pretendamos, sólo existen para ser comprendidas por las mujeres. Por esta razón, aunque siempre se oirá que a las mujeres no hay quien las entienda, nunca escucharemos a una dama decir cosa semejante sobre el género masculino.

En la historia que me sucedió y que en estas hojas acotejo, hubo lagunas, espacios muertos, significaciones que no logré entender. Aunque he evitado resaltarlos, podría acaecer que alguno se insinúe en esta novela. Durante un tiempo me dediqué a meditar sobre la manera de rellenar esos huecos, a fin de que la novela quedara bien adoquinada. Vi el ejemplo de muchos libros, especialmente historias noveladas, y el consejo era dar por hecho lo que nunca sucedió. Pronto desestimé el recurso: primero porque sería falsificar el sucedido, segundo porque me engañaría a mí mismo explicando lo que jamás comprendí. Luego de fustigar las neuronas, decidí simplemente dejarlos. Reiteraré en mi defensa que los hechos están plasmados aquí tal como sucedieron, que nada me impedirá volcar hacia afuera esta historia y que nadie me obligará a fingir lo que no sé. Después de todo, las novelas son un reflejo de la complejidad de la vida, y la vida está llena de incomprensibles huecos. El que pueda entender, que entienda; de lo contrario, sepa que no todo lo existente está destinado a ser entendido y que, en el caso que nos ocupa, para consuelo, hay cosas que ni yo mismo pude entender.

No tuve forma de entender la actitud de Samantha. Tampoco los comentarios, los silencios explicativos de la Boricua. Estoy seguro de que ambas comprendían lo que pasaba, pero yo apenas lograba avanzar un paso en el umbral de sus nublados sentimientos. Por momentos, la intuición me permitía a plenitud comprenderlas, entonces, cuando daba paso a la razón, perdía el hilo del entendimiento.

Llegué a la tienda a eso de las seis de la mañana. En realidad andaba escabullido, pues evitaba toparme con la casera. Después de limpiar la tienda, decidí darme una vuelta por el sótano. Aunque asearlo sería tarea de dos días, en tres horas al menos conseguí desempolvar y tirar cosas a la basura, con lo cual mejoró el aspecto. Abrí la tienda. Al poco rato, entró un desconocido, un tipo de lo más común. Me interpeló directamente asomado al cristal que me protegía de los visitantes.

—Primo —dijo con cierta virulencia—, ¿vos tenés películas de África?

Cualquier asomo de cordura le sería desestimado, debido al temblor de los labios y a los ojos de demencia.

—¿De África? No... Teníamos un documental del Amazonas, pero le grabamos una porno encima. Esos documentales aquí no interesan.

Rumió nervioso.

—Mirá vos, pasa que allá en mi país yo vi una película de animales en la que una mujer caminaba pensativa por la orilla de un río. Un hombre la empujó al agua, y salió un cocodrilo con la bocota abierta, ¡zas!, y se la comió. Yo conté ayer en la bodega que vi cuando en la película el hombre la empujó y el cocodrilo, ¡zas!, se la comió a la mina. Entonces un boludo dijo que eso no es posible, que no puede haber ninguna película en que un hombre empuje a una mujer para que un cocodrilo, ¡zas!, se la coma de esa manera. ¡Mirá qué bárbaro! Le dije que apostáramos cien pesos a que era verdad. Los apostamos. Y yo ando buscando esa película para ganarle la guita. ¿Sabés dónde la puedo encontrar?

—Seguro en Blockbuster —aventuré.

Y salió apremiado hacia Fordham Road. No bien mal digería el sin sentido de esta escena, entró a la tienda una pareja. El hombre venía delante, impetuoso; detrás, como escurrida de sí misma, iba la mujer. Ella se paró abatida junto al armatoste del videojuego, en tanto el marido, con una camiseta sin mangas, escrutaba despectivo las carátulas.

—¡Mira cuántas películas! ¡Mira cuántas películas! Pinche madre... —quejose con un vozarrón—. ¿Pos pa qué quieres que tiremos la lana inscribiéndonos en este club donde hay tantas películas? ¡Ah, jijo! ¿A poco somos vagos? ¿Nosotros tendremos tiempo de ver todas esas películas? ¡Hija de la chingada! —deploró, para finalmente reflexionar pausado— Si al menos fueran de lucha libre...

Y se dirigió impulsivo hacia la salida. La mujer, sin abrir la boca ni levantar los ojos, siguió tras él. Con una mañana semejante, el día no prometía mucho. Tras las visitas de esos clientes súbitos, rumié en silencio: "¿Por qué los clientes se van?", y contesté, "¡porque uno los echa a patadas!".

Antes del mediodía telefoneó el gerente. Nunca estaba en la tienda, pues prefería dedicarse a otros negocios que tenía distribuidos por la Saint Nicholas. Eso le daba más beneficio. Sólo pasaba por aquí de noche para recoger el dinero y hacerse el desagradable. Le dije que me había esmerado en la limpieza del sótano. "¿Anda usted ahora como las mujercitas, poeta?", comentó sarcástico. Preguntó cómo iba el negocio. Le mentí: "Hoy no he dado abasto para tantos clientes". "Eso está bien", aprobó satisfecho. "*Boss*", le dije, "necesito un pequeño préstamo para hoy". Calló por un instante. Podía imaginar su mueca de escepticismo. "¿Y cuánto anda necesitando usted?". Calculé rápidamente. Requería de cien dólares para el cuarto y cincuenta para otros gastos. "¿¡Ciento cincuenta!?", reaccionó alarmado, "Usted como quien dice está pidiendo que le adelante el salario de la semana". No hice ninguna aclaración. En ese instante debía permanecer callado, oír sus quejas hasta que se viera obligado a colgar para dedicarse a una urgencia y me autorizara a retirar el préstamo de la caja.

Un rato más tarde, Yo entró a la tienda con una sopa de vaso. Era la única persona a la que permitía comer allí dentro. Parece que se había dado unas patadas de marihuana, pues sólo cuando estaba en ese estado se empeñaba en hablar español. "Dame cuatro *quarters*...

cuatro peseta", dijo, pasándome un billete de un dólar, y se lo cambié por monedas de veinticinco centavos.

La tarde anterior había tenido una interesante conversación con Yo. Vine a Fordham para darle las gracias por lo de la otra noche. No lo encontré parado en la esquina. Dos policías hacían guardia junto al teléfono público, por lo que Yo estaba más adelante, frente al callejón de un edificio, arrellanado en un sofá. Era una escena muy curiosa. El muchacho tenía a un lado una lámpara de pedestal y una mesita delante; además, se restregaba los pies en una alfombra. Todo ese ajuar, suficiente para amueblar una sala, estaba a la espera del camión de la basura. La gente de este vecindario es pobre, pero siempre compra objetos que desechará en unos meses. Es un extraño ritual. Siempre pensé que, si fuera fotógrafo, realizaría una exposición con este tema. Cada obra constituiría un díptico. La primera foto sería de lavadoras, electrodomésticos, muebles en buen estado, etcétera, junto al propietario que los tiró a la basura; la segunda mostraría el interior de una casucha de un país pobre, desamueblada de tanta miseria, junto a la foto de su pobre propietario, quien sería el mismo de la primera foto.

Cuando me acerqué a Yo y volví a agradecerle, se limitó a repetir que hice algo riesgoso. "Fui a visitar una amiga", expliqué, estirando la alfombra con los pies, "pero la puerta del apartamento no abrió". Me informó de que todas las cerraduras de ese edificio abrían con cualquier cosa: bastaba con forzar la llave y empujar la puerta. "¿Qué hacías tú tan lejos del bloque?", le pregunté. Se desperezó en el mueble. "*Business*, primo", evadió escuetamente, "Yo viví allí con mi abuelo. Él era súper de ese *building*. Cuando la ciudad sacó a lo inquilino, vinimos pa' cá". Llamó mi atención esa información. Le pregunté qué tiempo había trabajado su abuelo en el edificio de Washington Heights. "*Like 40 years*". Me contó que allá sólo vivían algunas familias y delincuentes de forma clandestina. Consideré que si el viejo laboró en ese edificio por cuarenta años, debía conocer a sus viejos inquilinos. Le dije que un día de estos me gustaría conversar con su abuelo. No sé si me escuchó, pero dijo: "*Sure*, primo", mientras ojeaba a los dos policías.

El muchacho se enfrentaba a la máquina de juegos. Golpeaba los controles con vertiginosidad increíble. Esperé a que hiciera una pausa.

—Oye, Yo —le dije desde el mostrador—, ¿cuándo podemos ir donde tu abuelo?

—*I paid a visit yesterday. But* lo voy a vel al *home* de anciano *today again, at five o'clock. That's it* —invitó, y lanzó preocupado la mirada hacia la esquina—. Eto hoy sigue caliente con lo gualdia.

La tarde pasaba con lentitud, como si sus engranajes estuvieran oxidados. El verano se tendía en los cables eléctricos. Ese estado contenido en un término horrendo, la canícula, reinaba en el aire. El relumbre solar radiografiaba a los transeúntes. Músculos faciales tristes, osamentas desganadas, iris nostálgicos, vagaban por la acera. La ciudad se había convertido en un barco de cristal, cuya transparencia reflejaba la miseria de sus bodegas interiores.

Sonó el teléfono. Era la Boricua. Esta vez hablaba sin fingir. Estaba agobiada. Me llamó para quejarse de Samantha.

Yo no le he hecho nada a esa tipa —comentó absorta—. ¿Por qué me tiene aborrecida?

Se puso a sollozar. Le pedí que se calmara. Nunca la había oído así.

—¿Qué te hizo?

Controló los gemidos.

—*She wasn't.* Fueron sus amigos. Tres abusadores pero bien cafres. El más cabrón era el gringo de la silla de ruedas. Ellos no estaban supuestos a vinil a mi casa.

Me vapuleó la impresión:

—¿Qué te hicieron?

—*Nothing.* Pude hacel una seña a los muchachos y se vinieron frente al edificio. Las tres serpientes sólo llegaron a amenazal. Se tuvieron que il.

No me salían palabras.

—Pero dipué vino ese policía —continuó—. Uno de ojos saltones, un sapo asqueroso. ¡So pendejo! Para mí que estaba combinado con los otros tres. El tongo dijo que podía pasalme algo malo. Dipué habló de mandal un inspector para que revisara mis casos de beneficencia. Quiere serrucharme el piso para que la ciudad me quite la ayuda del nene. ¡Chuleta! *I don't do nothing.*

Traté de calmarla, pues se oía fuera de sus casillas.

—¿Qué piensas hacer?

—No puedo tomalme ese chance —dijo con determinación—. Dejaré al nene *two weeks* con su abuela y me iré a Portobelo donde mi familia. *Maybe* Virginia... *Fuck!*

La Boricua era panameña, pero, con papeles falsos, se hacía pasar por puertorriqueña. Por eso temía ser investigada. Sentí pena al imaginarla huyendo hacia Panamá. Todo por mi culpa. Creo que en ese momento Samantha me produjo un sentimiento semejante al odio.

—Salte de esa loca —advirtió antes de colgar—. La tipa es bien rara.

Poco antes de las cinco de la tarde, Yo pasó a recogerme. Tomamos un taxi en Grand Concourse y en unos minutos llegamos al asilo donde estaba su abuelo. Lo encontramos sentado en un banco de hierro junto a un grupo de ancianos, bajo la sombra de unos árboles antiguos. "¡Hola, Yo!", saludó el grupo al vernos llegar. El abuelo se levantó a abrazar al muchacho. Tan pronto me estrechó la mano, pidió que esperáramos un momento y retornó apremiado al banco.

Sentados en línea, los viejos formaban una coreografía curiosa. Cada uno traía en las manos una libretica, un lapicero y billetes de un dólar estrujados. Tenían porte de apostadores de caballos. En breve descubrí a qué se dedicaban. Cuando una chica pasaba por la acera, ellos se le quedaban mirando las nalgas, atentos, hasta que se borraba entre los transeúntes o al doblar la esquina. Enseguida hacían anotaciones en sus libreticas. Después, uno de ellos daba su veredicto sobre la clase de ropa interior de la chica: pantis, *short,* tanga, *teddy,* faja, *body stockings,* bikini, *g-string,* nada. Sumaban los votos (cada cual había anotado su parecer), y la clase más votada era el veredicto final. Entonces los dólares se repartían entre los ganadores.

Luego de un par de rondas, el abuelo se excusó para retornar con nosotros. Nos reunimos bajo la sombra de un muro. Le habló con profundo cariño a Yo. En mi turno, introduje el tema de los inquilinos en el antiguo edificio de Washington Heights. El muchacho aprovechó para charlar con los demás ancianos y repartirles algunos dólares.

—Durante treintisiete años trabajé en ese edificio. Bají escaleras, paleé nieve, compuse toda clase de tiestos, y mire adónde vine a paral: un *sheltel* de viejitos —quejose el hombre, amargado. Miró hacia el grupo de sus amigos—. Los griegos, que fueron sabios, no despreciaban a los ancianos. Los convertían en consejeros de Estado para sacar provecho a su experiencia. Los ancianos acumulamos mucha sabiduría —comentó, abanicándose con su libretica.

—¿Recuerda usted a una muchacha de nombre Samantha Ritz? Vive desde niña en el edificio.

—No —respondió sin pensar.

Su expresión era determinante. Movía la quijada sin parar, como si estuviera masticando olvidados restos de comida. Traté de que hiciera memoria.

—Es una gringa, pelirroja.

—No —insistió un poco molesto.

—La visité no hace mucho. Vive ahí.

—¿Qué apartamento? —retó.

—El 5J.

Negó con el cuello:

—Ese apartamento lo cejó el *marshall* el 25 de julio de 1968 y jamás se volvió a alquilal. La señora que vivía ahí no tenía chavos para pagal. La mandaron a un *home*. En ese edificio, durante el tiempo que trabajé, nunca vivieron gringos. Sólo negros y latinos. La misma anciana que desalojaron, era negra americana.

El anciano sin dudas perdió la memoria. Samantha me dijo claramente que vivía en ese lugar toda la vida. Para mayor evidencia, llegué a estar en su apartamento. Volví a describírsela, pero el hombre negó conocerla. Había trabajado allí hasta hacía apenas tres años y juraba que en ese sitio nunca vivieron gringos.

—Debe ser que no la recuerda —opiné.

El hombre arrugó su frente sudada.

—Amigo mío —dijo en tono confidente—, lo más espantoso de la vejez son los jecuerdos. Si uno pudiera olvidal...

Se puso de pie. "¡Ya, ya, dejen de malcriarme al nene!", voceó a sus amigos. Luego me miró con atención.

"Fíjese, usted tiene un poco el físico que tenía mi hijo antes de moril", expresó nostálgico. Avanzó apurado hacia el grupo. Le arregló el cuello a Yo.

—Ve despierto por la calle —le aconsejó—. ¿Recuerdas lo que te contaba cuando eras un nene?

—*Yes, grandda*: "La calle es un monstruo lleno de ojos".

El hombre afirmó orgulloso.

—Todavía lo sigue siendo —advirtió.

Lo despidió con un abrazo. Antes de entrar al taxi, nos hizo un silbido. "Siempre que puedas, habla en español", le pidió. Yo afirmó con la cabeza y se escabulló en el asiento.

En el trayecto, le conté a Yo la conversación con su abuelo. Me advirtió que el hombre tenía una memoria perfecta. Insistí en la evidencia de que visité a Samantha en el edificio.

—*Maybe* —aceptó, con la mirada hacia la ventanilla—. Pero ahí viene gente jara que no vivía antes.

La duda terminó de arruinarme el ánimo. Pedí al taxista que me dejara. Antes de cerrar la puerta, se me ocurrió preguntar: "Oye, Yo, ¿podría conseguir por ahí algún arma de fuego?". "*Of course*", afirmó confiado.

Entré a la estación. Mi mente era una ruleta donde el número premiado rápidamente se desvanecía. Samantha no tenía razón de mentir al llevarme a aquel miserable apartamento. El abuelo tampoco ganaba nada al negar conocerla. Ella no era una vagabunda para ir a parar a esa madriguera. En caso de ser hija rebelde, su anciana madre, a la que vislumbré recostada en la habitación del fondo, no tenía por qué seguir sus pasos. Ciertamente, ese vecindario no parecía el más atractivo para una familia gringa. Además, se trataba de un edificio desalojado.

Aunque podía considerarse la mano de Maccabeus Morgan... La cabeza me estallaba. Samantha era la única que podía resolver mis dudas. Pero estaba seguro de que no conseguiría sacarle ninguna respuesta. Ella era la única... ¡La única!... ¡La única!... A menos que lograra hablar con su madre.

El amante y el guerrero, encontronazo con la casera, una profecía, sin mensajes y nada en el televisor, programa sobre la salamandra, al despertar

Hay un refrán que relaciona al amor con el arte de la guerra. Es el símil más estúpido que la retórica haya podido inventar. En todo caso, la contraposición de ambos serviría para una analogía de menor alcance. El guerrero jamás se presenta desarmado. No se fía, avanza inclemente, ama, cela y odia al mismo tiempo, y, cuando conquista, no comparte el botín con el vencido. El amante es todo lo contrario, y aunque al inicio de su campaña suele fingir entereza y bravura, tan pronto divisa a la otra parte se desarma rendido. No solamente está dispuesto a compartir su botín, sino que, tras haberlo ganado, es capaz de entregarlo para luego mendigarlo agradecido. Cualquier guerrero decente se asquearía ante el más fiero de los amantes.

Por ejemplo, allí iba yo subiendo las escaleras hacia mi apartamento, poderoso, cruento, decidido a saquear todas las respuestas a Samantha, bravo, inconmovible, listo para caer desarmado tan pronto la viera a aparecer. Porque no obstante la fortaleza, de repente me sorprendía a mí mismo desvanecido ante su iris fulgurante, su suave piel interminable y su respiración ardiente. Entonces me odiaba, la odiaba, por la falta de constancia.

Bien se ha dicho que el amor y el odio son caras de una misma moneda miserable.

Entré al apartamento. La casera estaba parada en un mosaico del centro de la sala. En el aposento, cuya puerta se encontraba semiabierta, se alcanzaba a vislumbrar la silueta de Bárbaro, arrellanado en un sofá frente al televisor.

—Vecino, lleva dos días atrasado con la renta —exigió la mujer.

El hombre bajó el volumen.

—Tiene razón, señora —dije en tono de disculpa—. Lo que pasó fue que el martes no la vi antes de irme, y después de eso el tiempo se me complicó.

Le pagué cien pesos. La casera se apartó el cigarrillo de los labios y cogió el dinero. El hombre carraspeó desde el aposento, y entonces la mujer, como si hubiera olvidado sus líneas, acotó:

—Este apartamento no es un *shelter*. Usted sabe que en esta ciudad todo se mueve con dinero. Nadie vive de balde.

Dijo otras necedades en ese tenor. Lo terrible es que debí escucharla en silencio. Hablaba sin quitarse el cigarrillo de la boca. No me explico cómo lograba mantener dos pulgadas de ceniza intacta a partir de la brasa. Sus palabras, aunque ásperas, no iban acompañadas de ademanes airados. Por el contrario, en sus pupilas flotaba una especie de disculpa. Daba la impresión de que esas palabras eran mandadas a decir. Cuando se calló por unos segundos, asumí que había terminado. Decidí avanzar hacia mi cuarto. Entonces oí otro carraspeo de Bárbaro.

—Si se vuelve a atrasar, tendrá que desalojarnos el cuarto —advirtió la mujer a mis espaldas.

Tuve deseos de romper cosas en mi cuarto. Pero al poseer tan poco ajuar, el desahogo no duraría mucho. Además tenía pocos objetos de vidrio, y se sabe que, en esa clase de terapias, el estruendo de cristales juega un papel esencial. Caí desinflado en la cama.

La cabeza me daba vueltas. Samantha giraba en mi mente con una lluvia de imágenes y concepciones. Traté de conciliar el sueño. Fatigado, disponía de forma conciente no pensar en la muchacha; pero enseguida volvía a tenerla en el pensamiento. Mi mente no pertenecía sino a ella, y su dueña la manejaba a capricho para pensarse en mí continuamente. Caí en un limbo. El profeta Lapancha sopló su trompeta en la concha del firmamento y, vestido de humo negro, proclamó: "¡Levántate, hombre iluso! Te han dado de beber y comer en vasijas embrujadas para llenarte de locura. ¡Levántate!". Lapancha señaló con su dedo de carbón. Y en esa dirección vi la espalda de un monstruo con cola y alas enormes, de horrible cornamenta, que pisaba el cuerpo de una mujer de fuego. Salí de la cama.

Revisé el contestador telefónico. No tenía nada importante, salvo varios mensajes del hospital: dos de una recepcionista o enfermera, otra del encargado de laboratorio, la última del doctor. Seguro necesitaban algún dato para procesar mi factura. No devolví la llamada. Descargué mi cuenta de correo electrónico. Nada de Samantha. Sólo basura cibernética. Un "especialista" ofertaba unas pastillas para alargar cinco pulgadas el pene. Una idiota mandaba un mensaje romántico y aseguraba que si no lo reenviaba a diez tarados más, sucedería una tragedia sentimental. Un "banquero" pedía datos financieros para transferirme millones de dólares perdidos en una cuenta de África. En suma, ningún email que valiera la pena.

Prendí el televisor. Nada. El telecontrol cabalgaba ocioso de un canal a otro sin encontrar un programa interesante. Noticieros pasteurizados, uno la copia del otro, al parecer producidos por un mismo equipo editorial. Películas malísimas, acción, drama, comedia, melodramáticas todas. Una secuencia de canales *Discovery* donde los gringos nos instruyen para administrar la urbanidad y la selva. Juegos diferidos, discursos políticos, telenovelas. Una rubia oxigenada frente a un panel de drogadictos, cornudos, pederastas, violadores, pandilleros, todos latinos aunque curiosamente ninguno cubano. Daba asco... La televisión del futuro debería dar a los espectadores el poder directo de establecer el *rating*. En la pantalla aparecería constantemente la cantidad de personas que está mirando un programa, así como el número de aquellos que cambiaron de canal porque se hastiaron. De esa manera no habría más presentadores prepotentes ufanándose de que su espacio es el número uno en sintonía.

El aburrimiento me fulminó al llegar a un programa en que enfocaban el folio de un antiguo libro en latín, ilustrado con animales fabulosos dibujados sin mucha destreza. Se escuchaba una voz en *off*, amodorrada, soñolienta, que traducía el texto latino: "La salamandra se llama de esa manera porque prevalece contra el fuego. De todas las criaturas venenosas, es la que tiene el veneno más poderoso. Otras criaturas venenosas matan uno a la vez; pero esta puede matar varios al mismo tiempo. Porque si ha reptado a un árbol, envenena todas las manzanas y mata a esos que las coman. Asimismo, si ha caído en un pozo, la fuerza de su veneno mata a esos que beban el agua. Resiste el fuego y es la única entre las criaturas que puede alejarlo. Porque puede existir en medio de las flamas sin sentir dolor y sin ser consumida por éstas, no sólo porque no se incinera, sino porque aparta el fuego...". Aletargado, cambié a un canal en que hablaban del clima del día como si fuera una hecatombe. Luego a otro donde un poeta digno de ser momificado rebuznaba una oda veraniega. Evoqué mi poema, sin ganas. Consideré levantarme en busca de somníferos, pero me venció un cansancio morboso. Soñé con salamandras incendiadas, rubias infernales, versos cenicientos, animales demoníacos, Samantha carcajeándose en medio del fuego.

Desperté con la sensación de encontrarme entre las llamas. Sudaba de pies a cabeza, pero no tenía frío. Tampoco sentía los malestares de la fiebre. "Soy una salamandra", dije ante el espejo, imitando un monstruo. Los letreros de neón se tendían por la ventana. Eran las diez de la noche. Fui al baño y llené la tina de agua tibia. Al regresar al cuarto, me encontraba revitalizado. El ruido callejero llegaba atenuado, como si viniera de otra ciudad. Me peiné ante el espejo. Permanecí un rato contemplándome los hombros. Hice la mueca de un payaso, de la Boricua, del socio 1307. Me divertían esas tonterías. De haber tenido maquillaje, me hubiera pintado los labios, enrojecido las mejillas, resaltado las cejas, sólo para entretenerme un rato. A las once en punto estaba vestido. Salí hacia mi encuentro con la banda de Maccabeus Morgan.

Esperando en una callejuela, "Louis Prima *has died*", discusión con Samantha, el golpe al Cachíar, dólares a 210 kilómetros por hora, beso en la noche del Brooklyn Bridge

El convertible frenó en la esquina. Eran exactamente las 11:45 p. m. Subí al asiento trasero. Samantha venía también allí, pero ocupaba el otro extremo, de manera que Maccabeus Morgan se interponía entre nosotros. El auto siguió por Grand Concourse. Todos íbamos en silencio y fue la primera vez que no oí en aquel auto las notas de *Sing, sing, sing*. Incómodo, miré por detrás del Chief. El rostro de la muchacha brillaba en las sombras, era una pantalla en que pasaban fugaces las luces fosforescentes. El aire de la noche traía su olor. Mis deseos de confrontarla se entibiaban para mezclarse con el fresco anhelo de tenerla en brazos. El convertible se detuvo en una callejuela obscura. El chofer apagó los faroles. Todos, excepto el inválido, salimos del auto.

Soberbio, me escurrí bajo el ala de un zaguán. Esperaba que Samantha se me acercara, pero no fue así. Prefirió sentarse en un extremo del bonete. Aunque nos encontrábamos a menos de dos metros, la noche y la indiferencia me hacían percibirla a miles de kilómetros. En la distancia, su cabello rojo le despejaba las facciones. Traía blusa dorada, minifalda roja y unas zapatillas verde esmeralda, que le hacían parecer una modelo de Rubens.

El Saltacocote se acercó a susurrarle: "Ya etamo aquí", y ella respondió: "Faltan tres minutos para el viernes". Su voz resonó en mi corazón. Me sentía lejos de aquel sitio, desasido de la ciudad, suspendido en un confín sin estrellas del firmamento.

De pronto, vislumbré una sombra cruzando la avenida. La silueta tomó la callejuela y siguió en dirección al auto. Era un hombre negro, gigantesco, vestido como un vagabundo. Parece que los demás no lo advirtieron, pues permanecieron impávidos. Eran las doce en punto de la noche. El negro se apoyó a una de las puertas traseras e inclinó el rostro. Maccabeus se arrastró a su encuentro. El negro le comunicó, con timbre de contrabajo, tristísimo:

—*Louis Prima has died.*

Y continuó la marcha hasta desvanecerse en medio de la noche. El Chief quedó meditabundo. Después extendió la mano hasta el radio y puso *Sing, sing, sing,* pero con el volumen muy bajo. Las notas musicales se teñían de sombras y se diluían en la obscuridad. El Saltacocote musitó al Tritón: "¿Loui Prima ya no había mueito?". Este le afirmó: "Vale, murió un día como hoy, hace veintitrés años. Pero sólo en cada aniversario el Chief descubre la noticia". "Ya e vieine", avisó el otro mirando el reloj. "Hay que esperar por el Chief", especificó el Tritón.

—El verano está a punto de acabarse —sentenció quejumbroso Maccabeus.

Samantha se bajó del bonete y fue a refugiarse conmigo bajo el zaguán. Quedé sorprendido por su cambio de actitud. Pasó su mano por mi pelo.

—Hola, bichito —dijo con frescura.

Saludó como si entre los dos no existiera ningún abismo. Cruzó los brazos y se refugió en mi pecho. Por reflejo, llevé mis manos a su espalda. Me embargaron sentimientos confusos. La sentí indigna. La aparté un poco con los codos.

—¿Qué pasa? —protestó infantil.

—Nada —respondí. Opté por disimular—. Es mi casera. Me lanzó un discurso desagradable porque olvidé pagarle a tiempo.

Samantha me observó pensativa. Intentó refugiar su cabellera en mi pecho. Me volteé ligeramente a un lado para evitarlo. Tras permanecer callado un instante, decidí encararla:

—Para ti mis cosas no cuentan. Nunca pasa nada. Entras a mi vida, sales, vuelves, y no pasa nada... Vas conmigo encerrada en un acertijo sin claves ni respuestas, y no pasa nada... No sé dónde estás, ni cuándo vienes, ni en qué instante reaparecerás, y no pasa nada...

Intentó abrazarme para ocultar mis dudas, pero no se lo permití.

—Quieres destruir la vida de mis amigos sin que te hayan hecho nada.

Contuvo la respiración y me observó con frialdad.

—¡Ah! Ya veo —opinó reticente—. Se trata de la panameña.

Este dato de nacionalidad me confirmó que Samantha le había seguido el rastro a la Boricua. Ella envió a Maccabeus y sus matones a su apartamento. Y posiblemente tenía alguna clase de contacto con el sapo asqueroso de la policía. El corazón se me inundó repentinamente de odio. La blandenguería romántica se había disipado y me sentía poderoso, guerrero, dueño de mí mismo.

—No, se trata de ti —acusé. Vi sus ojos azorados. Nunca le hablé de esa manera, mas el resultado no me atemorizaba. Necesitaba vengarme de su poder, decirle su verdad, aunque fuera a costa de humillarla—. Eres cruel... Eres muy hermosa, elegante, fantástica, pero la crueldad te divierte. Esa mancha te opaca entera.

—Bichito...

—¡Shiii! ¡Cállese! ¡Este es mi turno! —exigí. Su perplejidad me reanimaba—. Te gusta ser el centro. Aparecer y desaparecer como una estrella fugaz, con la ventaja de la fugacidad y el resplandor de la estrella. Por eso te me escondes. También es otra forma de ser cruel. ¡Disfrutas haciendo daño! Dañas a quien no te daña, sin ningún beneficio, sólo por el placer de dañar. Es lo que Poe llamó *el demonio de la perversidad*. El mundo está como está, al borde del abismo, debido a gente como tú.

Sus ojos se empañaron de lágrimas. Sin embargo no me detendría. No esta vez. Era el instante de mi vaso y debía beberlo hasta la última gota. ¡Ay del amante que se vea en este umbral y se devuelva de la puerta acobardado! Apagué el fuego de mis palabras, aunque no la explosión que les daba impulso. Samantha me escuchaba impávida.

—Esta tarde vi un programa donde analizaban el concepto medieval de la salamandra —comenté desganado—. Ahí descubrí que eres una de esas criaturas. La salamandra mata todo lo que le rodea. Si sube a un árbol, se envenenan las frutas. Si cae en un pozo, envenena el agua. Es una criatura infernal que no se amedrenta ni siquiera con el fuego... Así eres tú, Samantha, un ser extraño que daña todo lo que toca. Corrompes el aire que respiras, enloqueces la mente de quienes te piensan. Ahora bien, yo me pregunto: ¿Por qué es así la salamandra? La respuesta está en la misma pregunta: porque la salamandra es así, simplemente. Eres cruel por naturaleza.

Respiré hondo para calmar el ímpetu.

—Odias lo bello —proseguí—. ¿Acaso, por vanidad, temes quedar bajo su sombra? Eres la bruja de Blancanieves. Nada hermoso puede sobrevivir a tu imagen. Por eso decapitaste la muñeca. Por eso disecaste al pobre Polly. Por eso quisiste dañar a mi amiga —ataqué. En ese momento me indignó advertir que el Saltacocote y el Tritón escuchaban atentos la conversación—. Por eso te sientes tan a gusto involucrándote con una pandilla de alimañas.

Se recogió las lágrimas.

—¿Significa que ya no estoy en ti? —quiso saber con una vocecilla de ablandar piedras.

—*It's up to you!* —dejé en el aire.

De inmediato, los dos matones se echaron a reír con carcajadas simiescas y sarcásticas. Samantha levantó orgullosa el rostro y regresó al bonete. Disfruté la satisfacción de la venganza. Pero, asimismo, al alejarse del zaguán, sentí una descompresión en el pecho, como si la hubiesen sustraído de mi corazón.

—¡Vámonos! —ordenó el Chief—. El tiempo está aquí.

El auto se detuvo frente al Cachíar. Desde la cuadra anterior, fueron apagados los faroles. El Tritón abrió el baúl y sacó un pesado bulto. El Saltacocote bajó a revisar el área. "Parece tranquilito, Chief", informó tras husmear incluso entre los botes de basura. De pronto, en vía contraria, vi aproximarse un auto de policía, despacio, también con las luces apagadas. Todos permanecieron al acecho. Pensé saltar sobre la puerta, pero mi miedo cedió al temor de quedar en ridículo. Además, si escapaba, quedaría desmoralizado ante Samantha. Los patrulleros se detuvieron junto a nosotros. Se abrió una ventanilla y un policía asomó el rostro.

—*Everything is fine?* —preguntó receloso el oficial. Era el sapo asqueroso. El Chief afirmó con un ademán displicente. La ventanilla se cerró y los agentes se retiraron del área. O el policía era un tonto o estaba compuesto con los delincuentes, pues era obvio que nuestra presencia allí resultaba a todas sombras sospechosa. Empezó a llamar mi atención que ese agente apareciera por todas partes, como en esos dibujos animados y telenovelas donde, para todo, existe un único policía.

De un callejón surgió el cajero del Cachíar. Se acercó. Sudaba ansioso. Sus gestos indicaban que deseaba salir del asunto con la mayor brevedad. El llavero le temblaba en las manos. Salimos del auto y avanzamos a la entrada de la estafeta. El tipo se ajustó el corbatín, se recogió el sudor de la frente con un pañuelo y abrió los candados. Se sobrecogió con el chirrido de la cortina metálica. El Chief dispuso la entrada. El cajero advirtió que había que romper los candados o rociarlos con ácido, para fingir que fueron violados. Pero el Chief se excusó con un simple *"Later"*, y avanzamos hacia el local.

El inválido entró primero. Me lanzó desde el umbral una mirada desafiante cuando aún yo estaba en la acera. En ese instante comprendí porqué había sido arrastrado a los actos de la banda. De hecho, hasta ese momento no me había formulado abiertamente la cuestión. Maccabeus Morgan me probaba con la esperanza de exponer mis debilidades ante Samantha. Por eso fui llevado al cementerio de trenes, por esa razón me encontraba en el Cachíar. El miserable apostaba a que no daría la talla para que, al rajarme, descendiera a la indignidad. La prueba buscaba exponer mi falta de coraje y mostrarme inferior a la muchacha. Le devolví al inválido otra mirada desafiante. Entré.

Expuesto lo anterior, debo comentar la curiosa impresión que tuve al poner el primer pie en la alfombra. En el auto había tenido una profunda aprehensión. La indecisión agitaba mis nervios. Sin embargo, una vez allí dentro, se fugaron mis temores. Caminé con firmeza dispuesto a cumplir órdenes. Ningún temor me embargaba. Si entre los presentes alguno tenía miedo, puede asegurarse que ese no era yo. No me conocía. En el fondo, pienso en frío ahora, estaba tratando de impresionar.

Samantha ordenó al Saltacocote vigilar la entrada. Los demás nos dirigimos a la oficina. El cajero se arrodilló ante la caja fuerte y abrió la combinación. Estaba repleta de dólares. La muchacha le ayudó a meter el dinero en una bolsa. En ese instante descubrí que, acumulados en grandes cantidades, los billetes, aunque de otro color, brillan como el oro. Frente a esa imagen de fantásticos grises, evoqué con desprecio a Bárbaro. No hice ningún cálculo, pero, vagamente, consideré que mi parte del botín sería considerable.

Cuando todo estuvo en la bolsa, sucedió algo inexplicable. Samantha le hizo una señal al Tritón. Este sacó del bulto una mandarria y procedió a demoler la pared lateral de la oficina. El cajero, alborotado, trató de impedir la acción. La muchacha le abofeteó para que dejara de fastidiar. Le quitó la bolsa de dinero y se la entregó al inválido. El tipo del corbatín hizo un ademán de protesta, pero se tranquilizó de inmediato al ser apuntado por el Chief con un arma.

El Tritón, con una fuerza descomunal, abrió un agujero en la pared de ladrillos. Entonces se pasó al otro lado en compañía de la muchacha. El cajero temblaba estupefacto, casi al borde de un ataque nervioso. Yo no tenía la menor idea de lo que estaba sucediendo ahora.

Al rato, ambos retornaron a la oficina con dos bolsas hinchadas. Se las pasaron al Chief y este las escrutó extasiado. Entró la mano y sacó una porción del contenido. Quedé sorprendido al descubrir qué había en aquella bolsa: se trataba de lechugas frescas. En ese instante perdí la noción de realidad. ¿Valía la pena perder tiempo, provocar ruido, tomar riesgo, por un montón de verduras? La satisfacción en los rostros del matón y la muchacha parecía negar lo contrario. Pero si esta actitud fue inadmisible, más sería la que sucedería seis o siete minutos después.

Apremiados por el nerviosismo del cajero, el Chief dispuso la retirada. Samantha le quitó el llavero y cerró la puerta de hierro de la oficina. Cuando llegábamos a la puerta, el Saltacocote empujó hacia adentro al cajero. Salimos apurados.

—¡Enciérralo! ¡Enciérralo! —le ordenó Samantha.

El Tritón bajó de un golpe la cortina metálica de la entrada. El cajero intentó desesperadamente abrirla, pero ya le habían puesto los candados por fuera. El Chief le dijo adiós con una sonrisa cándida.

Ocupamos el auto. El Tritón encendió el motor, subió todo el volumen del radio y condujo precipitadamente por la avenida. La aguja del velocímetro temblaba en el número 210. Los tres vitoreaban alocados en medio de las altas notas de *Sing, sing, sing*. De repente, Samantha se puso de pie y empezó a tirar al aire puñados de dólares ante la risa de todos. Millares de billetes salían disparados a 210 kilómetros por hora, para luego suspenderse en el vacío y caer desinflados al pavimento. Al final, sólo quedó con unos cuantos dólares en la mano, los cuales entregó al Chief. La bolsa de lechugas no la tocaron: El Saltacocote la custodiaba celosamente en el asiento delantero.

—El dinero —proclamó despectivo el Chief—, la cosa más humana.

No hice preguntas, pues temí adentrarme en el absurdo. Cuando cruzábamos por el Brooklyn Bridge, Samantha me lanzó una mirada que podría interpretar como perversa. Entonces mandó a detener el auto. El Tritón frenó violentamente. Ella, sin dejar de mirarme, se deslizó hacia mi extremo y, con las manos apoyadas en los muslos sin vida de Maccabeus Morgan, me dio un beso. "*Good night, sweetheart*", susurró mientras retornaba a su asiento, "*and have sweet dreams*". Y me dejaron abandonado en mitad del puente.

Cortometrajes, *Samantha y la salamandra*, un termómetro, inspección de olores, fetidez de Bárbaro, aroma de la casera, el secreto mejor guardado de las mujeres

El sol filtraba un flash congelado por el cristal de la ventana. No podía dormir. Pensaba en las locuras de la noche anterior. Noche larga, insondable, de esas que acaso sólo tenemos dos, y no más tres, en la vida entera. Tomé unos analgésicos. Proyectaba en mi mente las escenas recién pasadas. Editaba, cortaba la cinta de esos recuerdos en diversos pedazos y los reordenaba de variadas formas. Pero no lograba conseguir una idea satisfactoria. El conjunto semejaba una secuencia de cortometrajes diferentes, unos dolorosos, otros absurdos y crueles. Me senté en la cama con la almohada sobre los muslos, a ver si en la evocación de esos cortos conseguía armar una historia que apaciguara mi ánimo. La película completa podría titularse *Noche rota*.

El primer cortometraje se llamaría *Samantha y la salamandra*. Exterior. Noche. Un zaguán. Rick aguarda bajo el alero; fuma un cigarrillo, viste el traje y el sombrero, ya apolillados, que usara en *Casablanca*. Samantha se acerca. Intenta besarlo. Él la rechaza elegante, pero con determinación. En un extremo, el negro Sam descansa junto al viejo piano.

RICK

—¡Sálvate sola, querida! No tomaré riesgos por ti. Que te auxilien los truhanes que gustosa te han llevado a la traición y la infamia.

Sam mira hacia la cámara; apurado, baja la cabeza y, exagerando su papel, machaca unas notas en el piano.

SAMANTHA

—¿Significa que ya no estoy en ti?

RICK *(le echa una nube de cigarrillo, cínico)*

—No voy a acompañarte al infierno.

Sam, al piano, canta con voz empañada y temblorosa:

"A heart is only a fire.

A kiss is only a fist".

Samantha lanza un grito. Se desgarra el vestido. Se mesa los cabellos. Se cubre de cenizas. De repente queda envuelta en un fuego fatuo. Desde las llamas, sonríe como una niña mientras Juana de Arco le canta una canción de cuna. Rick aparta el cigarrillo de la comisura. Intenta tocarla, pero el fuego se lo impide. La contempla en silencio. Parecería que va a llorar. Tira el cigarrillo a las llamas. The end.

Hay un corto del Saltacocote y el Tritón localizados junto a un auto, carcajeándose. La iluminación es defectuosa. Los objetos lucen fuera de foco. Los dos personajes ríen de forma convincente. Como no pasa de treinta segundos, no da chance al aburrimiento.

Otra secuencia presenta a un negro que cruza la calle y susurra unas palabras a Maccabeus Morgan. Es una sucesión de fotografías insertadas bajo las notas de *Sing, sing, sing;* en cada toma el negro aparece de espaldas y, cuando se le hace un *close-up*, su rostro se confunde en la noche.

Hay cientos de cortos más. Algunos son simples cuadros congelados del convertible, de una fachada, de un letrero fluorescente ininteligible. Otro es un dibujo animado del Tritón demoliendo una pared con mandarria, tanque de guerra, bomba atómica, todos de la marca ACME.

Diez películas más adelante, aparece el documental en blanco y negro, *slow motion*, de un policía observando desde la ventanilla de un auto; el foco, que parece de una cámara de seguridad, no permite distinguir la identidad del agente; pero sí logra captar el brillo cómplice de sus ojos.

Llama mi atención un *gag* muy cruel. En animación, el Saltacote y el Tritón salen apremiados del Cachíar; detrás de ellos viene el cajero, de carne y hueso, acomodándose el peluquín. La Bruja de Blancanieves les ordena desde la calzada: "¡Enciérrenlo! ¡Enciérrenlo!", y los dos personajes de dibujos animados bajan la cortina y de ponen candado. El cajero golpea con sus hombros la entrada, pero no logra forzarla. Descubre a su lado dos niños: uno rubio, una de bucles dorados. El piso está lleno de rabos de lagartija. Luego se coloca ante la vidriera y, con los ojos deslucidos por una profunda tristeza, ve un auto que se aleja a 210 kilómetros por hora. Al final de la secuencia de cortometrajes, vuelve a proyectarse el cortometraje *Samantha y la salamandra*.

Me levanté. Tuve la sensación de que había dormitado. Estaba empapado de sudor y tenía la piel caliente, pero no me sentía sofocado; por dentro me recorría una sensación de frescura, casi de escalofrío. En el baño encontré un termómetro. Lo aprisioné en el brazo mientras olfateaba los medicamentos del botiquín. Tenía la temperatura en 5 grados. Incrédulo, me llevé el aparato a la boca. Un rato después la línea de mercurio marcaba 160°. Lo agité, volví a ponérmelo en la lengua: 98°. Intenté en diferentes partes del cuerpo. Como cada vez daba una temperatura distinta, llegué a la conclusión más obvia: el maldito termómetro no servía.

Me di una ducha de agua caliente y retorné al cuarto. El televisor de la sala estaba encendido, pero nadie lo miraba. Lo apagué. La ausencia de ruidos en el apartamento indicaba que me encontraba solo. No había nadie en la cocina. La puerta del aposento de la casera se encontraba entornada. Instigado por la curiosidad, observé hacia su interior. Luego pasé los pestillos de la puerta del apartamento y me aventuré a entrar al aposento. El ajuar lucía bien arreglado. En el aire se ligaban dos olores. Uno agrio, metálico, ajado, de hombre. El otro era dulce, de musgo descompuesto, mezclado con perfume de jabón, sanguíneo, de mujer. Agucé el oído para asegurarme de que no había ningún ruido en el umbral.

Abrí las puertas del clóset. En primer plano, colgaba de perchas la ropa femenina; más a la derecha, la masculina. La preferencia en la ubicación de la ropa de mujer confirmaba que el clóset era ordenado por la casera. Las telas impecablemente aseadas y los zapatos lustrados, emitían un aroma químico impersonal. Guiado por mi olfato, avancé hasta el baúl de la ropa sucia. Al abrirlo, de su interior brotó un amasijo de olores. Medias, camisetas, pantalones, faldas, vestidos, ropa interior, pañuelos, todos rociados por glándulas. Organicé por separado las piezas en ambos extremos de la cama. La ropa de Bárbaro emitía un tufo penetrante; las medias y los calzoncillos liberaban un fuerte aroma medicinal. Por lo visto, los jarabes contra el asma que estaban en el botiquín eran suyos. Los puños, sobacos y cuellos de las camisas conservaban un sudor matizado por la cerveza y la grasa de comida, compuestos que, dada la vivacidad de la emanación, al parecer su metabolismo no procesaba satisfactoriamente. No traían sus telas ninguna fragancia (artificial o natural) que condujera a pensar que tenía contacto físico con otra mujer diferente de su esposa.

La ropa de la casera destacaba por una emanación dulce, ligeramente semejante al pastel. La primera capa odorífera de las piezas provenía del tabaco. Luego seguían, en orden, la de los sazones y la de los detergentes. La tercera capa, la más interesante, se componía del residuo de las glándulas sudoríferas y los flujos. Su claridad odorífera reflejaba un cuerpo higiénico. No había rastros medicinales ni complejas mezclas de humores, de donde se desprendía que era una persona físicamente equilibrada y saludable. Sus sudores contenían un olor agrio muy penetrante, debido a la acción del tabaco en su organismo. El aroma más importante provenía de sus secreciones vaginales, las cuales se acumulaban principalmente en los pantis y los bordes de todas sus faldas. Estas secreciones, dulces y de esencia carnosa, se concentraban en una mancha irregular y oblonga en el centro del paño inferior de los pantis; también aparecían dispersas en diversos puntos de los bordes de las faldas. Su sabor era ácido, sanguíneo, como cuando se pone la punta de la lengua en una papa untada de mostaza.

Volví a olfatear, esta vez con especial detenimiento, las piezas de Bárbaro. Sobre todo los calzoncillos, los pañuelos y la bragueta de sus pantalones. Sólo en dos piezas identifiqué el olor de los fluidos femeninos: apenas unos calzoncillos y un pantalón de pijamas. En uno de los casos, la secreción vaginal mostraba un tufo vulcanizado, de preservativo; en otro, un tufillo de píldoras anticonceptivas. Considerando los tres o cuatro meses que separaba la fuente de los dos olores (me urge anotar, para no comprometer la virtud doméstica de la casera, que el pantalón, con tres o cuatro meses sucio, lo encontré apañuscado en el fondo del baúl, lo cual indica que se quedó allí olvidado), parecía evidente que la pareja no había tenido sexo más de dos veces en los últimos cuatro meses. La ropa de Bárbaro lavada y planchada en el clóset, conservaba los rastros de todos los aromas, excepto el de estas secreciones. Ni siquiera en las sábanas, sucias o limpias, se podía identificar el fluido. De manera que de la única forma que pudieron haber hecho el amor más de dos veces en ese período de tiempo, es si tiraron las sábanas y sus ropas a la basura. Además, bastaba con observar las actitudes de la pareja para concluir que el sexo no abundaba en su recámara. Sin embargo, algo no encajaba: mientras sólo dos piezas del hombre contenían residuos, numerosos panties y faldas de la mujer conservaban vestigios de las secreciones.

Cuando terminé de ordenar la ropa en el baúl, advertí una fuerte emanación de flujo vaginal. El olfato me condujo hasta un osito de peluche que adornaba el centro de una repisa. Sus patitas, así como la pequeña cola, estaban empapadas profundamente por el olor de los fluidos femeninos. De hecho, esas partes apelmazadas se sentían más rústicas, debido a la resequedad de los fluidos. Al considerar el volumen corporal de Bárbaro, era imposible que ambos pudieran tener sexo en el mueble. Además, aquí las secreciones olían sólo y exclusivamente a la casera. Se me aclaró la mente. Salí del aposento. Quité los pestillos de la puerta del apartamento y avancé hacia mi cuarto. Sin embargo, al pasar por la sala volví a percibir el aroma íntimo de la mujer. Esta vez provenía del sofá.

El tapiz que lo forraba también se encontraba penetrado por el olor. Incluso, la emanación era más profunda, pues la secreción se había corrido al interior acolchado. Me recosté en el mueble a oler, a imaginar, a sentir. Una de las pocas verdades universales descubierta por los investigadores sexuales afirma que la masturbación es uno de los secretos mejor guardados de las mujeres. Permanecí distendido en el sofá hasta que escuché un ruido en la bocallave.

Mensaje del tío, la muerte del cajero, esperando ante la tv, preguntas sobre Samantha, visita y carta del hospital, una mujer llama a Bárbaro

Escuché un ruido en la bocallave. Me escurrí hacia mi cuarto. Desde allí oí unos pasos que avanzaron hasta la puerta del aposento, la abrieron, la volvieron a cerrar y se dirigieron a la cocina. Abrieron la nevera, encendieron un cigarrillo cuya humareda se esparció por el apartamento y procedieron a picar carne o vegetales con un cuchillo.

Revisé el contestador. Había un mensaje de mi tío. Lo llamé con la urgencia que pedía. Me dijo que pasara por una oficina, a entrevistarme para el puesto de limpieza que estaría disponible dentro de varios días. Le di las gracias. "Agradécelo a tu madre", respondió a secas, "no dejes de llamarla". Anoté la dirección de la oficina, no fuera a olvidarla. La noticia no me agradó tanto como esperaba. Quizás porque una cosa es saber que vas a trabajar de limpiador en el restaurante más famoso de la ciudad, y otra, muy diferente, saber que vas a trabajar de limpiador en el restaurante más famoso de la ciudad *en el que has estado como uno de sus clientes*. De todos modos, el salario sería mucho mayor al que tenía en la tienda, y los clientes, sin dudas, de alto prestigio. Asimismo, tendría la oportunidad de mandar al diablo tanto al viejo empleo como al tacaño de mi jefe.

No tenía ningún correo electrónico importante. Telefoneé a Garvish Video-Store. Nadie me había llamado por allí. El esclavo de turno, agitado, me contó que temprano en la mañana fue al Cachíar a realizar una remesa y se encontró con la sorpresa de su vida: uno de los cajeros estaba del lado adentro de la vitrina, colgado de su correa por el cuello. Varios curiosos contaron que le vieron desde la acera, como si fuera por televisión, ejecutar el acto. Después llegó la policía y una reportera del canal 3.

Colgué el auricular, tembloroso. No me interesaban sus conclusiones morbosas. Puse el canal 3. En una película, el reporte noticioso hubiera aparecido de inmediato. En esa clase de efectividad, el cine supera a lo cotidiano y por eso muchos idealizan la vida como una película. Me tuve que comer las uñas mientras un miserable leía el tarot a los televidentes que telefonearan pagando cinco dólares el minuto. Tuve deseos de llamar, solo para pedirle que pasaran el reporte del hombre ahorcado. Un simple deseo. Por suerte, calculo ahora, no lo hice, pues, aparte de pasar luego el mal rato de ver una llamada de cinco dólares en mi factura, mi pedido pudo haber despertado sospechas.

Esperé impaciente ante la pantalla. Tomé un analgésico y un somnífero. Después del síquico, un gordo y una flaca petiseca duraron una hora repasando los chismes más insulsos de la farándula. Luego una rubia anoréxica entrevistó a un tarugo cuyo hermano mayor había desaparecido treinta años atrás. La presentadora dijo que le tenía una sorpresa. El tipo, más tarado no podía ser, preguntaba de qué se trataba. Parece que la estupidez le impedía ver televisión, pues un televidente mínimamente informado hubiera sabido que al final la anoréxica le presentaría al hermano perdido. El sopor comenzó a hacer estragos en mis ojos. Televisaron anuncios en que los candidatos a las elecciones primarias hacían un pésimo esfuerzo por fingir que hablaban español, mientras que el único latino advertía a sus contendientes gringos que la cosa era nosotros contra ellos. Pasaron una telenovela increíble, de esas donde la sirvienta era la verdadera hija y el galán resultaba hijo de la madre de la sirvienta, y la falsa paralítica venía siendo hermana de la verdadera hija, y la sirvienta madre y el señor de la casa terminaban hermanados al igual que la señora, y el cura, quien tenía un parecido con mi padre, salía medio hermano de ambos y el asesino resultaba hijo de la sirvienta que reconocía no ser progenitora de la verdadera hija aunque sí hermana de su madre... de manera que todos eran una gran hermandad.

En medio de ese embrollo melodramático, transmitieron un avance noticioso sobre el suicidio del cajero. Desde la profundidad recauchada de la somnolencia, alcancé a vislumbrar dos paramédicos sacando el cadáver envuelto en una bolsa negra. No puedo precisar qué cosas dijeron ni qué otras imágenes fueron añadidas, pues en ese momento me encontraba lejos, lejísimos, en los confines del sueño.

Desperté pasado el mediodía. La cabeza me daba vueltas. Salí a la vigilia con la imagen del cajero. Sus ojos muertos, verdes, un bosque que se acabara de quedar sin agua ni aire ni pájaros, rondaba mi tristeza. Lloré por un buen rato. Quizás debí arrancar la llave al Tritón y abrir la cortina metálica. Pero el miedo a fallar en el intento y quedar en ridículo me impidieron cumplir ese deber. El resultado de mi cobardía fue su muerte. El cajero tendría madre ojos verdes, padre ojos verdes, una esposa probablemente ojos verdes y dos hijos ojos verdes, que ahora lo llorarían sin remedio con sus ojos verdes porque jamás podrían volver a ver sus ojos verdes. Me desvanecí en la cama.

Al recobrar la conciencia, Samantha ardía en mi mente. Esa tarde la odiaba. Repasé los episodios de la madrugada. En el asiento trasero del convertible, mostraba indiferencia, pero también seguridad y autocontrol. Luego, desde el instante en que se sentó en el capot, lucía tranquila y con más determinación que el propio Maccabeus Morgan. Por la forma en que se movía y daba órdenes, ahora me daba a pensar que ella era la organizadora del golpe. De hecho, el Chief asumió una actitud sumamente pasiva durante la operación. Fue Samantha quien dirigió las acciones. Y luego dispuso del dinero para arrojarlo al aire.

¿Qué tal si Samantha fuera la cabecilla de la banda? Pensándolo bien, sólo mi blandenguería sentimental me llevaba a considerarla víctima de Maccabeus Morgan. La muchacha en ningún momento dio muestras de sentirse acosada por el inválido y sus secuaces. Por el contrario, se manejaba con seguridad en la pandilla. Recuerdo la resolución con que aguardó horas muertas en el cementerio de trenes para integrarse al incomprensible negocio de los cajuiles en almíbar. En definitiva, su papel protagónico en el golpe al Cachíar permitía señalarla al menos como una de sus cabecillas.

De ser esto cierto, lo más terrible de todo es que fingía inocencia. Es decir, se trataba de una mentirosa. Más que de obra, su defecto sería moral. Las imperfecciones morales, a diferencia de las materiales, son difíciles de corregir y pueden echar a perder por siempre la vida. Por otro lado, Samantha era una oportunista. Sólo aparecía cuando quería sexo o pasar un rato agradable. Nunca estaba para apoyarme en circunstancias críticas. Inclusive, salvo la dirección de correo electrónico, no me daba pistas para localizarla de forma directa en caso de necesitarla.

Ni siquiera era bienvenido en su casa... ¿Casa? ¿Sería aquel apartamento su casa? Ciertamente allí vivía su madre, de la que parecía avergonzarse: sólo así se explica que no me la presentara. Sin embargo, el abuelo de Yo aseguraba que en aquel edificio no residían anglosajones. Las condiciones del vecindario le daban la razón. ¿Cómo vivía allí? ¿Y si resultaba que Samantha no era anglosajona, sino latina usurpando la identidad de alguna irlandesa o inglesa? Casos así sobran. La Boricua era uno. La casera, me parece, usaba documentos mexicanos. Y yo mismo... Esta ciudad es el paraíso de las falsas identidades. Nadie conoce ni le importa conocer a nadie. Talvez el buen español de Samantha no era fruto de la casualidad. Lo hablaba de forma impecable, sin acento local, semejante a lo que las cadenas de televisión llaman "español internacional", un lenguaje pronunciado sin sabor a países latinos.

En varias ocasiones, la muchacha hacía referencias muy específicas a Santo Domingo. Como la suponía anglosajona, nunca se me ocurrió preguntar si alguna vez había visitado la isla. Resultaba evidente que con tantos datos de primera mano (incluso entendía la jerga rural y barrial, además de diferenciar los acentos norteños y sureños), al conocer tal cúmulo de lugares y situaciones sociales, debía al menos haber visitado el país. La próxima vez le lanzaría la pregunta, sin preámbulo. De su respuesta podría desenterrar ciertas verdades.

La sangre me hervía. Era una sensación desagradable, pues mientras las burbujas vagaban por mis venas, mi cuerpo no padecía debilitamiento. Salvo el dolor de cabeza, estaba en perfectas condiciones. Entré al baño a lavarme la cara y mojarme los cabellos. Cuando salía, encontré a la casera parada en el pasillo que conducía a mi cuarto. Tenía una mano apoyada en el brazo; en la otra traía un cigarrillo que se llevaba nerviosa a los labios. Temí que fuera a hacer alguna pregunta sobre mi incursión secreta a su alcoba.

—El otro día creo que le hablé un poco recio —reconoció con voz reseca—. No fue mi culpa. Bárbaro a veces se desespera, pero hay que entenderlo...

—No es nada —acepté aliviado—. Además, usted tenía razón.

—Bárbaro —aclaró. Chupó el filtro callada, aunque mirándome con ojos inquietos. Su olor dulce fluía aromado por la tibia esencia del tabaco—. Ayer tarde pasaron por aquí dos paramédicos. Querían saber si usted vivía aquí. Le dije que no. Usted sabe, aquí no puede vivir nadie. Suerte que Bárbaro no se encontraba. Ni él puede decirse que vive aquí. Bárbaro no viene desde ayer en la mañana. Ni siquiera vio la telenovela. Aquí no.

Fingí desconocer cómo los paramédicos obtuvieron mi dirección.

—Esa gente a veces se equivoca —opinó a secas—. Anoche, en la noticia, la policía entró a un apartamento de Queens. Tumbaron la puerta, encañonaron a todo el mundo, hasta a una vieja, destruyeron todo. Después revisaron la orden del juez y descubrieron que estaban en la dirección equivocada.

Siguió fumando. Tenía cierto movimiento incontrolable en una rodilla, el cual hacía vibrar su cuerpo, parecido a un automóvil cuando se detiene con el motor encendido. Se metió la mano en el delantal y me pasó un sobre. Era del hospital. Junto a la dirección, tenía impreso un sello rojo: *Urgent*. Lo abrí en el acto. Era un mensaje de una sola línea, en que me pedían consultar urgente al doctor que me atendió la vez pasada. Expliqué a la casera que se trataba del nuevo plan de salud. Realmente, terminé por pensar que de eso se trataba. Quedó pensativa.

—Una mujer se la pasa llamando a Bárbaro —reveló entre nubes de humo—. Bárbaro dice que me estoy poniendo loca. El bodeguero asegura que es mi imaginación. Antes se quedaba callada. Pero últimamente habla y pregunta por "su gordito erótico". Enseguida cuelga. Cuando marco el número del que llamaron, no lo levantan. Ayer discutimos por eso. Se fue del apartamento.

Me intrigó lo del teléfono. Evidentemente las llamadas mudas fueron las mías. Pero las habladas no. Las piezas no encajaban. Bárbaro no olía a ninguna otra mujer.

—La querida del bodeguero dice que una oye voces antes de ponerse loca —dijo, impresionada—. Usted va a hacer una cosa —ordenó—. Cuando el teléfono suene, quiero que oiga, para que diga si son voces inventadas. No tiene que esperar mucho. Llama cincuenta veces al día.

No me negué. En verdad, también sentía intriga. Estuve a la expectativa en el cuarto. La mujer daba vueltas de un lado a otro de la sala. Cambiaba la posición de los muebles. Iba a la cocina y atendía los calderos. Casi salté de la cama cuando escuché timbrar el teléfono del apartamento. Corrí hasta la sala. La casera observó en el identificador el número del cual llamaban. Asintió con la cabeza.

—¿Aló? —introdujo al levantar el auricular.

De inmediato presionó el botón del altoparlante. Me pegué más al aparato. No contestaron de inmediato. Parece que buscaban provocar suspenso.

—Con mi gordito erótico, por favor —rogó una vocecilla melosa.

Enseguida colgaron. Quedé frío. No creía lo que acababa de escuchar. La mujer, histérica, marcó el número del que habían hecho la llamada. Timbró varias veces, pero nadie respondió del otro lado.

—¿Me estoy volviendo loca?

Negué, aunque la voz no me salió de la garganta.

—Si Bárbaro sigue engañándome, compro una lata de aceite del Crisol —calculó con rabia—. Lo vacío en la olla grande, la de hacer sancocho, y lo pongo en la estufa. Cuando el aceite esté burbujeando en el fuego, agarro la olla y se la echo encima a Bárbaro. ¡Por mi madrecita santísima!

A sus ojos enrojecidos se asomaba la demencia. Se le consumió el cigarrillo. Sin disculparse, se refugió en el aposento. Entré a mi cuarto. Iba silencioso, en el aire. Cuando me paré a la ventana, hice un esfuerzo para recuperar el ritmo de la respiración. Resonaban en mi oído las palabras del teléfono. No lograba creerlo. Quizás se trataba de un juego de mi imaginación, pero podía jurar que esa voz era la de Samantha.

La nueva vida, marrulla del jefe, estertores del verano, al diablo los clientes, Samantha en una Harley, el escape, desencuentro con el poeta, Samantha se desespera

Cuando nos hemos desencantado de una pasión subyugadora, damos inicio a una nueva vida. Los colores se destiñen, los sabores pierden la sazón y los lugares se quedan huecos. La nueva vida es un proceso de colorear, sazonar y rellenar los vacíos provocados por la ausencia. La persona amada, ciertas tardes, en medio de algunas madrugadas, retorna, pero ya sin vigor, apenas levantando la inquietud que producen los fantasmas. En este estado, al evocar a Samantha me recorría un suave escalofrío, casi como si me sorprendiera el haber vuelto a pensar en ella. En ocasiones sentía el imperioso deseo de encontrármela en la calle o al teléfono, incluso en un email o en el contestador, para encararla por su estilo de vida. Con el paso de los días, me sometía al letargo del corazón, lleno de entereza, pues quien quiere amar debe estar dispuesto a desamar. No olvidemos que el amor pasional es invención humana, y todo inventor conserva el espíritu para destruir su invento.

Volví a las faenas de la tienda. Los clientes que siempre me aburrieron, dejaron de importarme. A los que se empeñaban en azararme la rutina, como el socio 1307, los confrontaba abiertamente. Tenía el poder de ignorar o retar a quien me diera la gana, en vista de que en diez días abandonaría el viejo empleo para empezar en el restaurante.

A mi jefe le supo a mierda la noticia de mi nuevo trabajo. Su prepotencia le impedía concebir que fuera capaz de ganar un puesto en otro sitio, menos en el corazón de Downtown. La noche anterior lo esperé en la tienda. Cuando le di la noticia, enmudeció. Se hizo el desinteresado mientras contaba el dinero. Cinco minutos después, con fingida displicencia, quiso saber cuál sería mi nuevo trabajo. "Consultor editorial de una librería", mentí, y añadí, para acabar de sacarle el aire, que ganaría dos mil dólares semanales. Como entendía que yo era escritor (me llamaba "poeta", de burla, y en ocasiones pretendía que él, de proponérselo, sería el escritor más exitoso), se le dificultaba dudar de mis palabras. Se quejó de que la venta del día fue baja. Señaló algunas manchas en la alfombra. Destrozó un viejo cartel de Stallone y exigió que pusiera uno nuevo. Esperé paciente a que botara la sangre por la herida. Le lancé la estocada final:

—Necesito que en esta semana me arregle la liquidación.

Pero el miserable tenía su marrulla. Cuando pensé que lo sumiría en la angustia, me escrutó con sorna. Asintió complacido.

—¿A nombre de quién hago el cheque, poeta: suyo o de quien le vendió sus documentos de identidad? —preguntó con mala intención.

En este punto abandoné mis pretensiones. No podía exponerme a que el miserable me delatara. Aunque esta ciudad es zona libre para la inmigración, resultaría imprudente tomarse el riesgo. Menos ahora, que iba rumbo a una nueva vida. Renuncié al dinero de la liquidación sin oponer resistencia. Traté de cobrármela mandando al diablo a los clientes, y si amenazaban con quejarse ante el jefe, me les reía en la cara.

El verano se acercaba a su final. A medida que entraba septiembre, los veraneantes paseaban con ropa menos ligera. Algunas tardes, repentinamente la estación plagiaba la templanza otoñal. "Parece primavera", "Bendito, la temperatura ha bajado esta tarde", "Hoy hace buena brisa", resaltaban sorprendidos, casi reprochando la clemencia veraniega. "Si es verano, es verano", protestaban algunos, y, para atenuar los resquemores, explicaban: "¡Híjole!, estos cambios de temperatura son los que enferman". Muchas mujeres se mostraban ansiosas por el retorno del invierno. A un buen número de féminas la helada les entalla mejor. Abrigadas, con sus rostros rosados y las manos blanqueadas por el frío, parecen ángeles encarnados; pero llegado el verano, se ven obligadas a descubrir el cuerpo y mostrar sus brazos macilentos, sus piernas mal torneadas, su vientre gelatinoso, por lo que semejan un espantapájaros al que se le ha colocado encima una bella cabeza de muñeca.

Pensativo, apoyado a un poste de la acera, percibí el fétido celaje del socio 1307 que pasó hacia el interior de la tienda. No me moví. Un rato después, el odioso cliente volvió a la acera. Se secó el sudor de la cara. Exigente, me ordenó entrar para que le atendiera. Permanecí inmóvil. Golpeó el suelo con el bastón. Lo miré con sorna, pero no me inmuté. Durante diez minutos prometió delatarme ante el jefe, quejarse en la oficina del consumidor, denunciarnos por rentar películas pirateadas y alquilar pornografía cerca de una escuela. Cuando se cansó de amenazar e imploró impotente, le dije sosegado: "*Fuck you!*", y escupí la calle. Despegó de la puerta, cuidadosamente, el cartel de Polly y juró retirar la membresía. Se alejaba enristrando el bastón, profiriendo toda suerte de maldiciones. No me faltaron deseos de vociferarle: "¡Al periquito lo disecaron!". Pero preferí no sofocarme y seguir disfrutando el paisaje veraniego.

Se extinguió el sol. Las nubes se volvieron terrosas y cubrieron por completo el cielo, que parecía una superficie de acero sucio. Las 2:10 p. m. Pasó un relámpago. Se asomaba la lluvia. Un piragüero se quitó la gorra y, secándose la frente sudada, exclamó: "¡Que sea real y abundante, caballero!". Se esparció un viento de ráfagas cálidas, ráfagas frías, que provenía del oeste y refrescaba los remanentes del fuego veraniego. El aire terminó por enfriarse. Arrastraba basura, derribaba letreros, mesaba los escasos árboles y restregaba el polvo contra los ojos. Cayeron chispas casi imperceptibles, que hicieron abrir los primeros paraguas y obligaron a correr despavoridos a los transeúntes.

Viento, chispas de agua, truenos... pero la lluvia no aparecía. Talvez se trataba de un fiasco de las nubes para volver más sofocante la sequía. Los torturadores utilizan un recurso así: irónicos, hacen un falso gesto de alivio justo antes de empeorar el suplicio. Sin embargo, de pronto, surgieron las primeras gotas, finas, fuertes, acompañadas de goterones. Me refugié bajo el toldo. Los truenos se multiplicaron y se esparció el olor del polvo. Al principio fue una lluvia indecisa que amenazaba diluirse con la ausencia del viento, como si en realidad cayera en otro vecindario y fuera arrastrada aquí por misericordia de las ráfagas. Se tornó una lluvia menuda pero constante, que refrescó la temperatura. Después se detuvo. No duró ni diez minutos. Duró más tiempo a punto de caer que cayendo. Se trató de una lluvia débil, sin personalidad, decepcionante. Deseaba un aguacero fuerte, para que cuando los clientes se precipitaran a alquilar películas, se encontraran con la mala noticia de la puerta cerrada.

El sol centelleaba en la calle húmeda. Una Harley Davidson se detuvo frente a la tienda. La motociclista se quitó el casco y se agitó los cabellos rojos en el aire. Caminó hacia mí. Aunque estaba impresionado, tanto que mi corazón empujaba la pared del pecho, volteé despreocupado el rostro hacia el tren que pasaba colgado por encima de Jerome Avenue. Samantha me besó una mejilla. No le puse atención. Me acarició el pelo, pero no consiguió que le mostrara interés. Los veraneantes, sobre todo las mujeres, veían embelesados ese bello espectáculo que yo despreciaba. Aunque los hombres no lo notan, las mujeres observan más que los hombres a las otras mujeres. La muchacha, rendida, me dio otro beso.

—Te paso a recoger a las cinco en punto, preciosa —comentó.

Subió a la motocicleta. Vi su pelo flotando en el viento cuando doblaba la esquina. Regresé al interior de la tienda. Pensé que Samantha lucía hermosa con esa chaqueta de mezclilla. Puse un pedazo de cartón en el umbral para limpiarse los zapatos. Realmente sus glúteos y caderas formaban volúmenes adorables moldeados por el jean. ¿Llevaría pantis? Creo que no; pero habría que confirmar con el abuelo de Yo. Encendí el aire acondicionado, aunque no esperaba muchos clientes. Sostenes sí traía, pues la línea del encaje se insinuaba por el ajustado escote de la blusa. Desempolvé el reloj de pared. Las 4:30 p. m. La hermosura corporal debería ser exclusividad de las almas bellas. Pero acaece que las mujeres feas a menudo son las que poseen interior hermoso. Con razón tanta gente le huye a la belleza interior. Esa es otra de las correcciones que la humanidad debería realizar a la Creación. Apagué las luces. Cerré la tienda. Tomé un taxi y me esfumé del vecindario. Eran las 4:45 p. m. La muchacha pasaría a buscarme en vano a las cinco en punto. Si existiera un equilibrio perfecto entre belleza interior y exterior, Samantha tendría el cuerpo de un monstruo.

Vagué por la ciudad, pasando de trenes a autobuses. Un crepúsculo sombreaba la tarde desde las seis. Era una mancha inmensa, testaruda, que a las ocho todavía seguía allí, sin dar el brazo a torcer. Bajé del tren en Inwood para cenar cochifritos. Luego caminé sin rumbo hasta verme en Dyckman Street. Se soltó un chubasco, enseguida otro y otro. Corrí a resguardarme en la librería Calíope. El propietario estaba acodado en el mostrador, con los carrillos enrojecidos por el verano. Se sorprendió.

—Debió avisar, hombre —deploró de buen humor—. Lo hubiéramos esperado con la banda de música.

Me condujo hacia un rincón de la librería para mostrarme los nuevos pedidos. "¿Ya tiene esta novela?", preguntó al depositar en mis manos el pesado ejemplar, mientras ojeaba con disimulo a un grupo de poetas que holgazaneaba en los estantes del fondo. "Trata de un burdel frente a una catedral. Tiene que leerla. Es lo mejor que se ha escrito allá en los últimos treinta años", esbozó con erudición mercantil. Hojeé el mastodonte. "Muy interesante", correspondí, y lo abandoné sobre un montón de revistas.

Habló primores sobre un libro cualquiera y terminó por regalármelo. Me preguntó si la gringa pelirroja me había llamado. La referencia me estremeció el ánimo. Le contesté, a secas, que seguro se trataba de un fantasma. Encogió los hombros. Luego bajó la voz para contarme una confidencia mientras oteaba hacia el fondo del local:

—Aquellos poetas tendrán un recital en Harlem. Si lo invitan a leer, no vaya —recomendó sin mala fe—. Aparte de ellos, allí sólo podrían caber Neruda, Whitman, Borges, y estos hasta les quedarían cortos.

Estuve de acuerdo. Además, aunque no se lo dije, desde hacía un tiempo dejé de considerarme poeta. Cuando nos despedíamos frente al mostrador, la tropilla de bardos se acercó. El jefe se puso de espaldas a mí y le expresó al librero su extrañeza porque de su poemario sólo se había vendido dos ejemplares en año y medio. "Esos dos no se vendieron", aclaró el hombre, "fueron los que usted se llevó el año pasado". El poeta suspiró resignado: "Los malos poetas hicieron que la humanidad extraviara el interés por la gran poesía". Se volteó sorprendido hacia mí, como quien acaba de tocar con la espalda un maniquí. Tenía las mejillas manchadas de los paños, carcomidas por el acné. Los ojillos insignificantes se diluían tras sus espejuelos de pretensión intelectual. Además, sus glándulas emanaban un olor a sebo animal. Me pasó un volante del recital. "Para que nos acompañe desde el público, poeta", indicó desdeñoso.

Regresé a la estación. Pensé en la arrogancia del poeta. Me di el lujo de juzgarlo desde otra perspectiva, ya que no me consideraba colega suyo. Suena curioso, pero la crítica hecha a un poeta por alguien que no es poeta a menudo tiene mayor peso que la de otro poeta, porque elimina la presunción de envidia. Eso me daba una ventaja sobre el bardo de la cara agrietada. Un tipo con un cutis así, antes de pretender admirar al público debería buscar ser admirado por una dermatóloga. La miserable preocupación por la venta de una docena de libros lo volvían indigno de un pensamiento elevado. No lo imaginaba sacrificando su vida por un poema. Era uno de esos tantos que persiguen el aplauso sin tomarse el mínimo riesgo. Estoy seguro de que si hubiera tenido talento para conseguir empleo en las dependencias oficiales o en una teneduría de libros, la poesía no tuviera prioridad alguna en su vida.

Llegué al apartamento cerca de la medianoche. Parece que el ruido de la llave alertó a la casera, porque me la encontré parada en la puerta del aposento. Su rostro de desilusión, más la cama vacía en el fondo, indicaba que creyó que quien llegaba era Bárbaro. Habló sin moverse de allí.

—Una pelirroja lo estuvo esperando como a las seis de la tarde.

—¿Ah, sí? —pregunté sorprendido.

Sacó un cigarrillo. Su rostro enrojeció con la llama del fósforo. Le dio una profunda chupada.

—Yo no la hubiera dejado entrar, pero Bárbaro le abrió la puerta. Duró casi dos horas. Una hora y cuarentisiete minutos. Se sentó a esperar en una silla. Bárbaro no le despegaba los ojos. Es una mujer llamativa. Medio rara, pero luce bien. Bárbaro se hacía el que no la miraba, pero yo lo conozco bien. Salía a mirarla. Dio quince viajes al baño.

—¿Y qué dijo ella?

—Nada. No decía nada. Lo escribía todo en un papel. Según el lapicero, es muda y se llama Samantha. ¿Es muda?

Para no caer en explicaciones, le dije que tenía problemas del habla.

—¿Es novia suya? Ah, porque yo no podía creer que Bárbaro haya sido capaz de traerme una mujerzuela a mi apartamento. Yo no me descuidé. Con tantos delincuentes rondando el edificio. En la escalera de noche fuman droga. La estuve vigilando. No sé cómo Bárbaro la dejó entrar. Claro, yo sí sé. La pelirroja todo el tiempo me miraba con unos ojos que a cualquiera dan miedo. Pero a mí nadie me mete terror. Yo me desgracio con quien sea. Cuando se fue, discutí con Bárbaro. Volvió a irse del apartamento. Yo creía que era usted.

No hubo más detalles. Le di las buenas noches. Cuando avanzaba hacia mi cuarto, su voz me detuvo:

—También volvieron los paramédicos. Les repetí que usted no vivía en este apartamento. Eso huele feo. Le preguntaron a los vecinos, pero como aquí nadie conoce a nadie.

Me salvó el timbre de mi teléfono. La casera hizo un ademán para añadir algo más. Antes de disculparme, retomó la palabra:

—Desde que la pelirroja se fue, el teléfono suyo ha timbrado la noche entera —informó, y dio un paso hacia el aposento—. No debe ser la pelirroja. Según ustedes, es muda.

Cuando logré abrir la puerta, el teléfono había dejado de sonar. El contestador estaba lleno de mensajes. Todos eran de Samantha. En los primeros quería saber si ya había llegado. En los siguientes, me reprochaba por haberme desaparecido. Había grabaciones en que sólo se escuchaba el ruido del tráfico y a veces un golpe del auricular. El último mensaje, en medio de un escabroso silencio, decía: "No me saques de ti". Inconmovible, desconecté el teléfono.

Descargué mi cuenta de correo electrónico. Totalmente llena. Noventa y siete mensajes nuevos. Cuando entré a la bandeja, vi con sorpresa que todos eran de Samantha. Abrí uno. Me escribía una carta copiosa, casi un folleto, relatando detalles que habían sucedido entre nosotros. Los demás emails, también de larga extensión, traían contenidos semejantes aunque con palabras y hechos distintos. No pude concebir de qué forma logró escribir casi un centenar de mensajes, miles de páginas, la mayoría de ellas relacionadas con mi ausencia de esa tarde, en unas cuantas horas. La muchacha estaba desesperada, al borde de la locura, y ese estado me complacía.

Me recosté en la cama, desconectado del mundo. Imaginé a Samantha en la sombra de un rincón de *nowhere*, triste sin mí, maldiciéndose por haberme obligado a construir esta pared. Consideré, con un amargo placer de venganza, que le estaba dando lo que ella merecía. "Se te borraron todos los caminos de llegar a mí", susurré cerrando los párpados.

Ópera bufonesca, encierro, una bella durmiente, el aire acaricia el sueño, chateo con Samantha, la mudanza, imaginación ardiente

Desperté en medio de la aurora. Quedé indeciso en la cama, despatarrado, como si en vez de dormido hubiera sido apaleado por el sueño. Mi cabeza era una caja de resonancia en que rebotaban las notas de *Hit the road, Jack*. El recuerdo de Samantha me visitaba en la luz rosada de la ventana. Entré a Internet y bajé la canción. La repetí sin cesar mientras imaginaba el rostro, la piel, los ojos, el pelo, el olor de Samantha. Sentía arrepentimiento por haberla dejado plantada; pero al evocar su frialdad y sus indolentes ausencias, me alegraba tratarla de esa manera.

Las notas de la canción repicaban montadas en el viento y los golpes de batería. Oyendo las letras, descubrí que era un tema graciosamente amargo, fiel reflejo de nuestro romance. Me divertí figurando que era una opera bufonesca. Recreé en mi mente un escenario con la avenida Grand Concourse. En un convertible a gran velocidad, Samantha y yo nos repartíamos los papeles. Ella usaba el vestuario de Dorothy en *The Wizard of Oz;* y yo vestía como el despiadado Pinkerton de *Madama Butterfly*. Dorothy se pone de pie sobre el volante y se transporta a una dulce casita japonesa. Canta: *Hit the Road Jack and don'tcha come back, No more, no more, no more, no more...*

Yo me siento en la luneta, me arreglo el uniforme oficial y, con la mirada perdida en el moho verde del mar, determino: *Old woman, old woman, oh you treat me so mean, You're the meanest old woman that I ever have seen, Well I guess if you say so, I'll have to pack my things and go (that's right)*, seguro de estas palabras porque en el puerto un barco espera por mí. Repito mi estrofa dando siempre una connotación distinta al vocablo *mean;* depende del énfasis, significa pensar, pretensión, humildad, desprecio, mezquindad, y me divierto al observar el gesto herido de Dorothy, quien resbala en su estribillo. Para burlar sus sentimientos, decido tirar una limosna de mi magnanimidad: *Now Baby, listen Baby, don't you treat me this away, 'Cause I'll be back on my feet some day.* Entonces, despiadada, con frialdad y lejanía, elevada en una nube, me da una estocada fatal: *Don't care if you do, 'cause it's understood, You got no money, and you just ain't no good. Money* es poder. Lo cantó claro con su garganta de bruja: Yo no tengo poder sobre ella.

Desconecté airado la computadora. Con la negritud de la pantalla, se esfumó el teatro. Caminé de un rincón a otro del cuarto, oprimido por una incómoda sensación de claustrofobia. Necesitaba desplazarme, ganar espacio. ¿Pero hacia dónde? La ciudad, el continente, el mundo era cárcel cuyos pabellones de reclusión se ubicaban en las estrellas y planetas lejanos. Para quedar tranquilo, debería caminar hasta el punto en que termina el infinito, y una vez allí ver si ya había andado espacio suficiente. Mientras tanto, decidí desplazarme hacia el baño.

Llené la tina de agua caliente. Diluí sales y me abandoné cerca de media hora entre la espuma. Pensé en la casera, a quien alcancé a ver de reojo recostada boca arriba en el sofá cuando me dirigía al baño. Evoqué el cuerpo de Samantha. Pronto controlé mis pensamientos y fijé relajadamente la atención en un río cristalino y en un aguacero cayendo rumoroso contra un caserón techado con hojas de cinc. Retorné aliviado al cuarto. Luego de vestirme, volví a pasear de un rincón a otro, aunque ahora con laxitud. Una idea intentaba entrar a mi ánimo. Decidí abrirle las puertas y se instaló en mi atención.

Abrí sigiloso la puerta del cuarto y miré hacia la sala. La casera dormía profundamente en el sofá. Tenía las piernas ligeramente separadas y la abertura de la falda descubría un muslo firme y bello. Sobre su vientre, sostenido con una mano, estaba el osito de peluche. La contemplé por un rato desde el pasillo. La respiración se me hacía corta. Pasé a la cocina, donde no hice absolutamente nada; de retorno, puse el pestillo a la puerta y, al ver hacia el aposento, confirmé que nos encontrábamos solos.

Me acerqué a mirarla. Descubrí que entre los dedos tenía atrapada una colilla que, de caerse, podía manchar el tapiz. Me arrodillé cauteloso, en el mayor silencio, y se la quité. Se movió levemente, sin cambiar de posición. Entonces me invadió su olor. No aguanté el impulso y me incliné a olfatear el osito. Estaba inundado de ella. Llevé mi nariz a sus dedos, luego a los bordes de su falda, y me penetró el aroma vivo de sus flujos vaginales. Sin tocarla, llevé el rostro a ras de su pubis. La tibia emanación le recorría los muslos. Con la mente excitada, me deslicé oliendo sus piernas hacia sus delicados pies. Tras tomar sus suaves vapores, trataba de controlar la expiración, de manera que pudiera saborear con intensidad su aroma y no me delatara el golpe de los pulmones. Aspiré sobre su pelvis y seguí la delicada comba del vientre. Me detuve en lentos círculos en la circularidad de cada uno de sus senos. Me deleitó el vaporcillo de su cuello y un sedoso efluvio que tenía tras el pabellón de la oreja. Olí las líneas de su rostro. Al llegar a su nariz, acerqué mis labios para acariciarlos con su respiración vigorosa.

Volví a detenerme a flor de sus senos. Esta vez descubrí algo que me bañó de emoción. Su pecho se inflaba agitado y sus pezones, hinchados, se dibujaban en la tela de la blusa. Forzando la calma, temiendo tocarla, olfateé la agradable esencia en la concavidad de sus brazos. Volé a ras de su abdomen, del triángulo del pubis, sus dedos exquisitos, y me deslicé rumbo a sus pies. Ignoro si fue mi imaginación o un rumor filtrado desde la lejanía, pero una vez en sus tobillos, me pareció escucharle un suave suspiro.

La tela de la blusa tremolaba más agitada. Cegado por la excitación, intuí que debía oler piernas arribas. Mientras avanzaba, la fina vellosidad de los muslos se erizaba y su piel se irritaba en montículos diminutos. Mis pupilas se llenaban con el delicioso paisaje de su carne lechosa. Cuando la piel desnuda terminó, me atreví a descubrir el trecho que faltaba. Apresé en los labios el borde de la falda y, despacio, fui levantando la tela hacia su pelvis. Mi saliva se infestó de ácida dulzura. Al depositar el borde de la falda, descubrí el placentero espectáculo de su pubis. Las líneas del tronco resbalaban curveándose al pasar por las caderas. Su sexo emanaba su tibia frescura, velado por el triángulo de los pequeños pantis. Olí su ombligo. Rocé levemente con la punta de la nariz los pelos del pubis que traspasaban la tela de los pantis. El aroma de su sexo penetraba mis sentidos y atrajo mi olfato hacia su centro. Uno de los muslos se abrió discretamente, permitiendo que mi respiración pudiera desplazarse a flor de la vagina. Respiré hondo, con fuerza, mientras veía el clítoris y los labios hincharse y dibujarse contra la tela de seda. Al levantar los ojos, alcanzaba a divisar la protuberancia de los pezones y su boca henchida. Aspiré profundo, vigoroso, sin cuidarme de que la expiración rozara su sexo. De repente, los músculos de las piernas se contrajeron estremecidos y le escuché un suspiro violento. Permanecí inmóvil por un rato, conteniendo la respiración. Entonces volví a cubrirla con la falda, me puse de pie y retorné sigiloso al cuarto.

Me recosté con los ojos perdidos en la blancura del techo. Después cambié la cortina de la ventana y me senté a hojear una revista de bordados. El teléfono timbró. Dejé que el contestador se encargara. Era del Departamento de Salud. Rogaban, con un tono de ordenanza, que me presentara de urgencia en el Lincoln Hospital o que telefoneara al 911 si no podía llegar por mis propios medios. Los mandé al diablo, aunque sin contestar. Cuando borraba el mensaje, volvió a timbrar. Esta vez se trataba de Samantha. Bajé el volumen, no fuera a ser que la casera escuchara su voz. Como no respondía, volvió a telefonear y a dejar mensajes frenéticos. Para evitar que me metiera en una situación enojosa, la quinta vez levanté el auricular. Su reacción fue increíble al escucharme. No reprochó nada, sino que habló relajadamente, sin nerviosismo, como si nuestra relación nunca se hubiera interrumpido. Le pedí que mejor nos comunicáramos por Internet, pues así podríamos dialogar sobre otros aspectos.

Cargué el programa de chateo. Igual que al teléfono, su tono resultaba distendido. Esta actitud, más que halago, me causaba molestia, pues la juzgaba irresponsable. Pero no valía la pena hacerle reproches. Ella respondía con una lentitud infinita, al punto de provocarme la desagradable sospecha de que la mía era una de las tantas ventanas por las que dialogaba con cientos de personas al mismo tiempo. Ante mis inquisiciones habituales (qué haces, dónde estás, con quién andas), sus respuestas eran evasivas.

Le pregunté si en los últimos días había llamado al marido de mi casera. Unos minutos después, afirmó: "Sí ;-)". Tuve deseos de escribirle lo que pasó recientemente en el mueble de la sala. Pero me sentí más fuerte callándomelo. Luego digitó que telefoneaba para vengarme, porque "esas cucarachas" me ofendieron por atrasarme en el pago de la renta. "¿Esa es tu forma de amar?", quise saber, y de inmediato saturó mi pantalla con un corazón gigante que me inhibió la computadora. Cuando iba a reiniciarla, llamó por el teléfono. Acepté reunirme con ella esa tarde. Decidí no ir a su encuentro. Después calculé que con dejarla plantada le daría más importancia de la cuenta. Abrí al azar las páginas de *Zama* y mis ojos cayeron sobre un párrafo: "Le creí que me amaba. No exigía simulación de la pureza. Aceptaba simular que podía ser impura. Por eso era fuerte: su juego era más sutil y perfecto que el mío".

Tomé un somnífero. Me dormí con esas palabras flotando enigmáticas en mi mente. Todo el tiempo tuve una pesadilla horrible. La casera llegaba del supermercado con una bolsa, de la que sobresalía un envase de aceite *Crisol*. Vaciaba el aceite en una olla y la ponía al fuego. Bárbaro salía del aposento, entraba al baño y se sentaba a defecar en el inodoro. Después la casera cruzaba la sala con la olla caliente. Empujaba la puerta del baño y le tiraba el aceite encima. El sueño se repetía intacto sin parar, hasta que desperté empapado de sudor. Eran las once de la mañana.

Tocaban a mi puerta. Antes de abrir, debido al humo que se filtraba por el paño, adiviné que se trataba de la casera. Primero me lanzó una mirada inexpresiva. Temí que me reprochara por mi acción en el sofá. Apartó los ojos y, entre pesados silencios, dijo que Bárbaro había regresado. Pronto me tranquilicé, pues sólo repetía en versión susurrada la cantaleta sobre el marido. Sentí gran alivio. Todo quedaría en la inconsciencia del sueño. Era evidente, y conveniente, que jamás se tratara el tema. Así como es desatinado contar a una extraña un sueño erótico que tuvimos con ella, resulta imprudente revelarle a una mujer que la hemos acariciado mientras dormía. Este hecho se debe dejar a la discreción onírica y al secreto del amante. De hecho, a menos que la casera fuera una simuladora perfecta, parecía no tener conciencia de mi acto, ya que se comportaba con su nerviosismo natural. La escena del sofá quedaría en ella acaso como un oculto y delicioso sueño.

—Vinieron del Departamento de Salud —informó impresionada—. Un inspector, dos paramédicos, dos policías. Preguntaban si usted vivía aquí. Esa gente no juega.

Me preocupó la noticia de la presencia de los policías. Me aterró la idea de que anduvieran investigando por el asalto al Cachíar. Sin embargo, tras la mujer confirmarme que se limitaban a acompañar al inspector sanitario, concluí que se trataba del asunto del hospital. Quedé sorprendido cuando me dijo que debía mudarme inmediatamente del apartamento.

—Bárbaro oyó al inspector. Tiene razón: usted tiene que mudarse de una vez. No podemos tomarnos el chance —determinó la casera, y se rebuscó en el delantal—. Si vuelven y descubren que le tengo ese cuarto alquilado, la ciudad me quitará la ayuda. Bárbaro dice que no se puede perder lo mucho por lo poco —me pasó un billete de cien dólares—. Tome. Le quedan esos cien pesos del depósito. Le descontamos cien para la renta de esta semana —bajó la voz—. Vaya ahora donde la querida del bodeguero. En el edificio que ella vive hay muchos cuartos vacíos.

Pasé cerca de tres horas cargando mis cosas a mi nuevo domicilio, que era otro cuarto ubicado en un edificio de enfrente. En lo que duraba la mudanza, la casera se mordía la uña del pulgar mortificada. Cuando volví para devolverle la llave, me pidió, desde la cocina, que la dejara sobre el sofá de la sala. En ese momento vi a Bárbaro, de espaldas, entrando sin camisa al baño. Di un último vistazo a mi cuarto y regresé al umbral. La mujer estaba de frente a la ventana, con la mirada perdida en un muro de ladrillo. Salí sin despedirme.

Al llegar a un descanso, me asaltó una aprensión. En la estufa la casera tenía puesta una olla. Consideré retornar al apartamento. Sin embargo, opté por seguir escalera abajo. No tenía llave para volver a entrar e intuí que, si las cartas del destino estaban echadas, mi intromisión sería inútil. Bajaba los escalones imaginando vivamente a la mujer levantando la olla del fuego. Bárbaro pujaba sudoroso, con toda su obesidad depositaba sobre el inodoro. La casera pasó despacio por la sala con el envase en la mano. Bárbaro, azorado, vio cuando ella empujó la puerta con la cadera y se le paró enfrente con la olla de aceite hirviendo. Al pisar la calle oí, o imaginé escuchar, un grito solo, sobrecogedor, de hombre, y enseguida los alaridos aterrados de una mujer.

El mal y el bien, en una cama de hotel, aquello que se rompe, rostros de poetas, revuelo en el recital, salamandra vs. salamanqueja, William Blake, robar el Metropolitan, orgía en Harlem

El arrepentimiento de Samantha no terminaba de convencerme. Sabía que, de perdonarla, pronto volvería a ser espectador de su ruindad y víctima de su inconstancia. Porque el mal es cíclico. El bien, en cambio, es inmutable, sucede y se anquilosa en los lejanos confines de la historia. Los filósofos que han hablado de la linealidad de la historia, sin dudas lo dicen basados en los valores positivos. Un acto bello difícilmente será repetido; una acción vil, sobre todo si es notable, la veremos emulada a la primera oportunidad. Jesús se inmoló por una partida de tontos que, cual cinéfilos aferrados a una bolsa de *popcorn* y un vaso de soda, lo contemplan con intención catártica sin animarse a imitar su sacrificio. Pero Judas, ¡ah, el imperdonable de Judas!, el malo de la película, el traidor desalmado que ofende con sólo asomar el rostro a la pantalla, ha sido resucitado cada día, en cada barrio, en cada despacho, en cada callejuela solitaria de South Bronx.

Lo del arrepentimiento de la muchacha, para colmo, era una vaga apreciación de mi parte, obtenida a partir de ciertos silencios y de algunas frases que, quizás para favorecerla, tomaba por disculpas. Caminamos toda la avenida Webster, desde Melrose hasta Fordham. Pasamos junto a una larga fila que desembocaba en el atrio de una iglesia, específicamente en las manos de un pastor que donaba bolsas de comida y ropa usada. La muchacha, picada por la curiosidad, se metió a la fila; pero seguí adelante sin prestarme a su capricho. Me alcanzó en la próxima esquina. Íbamos en silencio. Traía un vestido corto, color naranja, en el que se imprimían los delicados encajes de su ropa interior. A menudo me inventaba una excusa para soltar su mano, que la sentía hipócrita y de cera. Mis sutiles señales de rechazo le tenían sin cuidado, pues era de la clase de mujer a la que, para ofenderla, hay que herirla de frente. Al pasar por un hotel de Grand Concourse, me empujó dentro del vestíbulo.

—Nunca lo hemos hecho en una cama —se le ocurrió con la niña asomada al rostro.

Intenté negarme, pero terminé por acompañarla a la segunda planta. No hice mucho esfuerzo por evitarlo; en parte porque no quería complicarme más la tarde, en parte porque su forma de vestir me había excitado. Lo hicimos en una cama, correctamente, con el aburrimiento de una pareja de muchos años. Ella parece que lo disfrutó. Yo, aunque realicé la función sensual, me sentí diferente. Su cuerpo seguía conservando el juego de líneas maravillosas, su rostro tenía la misma expresión de ángel erótico, y su bestialidad al acariciar y ser acariciada continuaba siendo formidable. Pero no obtuve el placer de antes. De hecho, en algunos instantes, mientras entraba y salía de su cuerpo, suplanté su cara por la de una transeúnte, por el de la Boricua, por el de la casera. Puede decirse que sentí alivio cuando ella terminó. ¿Habéis oído a una mujer sin voz mágica deciros que algo se rompió? Creo que pasó algo semejante. Samantha no era mujer para amar. En su mundo no cabía solidaridad ni sumisión ni sacrificio, esenciales para el arte amatoria. Ella era pasión en estado sólido, y nada más.

—¿Has estado en Santo Domingo alguna vez?

—Nunca.

Acabó de vestirse frente a una ventana sin cortinas. Era un regalo visual para los transeúntes. No me importó. Su respuesta me inyectó una insondable paz. "Vámonos, compatriota", dije para que se supiera descubierta. Me siguió sin intrigarse, casi como si no se diera por aludida. Pasamos frente al Cachíar. Le conté, más bien le reproché, que el cajero se había suicidado. No se inmutó. "Quiero comer castañas asadas", fue su única reacción.

Sentados en una barandilla frente a las ruinas de un teatro, me entretuve en los cuerpos de las veraneantes. Distinto al invierno, en esta estación las mujeres se han despojado de casi todas sus ropas. Con las piernas, los brazos, la espalda, la cintura y el escote descubiertos, nos vuelven jueces del inventario de sus carnes: el color de la piel, la silueta sensual, el tatuaje indiscreto, el anillo en el ombligo y esas libritas de más que, como espejismo de la bonanza, suelen caracterizar a la gente de la ciudad. Cuando regrese el invierno (y los vientos que venían del Norte anunciaban que no se demoraría), luego de la resurrección de sus ropas, nos mantendremos imaginando el recuerdo exacto de sus cuerpos. Samantha me golpeó un hombro. "¿Qué hacías mirando a esa rata?", preguntó celosa. "Me fijaba en su blusa", mentí, "no entiendo cómo pueden usar una blusa de noche a pleno sol". Se conformó entre dientes. En otros tiempos, ese ataque de celos hubiera sido divertido. Pero esos eran otros tiempos.

Dieron las siete de la noche. El sol estaba afuera. Una luna partida por la mitad, de algodón deshilachado, colgaba bajo un cielo de sucio azul. Al divisar una gaviota que volaba extraviada entre los edificios de ladrillo, vino a mi mente el poeta. Su rostro cuarteado por el acné y ensombrecido por con expresión de mezquindad no podía acompañar un espíritu saludable. Miré hacia *Poe's Cottage* (pobre casa vieja, mudada falsamente de un rincón a otro del Bronx), y pensé que Poe, que no parecía agraciado por la belleza corporal, al menos lucía una cara lozana. Lo mismo Goethe, Neruda e incluso el feo de Lord Byron. Me deleitó descubrir que yo, que fui tan mal poeta como él, lo superaba en el vigor espiritual de reconocerme desahuciado por las musas. Ahora bien, y según reconociera Maccabeus Morgan, toda mi alforja poética al menos sirvió para llevar a la cama un cuerpo bello como el de Samantha. En cambio al poeta caracuarteada (que de forma inconstante iba de novia fea en novia fea), ni siquiera le valía para vender una docena de libros. Imaginé cuán no sería la envidia de ese miserable y su tropilla, si me vieran acompañados de una musa como Samantha.

—¿Qué sigue? —interrumpió la muchacha.

Sus palabras fueron un toque de magia. Recordé que esa noche sería el recital en Harlem. Señalé hacia la estación, iluminado. Anuncié:

—Vamos a un recital de poesía.

La actividad no había empezado. Entramos por el pasillo del centro. A nuestro paso, hombres y mujeres se volteaban embelesados a mirarnos. Samantha me seguía con mansedumbre animal; no por interés en ninguno de ellos, sino por el privilegio de estar a mi lado; con la misma convicción me hubiera acompañado a una funeraria o al mismo infierno. La inquietud reinó en el público. En el tren, la había instruido para que no saludara ni dirigiera la mirada a ninguna de aquellas sabandijas. La muchacha iba rígida como una vestal, imponente, orgullosa, sin corresponder a la expectación miserable de escritoras repulsivas e intelectuales melindrosos. Nos sentamos en mitad del salón y era simpático notar a los visitantes inventar las excusas más ridículas para voltearse a mirarnos. La atracción era hacia ambos: la muchacha, debido a su belleza inusual; yo, debido a la intriga que despertaba por haber conquistado a una chica tan hermosa. A quienes se aventuraban a saludarme, los despedía fríamente, con el gesto de los poetas prepotentes.

Resultaba gracioso echar una ojeada para descubrir la agitación pueril en que se sumía el auditorio. Unos borraban de sus pupilas la pose intelectual para dar paso a una expresión bovina. Los raquíticos novios, casi en vano, afanaban por evadir a sus horripilantes novias para mirar a Samantha. Las intelectuales reflejaban en sus mal regalados rostros una envidia tan morbosa que las dejaba impávidas. El poeta caracuarteada nos observaba impotente como quien viera pasar a Hércules acompañado de Helena. Yo me regocijaba al confirmar en mi interior que toda la gran poesía del mundo siempre quedará a la altura de los pies de una mujer hermosa.

Me entretuve observando unos pequeños reptiles que andaban por el borde superior de las paredes. La muchacha apoyó su barbilla en mi hombro y miró en la misma dirección. "En mi casa, cuando niño, siempre había muchas de esas salamandras", evoqué, "en ellas me inspiré para escribir aquel poema que te cautivó". Ella se apartó de mi hombro y me confrontó con la mirada, asombrada.

—Esas son salamanquejas —corrigió.

—Pues en mi barrio le llamábamos salamandras —expliqué sin gravedad—. Es la misma cosa.

—No es lo mismo —reprobó con seriedad—. Una salamanqueja nunca es una salamandra.

El iris de sus ojos adquirió una tonalidad extraña. La muchacha me veía incrédula, negando levemente con la cabeza. Su rostro se iba borrando en una brumosa lejanía. Sus pupilas se cuartearon con relámpagos rojizos, a punto de llorar. Tomé su mano con una sonrisa, para que despejara la tormentosa nube que por motivos tontos la cubría. Sus dedos estaban helados.

Inesperadamente, de la fila delantera una mano lánguida me saludó. Me sentí lleno de hielo. Era Maccabeus Morgan. Sus dos secuaces se voltearon con una sonrisa morbosa. Interrogué a Samantha con los ojos. Ella dibujó en sus labios una sonrisa fría. La noche se me pudrió de repente. Dejé de disfrutar el asombro del público. En ese momento descubrí que Samantha era un conjunto con aquellos tres reptiles. ¿Cómo les habría avisado del recital? ¿Acaso nos espiaban desde la tarde? El inválido, acarreado por el Tritón y escoltado por el Saltacocote, avanzó rumbo a la salida. Al pasar junto a nuestra fila, hizo una señal para que fuera con ellos. De negarme, me exponía a cualquier infamia en medio del auditorio. Le dije a Samantha que retornaría en un rato y fui tras ellos.

Se detuvieron en el vestíbulo.

—El Saltacocote y el Tritón son devotos de la poesía —comentó el Chief.

Miré de reojo a los dos rufianes. Estimé que sólo con martillo y cincel se les podría entrar en la cabeza la poesía. O quizá muy sutilmente, siempre que se tratara de poemas brutos como los míos.

—El Mosca es poeta— susurró con fingida solemnidad el Tritón.

El Saltacocote quedó con la boca abierta.

—¿Como Blade? —preguntó tras reponerse.

—Como Blake —confirmó el Tritón—. Escribió un poema que supera *A Poison Tree*. Se titula *La Salamandra*.

El Saltacocote me observó con falsa maravilla. Luego dirigió la expresión hacia su compañero. El Tritón no se contuvo y ambos rieron sarcásticos, con la risa apresada en los labios.

Maccabeus Morgan guió la silla hasta la puerta de cristal. La calle estaba abarrotada de automóviles y transeúntes. Hizo una señal para que me acercara.

—¿Leyó ese poema de William Blake? —habló para sí el inválido, y se puso a recitar—. *I was angry with my friend: I told my wrath, my wrath did end...* ¿Sabe por qué la *Salamandra* es como es, Mosca? —dejó en el aire, intuí que refiriéndose a Samantha—. Blake enseñaba que el cuerpo y el alma son la misma cosa. En el original del *Plate 4*, donde aparece esa revelación, hay que cambiar la palabra *Man* por *Creature*. El poeta nunca escribió allí la palabra *Man*. Lo que conocemos por "cuerpo" es una porción del alma percibida por los cinco sentidos. La energía viene del cuerpo y es la única vida, *and the Reason is the bound or outward circumference of Energy.*

—*Energy is Eternal Delight* —corearon con sumisión animal sus secuaces.

El Chief quedó en una especie de limbo. Luego hizo una señal al Tritón. Este, receloso, me entregó una hoja doblada. "Es su última oportunidad de borrarse", resaltó con acento tenue el inválido. *"Energy is Eternal Delight"*, musitaba mientras lo retornaban al salón.

La hoja detallaba un plan para robar la exposición de William Blake que exhibía el Metropolitan. Según el plan, se sustraería una sola pieza, indicada con el código

Plate 4. El golpe sería dentro de cinco días, la madrugada del sábado. Guardé la hoja y retorné al salón.

Cuando iba por el pasillo, encontré una turba de poetas mediocres aglomerada ante la puerta del baño. "¡Ahora me toca a mí, luego a ella, de tercero va él!", proponían ansiosos. Ninguno se daba cuenta de que me había detenido junto al grupo. Todos hacían un círculo alrededor de un desteñido que mostraba las fotos de su cámara digital. Los espectadores escrutaban emocionados las imágenes de la pequeña pantalla. "A mí me dio una mamada de pinga. ¡La tipa mama como una loca!", confirmó una flaca feísima al identificarse en la imagen donde una mujer de cabello rojo hundía el rostro entre sus piernas. "¡La gringa está arrasando con todo! ¡Es un ciclón batatero!", exclamó maravillado un filósofo de dientes podridos. "¡El maestro Bukowsky se hubiera vuelto loco!", afirmó libidinoso un recolector de citas célebres. Airado, tomé la cámara en mi mano para ver las imágenes. Se sorprendieron al verme. Fue insoportable descubrir a Samantha retratada en tanta bajeza.

El fotógrafo me arrebató la cámara, desafiante. En ese instante, el poeta caracuarteada salió del baño limpiándose los dientes con la lengua y subiéndose la braqueta. Me lanzó una mirada sarcástica. "*Next!*", escuché a Samantha pedir desde el interior pestilente del baño. Si yo hubiera sido una montaña enorme, el desmoronamiento me habría convertido en un montículo de tierra. La petiseca y el fotógrafo entraron juntos. Los demás formaron un escudo ante la puerta. Suspiré derrotado. Me marché con la determinación de nunca volver con Samantha y de jamás regresar a Harlem.

Odio por Samantha, altercado con clientes,
la delación, amenaza policial, el rapto,
peligro de la bestia, una voz en las sombras,
Blake en el cuarto, el pañuelo dorado,
visita al apartamento de Samantha, la momia,
"una salamandra gigante en medio de la hierba"

Samantha se volvió una borra amarga depositada en mi memoria. Mi odio hacia ella era definitivo. Los filósofos que, más dados a pensar que a sentir, sostienen que el odio es una forma del amor, en mí se equivocaron. Era un odio genuino, autónomo, desasido de afecto previo. Sé que podría señalarse que, por ser un sentimiento contrario al del amor, constituía su unidad. En el plano etéreo de las ideas tal conciliación sería perfecta; mas en la práctica, totalmente inútil: encerremos en un cuarto a dos enemigos y veremos cómo al rato ya se han acuchillado, destruyendo la cacareada unidad y hasta la existencia misma. No tenía planes de volver con Samantha, y si por desdicha me la encontraba por ahí, no recomendaría mi reacción.

Cambié mi número de teléfono. Abrí otra cuenta de correo electrónico. Si el teléfono de la tienda sonaba, levantaba el auricular con un dedo en el conmutador, de manera que ninguna llamada lograba entrar. El jefe echaba pestes, pero yo, aparte de gozar su mal humor, lo achacaba a un problema de la línea telefónica. Los clientes pagaban mi mal humor. Una enardecida discusión de quince minutos producía una catarsis superior a todo el teatro griego. Por suerte mis últimos días en la tienda pasaban sin ajetreo, debido a que la gente se ocupaba en aprovechar el remanente del verano. Además, nuestros vídeos venían sólo en VHS y muchos preferían el nuevo formato DVD. Para molestar, les preguntaba cuál era la diferencia entre una basura grabada en disco y en casete. Defendía el *Nuevo Testamento* ante los clientes del Islam, y el *Corán* frente a los evangélicos. En una ocasión, dos afroamericanos musulmanes casi destruyen la tienda porque les coloqué "erróneamente" en la bolsa un vídeo de Malcolm X. Intenté enfrentar a demócratas y republicanos, pero fue inútil, pues aquí la política no despierta pasiones, aunque estábamos a cuatro días de las primarias; mejor suerte tuve instigando a los fanáticos de los Mets y de los Yankees.

En tres o cuatro altercados a veces consumía la mañana. Si Samantha se asomaba a mi mente, le voceaba "*Fuck you!*", y su rostro se esfumaba. El viernes en la tarde retomé un asunto que me preocupaba. Abrí sobre el mostrador el papel que me había entregado Maccabeus Morgan. No tenía intenciones de participar del golpe al museo. Robar dinero, secuestrar personas, sustraer cosas son acciones deleznables, pero al menos el vacío creado por el delito se puede volver a llenar. Dinero, gente, cosas, sobran en la tierra. Ahora bien, una obra de arte es única. Si desaparecieran los frescos de la capilla Sixtina, no habría manera de reponerlos. Franklin Mieses Burgos cuenta en un poema que *cuando la rosa muere deja un hueco en el aire que no lo llena nada*. Suena bonito, pero el hueco de la rosa lo llena otra rosa: después de todo es una cosa. Sin embargo, un dibujo de Blake es irrepetible. Si Maccabeus Morgan lo desapareciera del Metropolitan, y más si después lo usara para recoger los excrementos de su perro, la humanidad tendría ese vacío infinitamente.

No me prestaría a ese crimen. No por el artista, que al fin y al cabo era un difunto; ni por la humanidad, que incluye sujetos execrables como mi jefe; ni por mi heroísmo. Me negaba porque me daba la real gana y porque nadie, en contra de mi voluntad, podía trazar mi destino. Acaricié la idea de echar a perder el plan. Tenía el revólver que adquirí por medio de Yo. También podía juntar un grupo de muchachos armados y aguarles la fiesta en pleno museo. Pero consideré que una intervención directa sería riesgosa. Ni siquiera sabía apuntar con el arma. Para ser sincero, desconocía si tendría el valor de disparar contra un hombre. Así que decidí elegir la opción más elemental: delatar el plan ante la policía.

Cuando terminé el turno en la tienda, tomé el tren hacia los confines de South Bronx. No cometería la estupidez de telefonear a la policía desde la tienda, menos desde mi cuarto. Si me querían rastrear, irían a parar a las calles tétricas de Hunts Point. Usé un teléfono público cerca de Lafayette y Tiffany. Relaté el golpe en todos sus detalles. Mientras hablaba, sonaron las campanas de un monasterio. Ese dato, imposible de ubicar en Melrose o Fordham, los apartaría de mi rastro. Hablé menos de cinco minutos, para evitar que localizaran el lugar de la llamada. Luego me dirigí a la estación. Mientras aguardaba, me visitó la duda. No era cierto que la policía de esta ciudad fuera tan eficiente y confiable como se presenta en las películas. Por si las dudas, telefoneé al Metropolitan. Les advertí sobre el plan de la madrugada. Tomé el tren de regreso.

Recostado sobre la cama y con los ojos clavados en el techo, me embargaba un estremecimiento por la traición. Pero en un instante descubrí que la traición ocasionalmente puede ser un sentimiento agradable. Mi acción había sido justa. Dándole vueltas al pensamiento, encontré el verdadero origen de mi decisión. ¡Al carajo el heroísmo! ¡Al carajo la humanidad! ¡Al carajo el destino! Lo había hecho para vengarme de Samantha.

En la mañana, antes de salir a la calle, me enganché el revólver de la cintura. No podía andar indefenso después de, sin dudas, haber hecho fracasar el golpe de la madrugada. Distinto a lo que se supone debía sentir, iba con un miedo espantoso. Si andamos desarmados, tenemos la conciencia tranquila de que nada va a pasar. Pero tan pronto nos acompañamos de un armamento, nos divisamos en el umbral de cualquier fatalidad. Imagino que al delincuente o al policía las armas le producen una sensación diferente. En mi caso, el temor venía de mi falta de coraje para matar. Además, Yo me había advertido que no portara el revólver, sino que lo escondiera en un lugar donde estuviera a mano; por eso, si veía un agente parado en la puerta del vagón o vigilando los andenes, me asaltaba el pavor de que se le ocurriera registrarme.

Un policía me mandó a detener tras cruzar por el trinquete. Se me heló la sangre. Mi miedo aumentó al reconocerlo. Odiaba su rostro moldeado en el hueso y sus asquerosos ojos de sapo. Se trataba del oficial que me rondaba como un fantasma. Sonrió con falsa cordialidad. Preguntó cómo estaba la tienda. Respondí que bien. "*That is good!*", asintió complacido. Tendió un brazo sobre mis hombros y me condujo hasta un rincón. "*You know? Maccabeus Morgan is a dangerous man*", advirtió. Apretaba mi clavícula con su mano mientras me observaba con las pupilas ensombrecidas. "*Dangerous man*", repitió, antes de soltarme.

Bajé de la estación y apuré el paso para refugiarme en la tienda. Cuando me acercaba al bloque, el Tritón salió de detrás de un árbol y me bloqueó el paso. En lugar de sacar el arma, retrocedí. Entonces el Saltacocote me tomó por el cuello desde atrás y me desarmó.

—¿Esto es vuestro, Mosca? —preguntó con sorna el Tritón al recibir de manos del otro el revólver.

Me golpearon salvajemente. Dieron puñetazos en mis riñones y mi nuca. Luego me arrastraron hacia el auto, donde el Chief esperaba con los ojos llenos de fuego. Me tiraron al baúl. Cuando cerraron la cajuela, la obscuridad se manchó de horribles fosfenos y perdí el conocimiento.

—¡Mosca! ¡Mosca! ¡Mosca! —desperté al oír una lejana voz como de goma.

Sentí que me ahogaba. Tenía la cabeza zambullida en un barril. Al percibir el aire, tomé una bocanada honda, angustiosa. Debilitado por el castigo, tuve conciencia de la situación. Estábamos en un sótano o en un cuarto sin ventanas. Tenía las muñecas esposadas a la espalda. El perro negro del Chief ladraba furioso, amarrado a una cadena. El Saltacocote y el Tritón traían la camisa sucia y empapada de sudor. Bufaban temerarios, esperando la próxima orden. Maccabeus Morgan me observaba con un brillo de odio. De pronto endulzaba la vista y la bajaba para mimar al perro. El animal me amenazaba pelando sus dientes feroces, dispuesto a saltar sobre mí a la primera señal. Por momentos se volvía más rabioso y cabeceaba con fuerza para romper la cadena.

—¿De qué me acusan? —exigí.

Noté que tenía la boca rota. Percibía la cara hinchada, herida, y tuve la impresión de que me la habían destrozado. El Tritón, con vozarrón de sargento, respondió burlesco:

—Se os acusa de portar un arma de fuego para evitar vuestra detención.

—Y de habei ecrito mala poesía —añadió por lo bajo el Saltacocote.

Los dos se fueron en carcajadas, sirviendo de coro al inválido. El perro saltaba enloquecido, tensando la cadena, con una furia que casi le serviría para devorarse a sí mismo. El Chief le acarició el lomo para que no se impacientara.

—¡No he hecho nada! ¡Lo juro!

En ese instante, alguien desde las sombras oprimió el botón de una grabadora. Escuché mi voz. Era la cinta con la llamada que hice a la policía para delatar el asalto al Metropolitan. No tenía ninguna defensa.

—Ha traicionado a William Blake —acusó el inválido, proyectando la voz en medio de los gruñidos.

Los dos secuaces guardaron las armas. Se apartaron de mi lado. El Tritón se caló el sombrerito, me contemplaba con sus ojos tristes. El Saltacocote me escrutaba con la boca abierta como si acabara de atracarse con una aceituna. En ese instante, ante un rompecabezas imposible de armar, comprendí el mundillo en que estaba atrapado. El conocimiento resultaba tan elemental que daba pavor: era víctima de una banda de locos. Criaturas enajenadas, despeñadas del sentido de humanidad. Locos inteligentes, maniáticos de los más peligrosos, de esos que pueden pasar por el consultorio del siquiatra sin ser detectados y son capaces de envolver en su enfermedad a los seres más cuerdos. Samantha, el Chief y el resto de la banda carecían de barrera mental y por eso obraban terriblemente más allá de las nociones del bien y el mal. Esa verdad me permitió entender las situaciones a las que fui arrastrado. Lástima que fuera tan tarde.

Vislumbré dos chispas doradas hundidas en la sombra. Maccabeus Morgan posó su mano lánguida sobre el collar del animal, como si lo fuera a soltar. La bestia me clavaba sus ojos infernales.

—Usted ha visto demasiadas películas, Mosca —deploró, acariciando el broche—. ¡Es tan patético! Por eso, a pesar de sus horribles versos, sigue siendo poeta. Pero la realidad no existe en 35 milímetros. Tiene un foco más ancho. Es otra clase de cosas...

Mientras su voz se extinguía, trató de zafar el broche que encadenaba a la fiera. La imaginación atrajo hacia mí el perro de un salto. Sus poderosas mandíbulas desgarraban mi cuello y se empapaban de sangre. La carne se tornaba exangüe mientras me desvanecía.

—¡Déjalo ir! —alcancé a oír Samantha en la obscuridad.

El Chief golpeó con fuerza el brazo de la silla:

—¡No! —exclamó furioso.

El perro había dejado de ladrar. Ni siquiera gruñía. La mujer, con voz pausada pero firme, amenazó desde su lugar invisible:

—En el invierno, cualquier criatura puede morir encadenada bajo un iceberg.

Maccabeus Morgan volteó el rostro hacia el animal, que ahora dormitaba a sus pies. Lo último que vi fueron sus manos pálidas haciendo una señal incomprensible en el aire. Luego me desmayé.

Ignoro cómo o a qué hora me sacaron de allí. Recobré el sentido en un banco cerca de una piscina pública en Melrose. Serían las tres de la tarde. Tenía el cuerpo molido. Me revisé en busca de algún golpe comprometedor. Encontré dinero en uno de mis bolsillos. Dos mil dólares en billetes nuevos. No sé cómo fueron a parar allí. Pero si fue por intermedio de Samantha, no tenía sentido preguntar.

Paré un taxi para llegar a mi cuarto. Tomé algunos medicamentos, un somnífero y me tiré en la cama. Por suerte, mis heridas eran superficiales. Nada que con dos o tres días de reposo y unos cuantos sedantes no se pudiera desvanecer. Pero moralmente me sentía destruido, con una tristeza de muerte. La impotencia me ahogaba. Por otro lado, intuí que entre Samantha y yo todo había terminado. Después de lo sucedido, ella no tendría el atrevimiento de buscarme. Yo tampoco tendría excusas para volver por ella.

Un resplandor, como un baño de leche iluminada, entró por la ventana y me hirió las pupilas. William Blake apareció flotando en el cuarto. Tenía a su espalda una estrella incendiada. Traía el pelo crecido, blanco, una larga barba plateada. Estaba desnudo, agachado, con un brazo tendido hacia mí. De sus dedos salían dos rayos de luz dorada. Pensé que Maccabeus Morgan se equivocaba: Yo no había traicionado a Blake. Sonreí y una iluminación medicinal lavó mis heridas. Entonces quedé dormido.

Desperté al mediodía. Durante mucho tiempo no había logrado dormir tantas horas. La hinchazón del rostro desapareció. Apenas quedaba un ligero rasguño en la frente. No sentía dolor en ninguna parte del cuerpo. Sólo me quedaba el recuerdo incurable y la tristeza por los hechos.

Me di un baño. Remozado por los bríos del agua, vacié las cajas de la mudanza y organicé el cuarto. Llamó mi atención un pañuelo dorado. Se trataba del que una desconocida me pasó en el tren la noche que dejé de ser poeta. Lo escruté con detenimiento. Me intrigaron las iniciales "MM" que tenía bordadas con hilo rojo. Había visto un pañuelo semejante en otra parte. ¿Dónde? Hice memoria. ¡En el Mercedes que conducía Samantha! Incluso, aquel tenía las mismas iniciales rojas. El Chief se lo había dado al Tritón y éste, tras envolver en él un fósforo, se lo pasó al Saltacocote para que se lo entregara a la muchacha. Las dos piezas parecían iguales. Las manos me temblaron: "MM" eran las iniciales de Maccabeus Morgan.

La intriga me cortó la respiración. Aquella mano frágil en el tren, de la que apenas pude divisar el celaje, ¿sería de Samantha o del propio Maccabeus Morgan? En cualquier caso, la evidencia demostraba que esos rufianes me vigilaban antes de mi primera cita con la muchacha. Caminé de un extremo a otro del cuarto. Quería despegar como un cohete, volar hacia el infinito, estallar en mil pedazos en el espacio. La furia me quemaba. Sin pensarlo dos veces, me vestí y pedí un taxi. En menos de media hora llegaría a Washington Heights.

Decidido, desafiante, temerario, crucé el vestíbulo del edificio en que vivía Samantha. Me detuve ante su apartamento. Sin llamar, forcé la bocallave y tiré la puerta hacia adentro. Quedó abierta. Permanecí inmóvil en la obscuridad de la sala. Pronuncié el nombre de la muchacha varias veces, pero no contestaron. No había nadie. Me estremecí al ver el rostro de Samantha en la fotografía de la pared. Estaba reclinada en la hierba, pensativa, con el pelo mesado por la brisa. La mirada vidriosa de los animales disecados producía desagrado.

Decidí husmear. La cocina estaba abandonada. La nevera no guardaba alimentos y tenía grandes manchas de herrumbre. En el fregadero, el piso y los rincones se apiñaban latas de comida vacía, verduras podridas y cajas de pizza. El baño lucía limpio, aunque sin trazos de jabón, cepillos u otros objetos que delataran la presencia humana. Había dos dormitorios. El primero carecía de ajuar. Una película de polvo reposaba sobre los mosaicos del piso.

Me dirigí hacia el segundo dormitorio, al final del pasillo, el que ocupaba la madre de Samantha. Abrí la puerta sigiloso. Me sobrecogía el lento chirrido de los goznes. El cuarto contaba con escasa iluminación: apenas un haz sucio de polvo que se proyectaba desde una claraboya. El ajuar estaba cubierto de telaraña. Aparté la cortina de la ventana y un sol empañado se difuminó por toda la habitación. Cuando volteé para mirar, quedé aterrado. En la cama había una momia. Lucía rígida, los labios arrugados, el pelo canoso tejido por arañas. Una sábana polvorienta le cubría hasta la altura de las clavículas. Vi que a una de sus cuencas se asomaron los ojillos de una sabandija.

Grité espantado. Salí corriendo del apartamento y bajé enloquecido por las escaleras. Detuve un auto de policía que pasaba despacio frente al edificio. Les dije que había una mujer asesinada en el quinto piso. Llamaron a otras patrullas y subieron conmigo. Cuando llegábamos al apartamento, ya teníamos detrás, a pocos pasos, media docena de policías. Afuera se oía el ulular electrónico de las sirenas. Me pidieron que no entrara. Uno de los recién llegados me escoltó hasta el vestíbulo y pidió que no me apartara de allí. Siguieron apareciendo más patrullas y un equipo de paramédicos. Los curiosos se apiñaron acordonados en la acera.

Casi dos horas después sacaron la momia arropada en una camilla. Hasta ese momento, los oficiales me habían hecho numerosas preguntas. Consultaron a un hombre con guantes de látex, que parecía tener alguna función especial. En suma, el tipo informó que el cuerpo tenía allí quince o veinte años, y que al parecer no falleció por medios violentos. Los oficiales tomaron todas mis señas y me dejaron ir. Por si acaso, les dejé tomar la dirección y el teléfono de mi carnet, así como los datos de la tienda. La información del carnet no les serviría para rastrearme, pues correspondían a mi viejo domicilio. En cuanto a la de la tienda, ya al mediodía había decidido que no volvería por allí.

Antes de retirarme, pregunté a uno de los agentes si no le sugería algo la colección de animales disecados. Extrañado, comentó que en el apartamento no habían encontrado tales animales. Sólo mucha basura en la cocina, una fotografía en la sala y el cadáver momificado en el dormitorio. Me apoyé a la ventanilla y susurré que la culpable de todo se llamaba Samantha Ritz. "*Who is Samantha Ritz?*", quiso saber, fastidiado. Le revelé que se trataba de la pelirroja que aparecía en la fotografía grande de la sala. El oficial ojeó a su compañero de patrulla y suspiró divertido, como para liberar el estrés de esa tarde. "*Keep in touch, fellow*", advirtió mientras encendía el motor. El que venía a su lado, hablando un español de acento puertorriqueño, describió: "En esa foto no había ninguna chica, bro, sino una salamandra gigante en medio de la hierba".

**La nueva vida, llorar por un niño, cosiendo
una muñeca, madre al teléfono, Samantha en
la mañana solitaria, "Sal de mi vida",
en el restaurante, limpiando una ventana,
punto final del amor**

Pisaba el umbral de la vida nueva. Tenía nuevo domicilio. Nuevos caseros. Nuevo vecindario donde trabajar. Nuevo número telefónico. Nueva cuenta de correo electrónico. Nuevo empleo. Nuevo el corazón, o al menos desocupado de amor. Me consideré dichoso, pues era lo mejor que podía pasarme tras los sucesos que sacaron de mi vida a Samantha. Dejé de buscar respuestas a las interrogantes que llegó a crearme. Después de todo, era una mujer elevada a su máxima potencia, un enigma, una mujer. No tenía sentido intentar atraparla en un conjunto de conceptos.

El verano se había marchado antes de tiempo, azotado por una secuencia de chubascos y un viento helado que soplaba del Norte. Las hojas de los árboles en Melrose empezaban a perder su verdor y a salpicarse de manchas amarillas, como si el otoño se apresurara a ocupar el terreno perdido por el fuego. El lunes lo pasé encerrado en el cuarto, sin dejarme impresionar ni siquiera por los candidatos que daban el ultimátum para las elecciones del día siguiente. Debía descansar, porque en la mañana comenzaría a trabajar en el restaurante.

Aproveché para leer el capítulo final de *Zama*. Primero releí sus dos años anteriores, para entrar más ambientado al punto en que la historia se quiebra. No me sentía otro de los personajes. Ni siquiera el deseo me transportaba a los ríos, ciudades de piedra y selvas enmarañadas de la historia. Sucedía al revés: el libro, con su carga de diablo y ángel, se filtraba hacia mi alma. Fui deslizado hasta la última página. Allí estaba el hombre, reducido a la destrucción, perdido para la humanidad, y sin embargo aferrado a la vida. La respiración se me iba acortando mientras era precipitado a las últimas palabras. "Comprendí que era yo, el de antes, que no había nacido, cuando pude hablar con mi propia voz, recuperada, y le dije a través de una sonrisa de padre: —No has crecido... A su vez, con irreductible tristeza, él me dijo: —Tú tampoco". ¡Oh, Dios! Temblé. El libro resbaló de mis manos. Quedé en el limbo. La mente blanca. Un fuerte resplandor me envolvió por dentro como una armadura.

Me tomó cerca de una hora retornar a mí mismo. Liberado del sencillo golpe de la majestuosidad, volví a alegrarme de la nueva vida. Limpié el cuarto. Combiné las cortinas con las sábanas floridas y las almohadas rosadas. Puse agua fresca a las gardenias y las coloqué junto a la ventana. Hurgando en una bolsa, encontré la muñeca de trapo decapitada. Me sobrecogió la compasión. Busqué el estuche de costura y me senté en la cama con ella en las piernas. Mientras la cosía, no lograba contener el llanto. Después la apreté en mi pecho y la amonesté con ternura para que no volviera a entristecerse jamás.

Sonó el teléfono. Dejé que el contestador se ocupara. Era mi tío, para recordarme que saliera temprano hacia el restaurante, pues mi turno iniciaba a las seis de la mañana. Noté que el color del piso era demasiado obscuro. Daba una nota tétrica. Lo cambiaría con mi primer sueldo. Un color blanco hueso luciría más agradable e iluminaría el interior. Tomé nota. El teléfono volvió a timbrar. Esta vez se trataba de mi madre. Lo de siempre: aquí no estamos mal, pórtate bien, un día de estos llámanos. Sentí deseos de levantar el auricular. Pero permanecí inmóvil. Deseaba saltar hacia el teléfono y sin embargo no conseguía la determinación para moverme. Cuando le escuché colgar, llevé las manos al rostro. Las lágrimas me ahogaban.

Llegué a la estación a las cinco y quince de la mañana. La aurora teñía de rosa la brisa que vagaba por las solitarias calles de Downtown. Apenas veía a funcionarios electorales desplazarse hacia los centros de votación. En algunas esquinas, los hidrantes se derramaban rumorosos. Los edificios forrados de cristal empezaban a bruñirse con el resplandor del día. Pensé que ya era tarde para el alba y que su rosa se había desvanecido en algún lugar secreto de la tierra.

En la soledad de la calle, vislumbré a una mujer que se acercaba. Era Samantha. Aunque sentí una suave conmoción, tal vez más relacionada conmigo que con su presencia, no me inquieté. Podía andar por allí debido a una mera casualidad o a una falsa coincidencia. Decidí no abrir paso a la incertidumbre. Preferí concebirla como una mujer cualquiera que deambulaba por la ciudad en medio del amanecer.

Samantha caminaba descalza y traía las zapatillas en las manos. Cuando llegó junto a mí, todavía canturreaba *When you're alone and life is making you lonely, You can always go Downtown*. Sentí una honda aprensión al verla. Vestía una blusa de rayas blancas y negras, ceñida a la cintura; las mangas le cubrían las manos y se replegaban delicadamente como un abanico cinético. Era la blusa de Scarlett O' Hara en *Gone with the wind*. La figuré un fotodrama remoto teñido de sepia. Nos miramos infinitamente en silencio. Esperaba a que dijera cualquier palabra, pero sólo me miraba.

—Estás jugando con fuego —advertí, quizás tras un motivo para escapar de sus ojos.

Samantha se dibujó una sonrisa displicente. Se acercó a mí, pero no me rozó con las manos ni con el cuerpo. Se balanceó como si bailara. Tenía sus pupilas doradas fijas en las mías.

—Sé que me odias —reconoció con voz suave—. Yo no. A pesar de todo, no podría concebir una sola acción que te destruyera. Pero si ahora, en este mismo momento, me pidieras que saliera de ti, no volverías a saber jamás de mí.

Su boca emanaba un dulce aroma de fuego.

—Sal de mi vida —le pedí, agotado, casi sin voz.

Entonces se apartó un paso, volteó el rostro y empezó a alejarse. Me quebraba el corazón verla caminar fuera de mi vida. Sin embargo, no podía hacer nada, absolutamente nada para retenerla. No sé por qué razón, en ese instante volaron hacia mi memoria las últimas palabras de Rhett Butler.

—Si sigues jugando con candela, te vas a joder —volví a advertirle.

Y Samantha, sin detenerse ni volver el rostro, citó:

—*I'll think about that tomorrow. After all, tomorrow is another day.*

Retomé mi camino. No habiendo dado cuatro pasos, me detuve para verla por última vez. No estaba. Se había esfumado para mí en la calle solitaria. Apuré la marcha para no llegar tarde.

Capté al vuelo las instrucciones de mi nuevo trabajo. En realidad, no resulta difícil adaptarse a unas reglas que te convierten en otro del montón. Todo allí era nuevo, pero una suave nostalgia vibraba en mi corazón, sobre todo cuando entraba al salón y atrapaba de un vistazo el encogido paisaje de la ciudad. Lograba reponerme con una bocanada de aire. El recuerdo no era bienvenido en la nueva vida. Me encontraba en un punto de inicio y presentía que al fin había encontrado mi lugar en la ciudad.

Limpiaba una mancha de vino que empañaba la ventana norte. Mientras dibujaba un adiós con el paño que bruñía el cristal, dejé escapar la mirada hacia el puzle de avenidas, autos y edificios, que desde allí cabía en las manos. Imaginé a Samantha perdida en aquel laberinto, con su cabello rojo resplandeciendo en la muchedumbre babélica, canturreando, descalza sobre un hilo de oro que nadie más lograba ver. Consulté mi reloj. 8:44 de la mañana. Las manecillas giraban sin esfumarse de la esfera. La realidad estaba de mi parte. Recordé por última vez el rostro de Samantha cuando le pedí que saliera de mi vida. Pude haber sido cobarde, decirle que no se fuera. Pero este era el tiempo del adiós. De pronto, comprendí la verdadera razón que me permitió dejarla. No la saqué de mi vida por lo que hizo ni porque mi capacidad de amar se hubiera agotado. La abandoné simplemente porque las historias de amor, si aún nos queda un poco de fortaleza, llegan a un instante en que hay que ponerles el punto final.

Índice

60

Una definición de lo increíble, Downtown tras
los cristales, Windows of the World, la muñeca, "El día
que me moleste contigo", Yo, un extraño en la tienda

72

Samantha baja de un Mercedes, *Hit the road, Jack*,
el maletín, argumento de mujeres, una calle abandonada,
Sing, sing, sing, Maccabeus Morgan, hechos sin sentido

77

Samantha llora, Brooklyn bajo la lluvia, más allá de
la 125 Street, en la madriguera, romance de la sangre,
"Ahora voy dentro de ti"

83

Insomnio, chateando con lobos, *Zama*, jornada
de limpieza, desmayos, por todos lados Samantha,
William Blake, el profeta Lapancha y las vírgenes
idiotas, incidente del hombre embarazado

94

Cita con la Boricua, Samantha al teléfono, el robo de la
llave, idea de una visita inesperada, efluvios corporales,
"Como hacer el amor con una mujer", un trío

104

Paisaje del Bronx, Samantha surge del tráfico, el pobre
Polly, de espaldas en la hierba, el caballo y el ladrido,
los grandes poetas, camión de muñecas,
el parque de los vagones abandonados

111

Esperando la aurora, ocasión perdida, una bolsa en el aire,
la rosa del alba, retrato de la casera, una encomienda

223
Mensaje del tío, la muerte del cajero, esperando
ante la tv, preguntas sobre Samantha, visita y carta
del hospital, una mujer llama a Bárbaro

231
La nueva vida, marrulla del jefe, estertores del verano,
al diablo los clientes, Samantha en una Harley,
el escape, desencuentro con el poeta,
Samantha se desespera

241
Ópera bufonesca, encierro, una bella durmiente,
el aire acaricia el sueño, chateo con Samantha,
la mudanza, imaginación ardiente

249
El mal y el bien, en una cama de hotel, aquello
que se rompe, rostros de poetas, revuelo en el
recital, salamandra vs. salamanqueja, William
Blake, robar el Metropolitan, orgía en Harlem

257
Odio por Samantha, altercado con clientes, la delación,
amenaza policial, el rapto, peligro de la bestia, una voz
en las sombras, Blake en el cuarto, el pañuelo dorado,
visita al apartamento de Samantha, la momia,
"una salamandra gigante en medio de la hierba"

268
La nueva vida, llorar por un niño, cosiendo una
muñeca, madre al teléfono, Samantha en la mañana
solitaria, "Sal de mi vida", en el restaurante,
limpiando una ventana, punto final del amor

Esta primera edición de *La Salamandra*
se terminó en noviembre de 2012, en
Editora Mediabyte, S.R.L., calle Hostos
206, Zona Coloñial, Santo Domingo,
República Dominicana.